रज़ा पुस्तक माला

ल्हासा का लहू

तिब्बती साहित्य/कथेतर

रज़ा फ़ाउण्डेशन | THE RAZA FOUNDATION

ल्हासा का लहू

निर्वासित तिब्बती कविता का प्रतिरोध

संकल्पना एवं अनुवाद

अनुराधा सिंह

वाणी प्रकाशन

रज़ा पुस्तक माला : तिब्बती साहित्य/कथेतर

प्रधान सम्पादक : अशोक वाजपेयी | सम्पादक : पीयूष दईया

वाणी प्रकाशन और रज़ा फ़ाउण्डेशन का सह-प्रकाशन

वाणी प्रकाशन

4695, 21-ए, दरियागंज, नयी दिल्ली 110 002

फ़ोन : +91 11 23273167 फ़ैक्स : +91 11 23275710

शाखाएँ

अशोक राजपथ, पटना 800 004, बिहार

कॉफ़ी हाउस कैम्पस, महात्मा गांधी मार्ग, इलाहाबाद 211 001, उत्तर प्रदेश

महात्मा गांधी अन्तरराष्ट्रीय हिन्दी विश्वविद्यालय, वर्धा 442 001, महाराष्ट्र

सुल्तानिया रोड, मोतिया पार्क, भोपाल 462 001, मध्य प्रदेश

www.vaniprakashan.com
marketing@vaniprakashan.in
sales@vaniprakashan.in

Lhasa Ka Lahoo
Conceptualization and Translation by Anuradha Singh

ISBN : 978-93-90678-50-1
Tibetan Literature/Non Fiction

प्रथम संस्करण 2021

मूल्य : ₹ 399

आर. टेक ऑफ़सेट प्रिंटर्स, दिल्ली-110032 में मुद्रित

वाणी प्रकाशन का लोगो मक़बूल फ़िदा हुसेन की कूची से

तिब्बत दुनिया के जनतान्त्रिक नक़्शे पर
फैल गयी स्याही है,
सूख चुकी अपने ही सन्ताप से,
हुई और स्याह, और अबूझ।

अनुराधा सिंह

"निर्वासन, अलगाव के पंगु कर देने वाले दुःख में मिश्रित आश्वासन की फिसलती रेत है।"

भुचुंग डी. सोनम

आमुख

कलाओं में भारतीय आधुनिकता के एक मूर्धन्य सैयद हैदर रज़ा एक अथक और अनोखे चित्रकार तो थे ही उनकी अन्य कलाओं में भी गहरी दिलचस्पी थी। विशेषतः कविता और विचार में। वे हिन्दी को अपनी मातृभाषा मानते थे और हालाँकि उनका फ्रेंच और अँग्रेज़ी का ज्ञान और उन पर अधिकार गहरा था, वे फ्रांस में साठ वर्ष बिताने के बाद भी, हिन्दी में रमे रहे। यह आकस्मिक नहीं है कि अपने कला-जीवन के उत्तरार्द्ध में उनके सभी चित्रों के शीर्षक हिन्दी में होते थे। वे संसार के श्रेष्ठ चित्रकारों में, 20-21वीं सदियों में, शायद अकेले हैं जिन्होंने अपने सौ से अधिक चित्रों में देवनागरी में संस्कृत, हिन्दी और उर्दू कविता में पंक्तियाँ अंकित कीं। बरसों तक मैं जब उनके साथ कुछ समय पेरिस में बिताने जाता था तो उनके इसरार पर अपने साथ नवप्रकाशित हिन्दी कविता की पुस्तकें ले जाता था : उनके पुस्तक-संग्रह में, जो अब दिल्ली स्थित रज़ा अभिलेखागार का एक हिस्सा है, हिन्दी कविता का एक बड़ा संग्रह शामिल था।

रज़ा की एक चिन्ता यह भी थी कि हिन्दी में कई विषयों में अच्छी पुस्तकों की कमी है। विशेषतः कलाओं और विचार आदि को लेकर। वे चाहते थे कि हमें कुछ पहल करनी चाहिए। 2016 में साढ़े चौरानवे वर्ष की आयु में उनकी मृत्यु के बाद रज़ा फ़ाउण्डेशन ने उनकी इच्छा का सम्मान करते हुए हिन्दी में कुछ नये क़िस्म की पुस्तकें प्रकाशित करने की पहल रज़ा पुस्तक माला के रूप में की है,

जिनमें कुछ अप्राप्य पूर्व प्रकाशित पुस्तकों का पुनःप्रकाशन भी शामिल है। उनमें गाँधी, संस्कृति-चिन्तन, संवाद, भारतीय भाषाओं से विशेषतः कला-चिन्तन के हिन्दी अनुवाद, कविता आदि की पुस्तकें शामिल की जा रही हैं।

बीसवीं शताब्दी ने बहुतों को अपने देशों से निर्वासित किया, अन्यत्र शरण लेने पर विवश किया। इक्कीसवीं शताब्दी में, दुर्भाग्य से, निर्वासन की यह विभीषिका अबाध है। निर्वासित लोगों ने, कई बार, उन संस्कृतियों को समृद्ध किया है जिन्होंने उन्हें शरण दी है। तिब्बत कुछ दशकों पहले हमारा एक पड़ोसी देश था : अब बलात् चीन ने हड़पकर उसे अपना एक प्रदेश बना दिया है। दलाईलामा के अलावा लाखों तिब्बती और अब उनकी कई पीढ़ियाँ भारत में रह रही हैं। कई क्षेत्रों में निर्वासित तिब्बतियों ने विलक्षण सक्रियता दिखायी है। साहित्य उनमें से एक है, विशेषकर कविता। कविता में स्मृति, कल्पना और यथार्थ सब घुलमिल जाते हैं। यहाँ जिन निर्वासित कवियों की रचनाएँ, हिन्दी अनुवाद में, एकत्र हैं वे, एक तरह से, छूट गये, खो गये देश का भाषा में, अपनी गहरी बेचैनी और सजग मर्म द्वारा, पुनर्वास करती हैं। यह अब भी बचा हुआ, अब भी ऊर्जस्वित तिब्बत है जिसे कविता ने सम्भव बनाया है। रज़ा पुस्तक माला में इस संचयन को प्रस्तुत करते हुए हमें प्रसन्नता है।

–अशोक वाजपेयी

अनुक्रम

खण्ड-एक

भूमिका व परिचय

तिब्बत क्यों?

तिब्बत विरह और संकल्प का रूपक है
जबकि सम्भव था पराजय और हिंसा का हो जाता

तब जन्मभूमि, तेरा महत्त्व,
जब मैं ले आऊँ अमर–तत्त्व।
यदि पा न सके तू सत्य–सत्व,
तो सत्य कहाँ? भ्रम और भ्राम!
ओ क्षणभंगुर भव, राम राम!

(महाभिनिष्क्रमण–'यशोधरा'–मैथिलीशरण गुप्त)

देश निर्वासित नहीं होते, अपने भूगोल में खड़े रहते हैं उसी जगह मौन, निरुपाय, रक्तरंजित। उनकी संस्कृतियाँ निर्वासित होती हैं, भाषा और इतिहास निर्वासित होते हैं।

जब–जब देशों पर बाहरी आधिपत्य हुए आक्रान्ताओं ने सांस्कृतिक आधिपत्य को भौगोलिक व राजनीतिक आधिपत्य से बृहत्तर महत्त्व दिया क्योंकि किसी राष्ट्र की संस्कृति को नष्ट किये बिना उस पर सम्पूर्ण अधिकार स्थापित करना असम्भव है। तो बहुधा यह हुआ कि अलमारियाँ खड़ी रह गयीं और उनके भीतर रखी पुस्तकें बदल गयीं। यदि पुस्तकें बनी रहीं तो उनकी जिल्दों के भीतर का मसौदा बदल गया। लोग जन्म लेते रहे, शिक्षा ग्रहण करते रहे, रोज़गार पाते रहे और उनके पीछे खड़ा उनका इतिहास बदल गया। शनैः–शनैः वे एक विदेशी भाषा बोलने लगे, विदेशी व्यंजन खाने लगे, विदेशी पोशाकें पहनने लगे, अपनी नस्ल से बाहर विवाह और सन्तानोत्पत्ति करने लगे और भूलने

लगे कि वे कौन थे। ऐसे वे पूरी तरह नष्ट हो गये। आक्रमणकारियों को ऐसी सामुदायिक विस्मृति की निर्मिति में, ऐसे सम्पूर्ण आधिपत्य में एक सदी से भी कम समय लगता है। मैं अमरीका की बात कर रही हूँ।

सदियों से भौगोलिक क्षेत्रों से उनके मूल निवासियों के निष्कासन और क्रमशः विलोपन की त्रासदियाँ घटती रही हैं। दुनिया प्रायः भूल जाती है कि अमरीका इन छह–सात फुटे गोरे यूरोपीय उपनिवेशियों का नहीं बल्कि लगभग विलुप्त हो चुके चपटी नाक और धूसर रंगत के उन 'रेड इंडियंस' का मूल निवास है जिन्हें इन घुसपैठियों ने मार भगाया था।

क्रिस्टोफर कोलम्बस साल 1492 में कैरिबियन में उतरा। वहाँ उसने लगभग बीस लाख निवासियों की एक बस्ती, एक नवीन भूमि खोज निकाली, और यूरोपियों ने झटपट उस भूमि का नामकरण 'नयी दुनिया' कर डाला। उन्होंने नहीं सोचा कि कोई दुनिया उनके पदाघात से आरम्भ नहीं होती है, बल्कि सहस्रों वर्ष फल–फूल कर अपने इस अनोखे, अद्वितीय रूप में विकसित हुई है। वहाँ के मूल निवासियों को देख कोलम्बस ने सोचा कि उसे पूर्व की ओर जाने का नया व सुगम मार्ग मिल गया है और उसने इन लोगों को ही 'इंडियंस' समझ लिया। सौ वर्ष बीतते न बीतते ये यूरोपीय उपनिवेशवादी स्वयं अमरीका में बसने की युक्तियाँ करने लगे। स्पेनिश और पुर्तगाली खोजकर्ताओं ने दक्षिणी अमरीका और अंग्रेज़ी खोजकर्ताओं ने उत्तरी अमरीका पर अपना आधिपत्य जमाने पर ध्यान केन्द्रित किया।

जहाँ, 1492 में कोलम्बस के आगमन से पहले कुल अमरीका में देशज निवासियों की संख्या 6 करोड़ से अधिक अनुमानित की जाती है, एक सदी बीतते न बीतते वह संख्या घटकर मात्र साठ लाख रह गयी। यूरोपीय अपने साथ केवल हिंसा, युद्ध और अकाल ही नहीं वरन् चेचक, खसरा, और इन्फ्लूएंजा जैसी महामारियाँ भी लाये थे जो इतनी बड़ी संख्या में मूल निवासियों की मृत्यु का कारण बनीं। अमरीका के आदिनिवासी अपनी संख्या घटने से तो विलुप्ति की कगार पर पहुँचे ही, यूरोपीय उपनिवेशी उनकी भाषा–संस्कृति, रीति–रिवाज,

खान–पान, धर्म, वेशभूषा सब खा गये। उन्हें जंगली, पिछड़ा और आदिवासी घोषित कर, यदि हाशिये से भी बाहर कोई जगह होती है तो वहाँ धकेल दिया।

यह वैश्विक त्रासदी इस बात का उदाहरण है कि बहुधा अतिक्रमी शक्तियों द्वारा देशों के मूल निवासी नष्ट कर दिये जाते हैं। कतिपय बार ही ऐसा होता है कि एक राष्ट्र, अपनी संस्कृति, भाषा और इतिहास की रक्षा के लिए उन्हें साथ लेकर निर्वासित हो जाये, तिब्बत हो गया।

चीन ने तिब्बत से उसकी ज़मीन छीनी, लाखों की संख्या में उसके नागरिकों को मौत के घाट उतार दिया फिर भी उसकी राष्ट्रीय चेतना पर एक खरोंच तक न लगा सका। आतंकित होता रहा कि उसकी लाख कोशिशों के बाद भी सांस्कृतिक रूप से एकदम अनूठी पहचान रखने वाला तिब्बत चीन का अविभाज्य अंग नहीं दिख रहा है। तिब्बत की भाषा चीन से भिन्न है, धर्म भिन्न है, परम्पराएँ भिन्न हैं, रहन–सहन भिन्न है, जीवन मूल्य तो सर्वथा भिन्न हैं। बौद्ध तिब्बती अहिंसक और चीन शिरोपाद हिंसा है। तो तिब्बत को चीन में एकसार करने के लिए उनके बौद्ध विहार और मठ नष्ट किये गये, उनका धार्मिक व पारम्परिक साहित्य जलाया गया, उनकी बस्तियों में उनके बीच भारी संख्या में बेरोज़गार और आपराधिक प्रवृत्ति के चीनी नागरिक बसा दिये गये, तिब्बती भाषा का सार्वजनिक उपयोग निषिद्ध कर दिया गया, धर्मसत्ता में आस्था रखनेवाले इस शान्तिप्रिय समुदाय के ऊपर नृशंस राजतन्त्र थोप दिया गया।

तिब्बत समझ गया कि अन्तिम और निर्णायक वार उसकी संस्कृति, मानस और आस्थाओं पर हो रहा है और यदि उनकी रक्षा करनी है तो यह सब साथ लेकर चीन अधिकृत भूमि से बाहर निकलना होगा। अलमारियाँ खड़ी रहीं उनके भीतर की पुस्तकें चल दीं। मठ खड़े रहे उनके दलाई लामा चल दिये, सरकारी इमारतें खड़ी रहीं सरकार चली गयी, एक समूचा राष्ट्र अपनी भाषा, संस्कृति और नागरिकों के साथ निर्वासित हो गया।

यही कारण है कि निर्वासन में साठ वर्ष पूरे होने के बावजूद तिब्बत आज भी एक राष्ट्र के तौर पर न केवल अस्तित्व में है वरन् प्रासंगिक और सम्मानित भी है।

तिब्बत के मूर्धन्य कवि के. धोंडुप अपनी कविता 'अलगाव की कविता' में कहते हैं–

सुदूर अतीत में जब तुम एक बच्चे थे
तुम एक योद्धा बनने का स्वप्न देखते थे
आज हर मोर्चे पर पराजित होने के बाद भी
तुम योद्धा ही बनना चाहते हो

पलायन और अलगाव की इस अन्तहीन अवधि के बाद भी
तुम अपनी उन पैतृक पहाड़ियों, प्रार्थना–पताकाओं,
खानाबदोश घाटियों की
रात्रि निस्तब्धता को भंग करते हुए
शंखों और पहाड़ी श्वानों की प्रतिध्वनियों
को ज्यों का त्यों याद कर सकते हो

बहुत समय से तुम परदेसी समन्दरों पर
भटकते फिर रहे हो
डिस्कोथेक में नशे में चूर बेगाने गाने गाते हुए
पर तुम्हारी आँखों में मैं अब भी
पर्वतों के शीतल गीतों और
अपने कब से खोये हुए घर की ओर
लम्बी पदयात्रा करने की लालसा देख सकता हूँ

यह लालसा यह आदिम लालसा, अपने देश वापस लौट सकने की, हर प्रकार से तिब्बती बने रहने की, अतीत को पुनः जी सकने की, यह लालसा बस एक निर्वासित राष्ट्र, तिब्बत के पास है।

किन्तु तिब्बतियों ने कभी अपने लक्ष्य की प्राप्ति के लिए क्रूरता का सहारा नहीं लिया। वे अन्य निर्वासितों से बहुत भिन्न हैं, संघर्ष करने

के लिए उन्होंने आतंकवादी हमलों जैसे हिंसक माध्यम नहीं चुने। फ़िलिस्तीनी अपनी मातृभूमि के संरक्षण के लिए इज़रायल से लड़ते हैं। अलकायदा संयुक्त राज्य अमरीका की दमनकारी कार्यवाहियों के विरुद्ध लड़ता है। कुर्दिस्तानी भी अपनी मातृभूमि को पुनः पाने के लिए लड़ते हैं लेकिन तिब्बती किसी से नहीं लड़ते। वे अपने विरुद्ध हुए अन्याय का प्रतिशोध समूची दुनिया से नहीं लेते हैं।

इसका कारण बहुत स्पष्ट है, दलाई लामा उनके सत्ता प्रमुख और आध्यात्मिक पिता दोनों हैं। जिनका मूलमन्त्र शान्तिपूर्ण संघर्ष है। बौद्ध धर्म न केवल तिब्बत का राजकीय धर्म वरन् जीवन–शैली भी है जिसने उन्हें अहिंसा और त्याग सिखाया है। बौद्ध धर्म ने ही उन्हें अपना सब कुछ त्याग कर भी प्रसन्न रहने की कला सिखायी है।

कभी–कभी मुझे आभास होता है कि वे इस दुनिया को इतनी सुन्दर और करुणामय बनाने के अभियान पर निकल पड़े हैं जो उन जैसे सभी राजनीतिक अनाथों, निर्वासितों का दुःख समझ कर उनके साथ खड़ी हो सके।

और इस क्रम में वे स्वयं तो अधिक उदार, लचीले और मृदु हुए ही हैं, सम्भवतः उन्होंने इस दुनिया को भी अपने लिए कुछ समायोजनशील और सभ्य बनाया है। उन्होंने दुनिया के पत्थरों के बीच शीतल जल की तरह बहकर शान्ति और सौजन्यतापूर्वक अपनी जगह बनायी है। आज तिब्बत विश्व भर में अपनी करुणा और मध्यम मार्ग जैसी जीवन आस्थाओं के लिए जाना जाता है। यह अलग बात है कि बौद्ध धर्म के प्रति इस नवजाग्रत वैश्विक चेतना ने तिब्बत की नृत्य, ओपेरा, गायन, लोक संगीत तथा कविता जैसी अनूठी धर्मनिरपेक्ष रचनात्मक परम्पराओं को आच्छादित कर लिया है और उनका अत्यन्त विरल अन्वेषण ही हो सका है।

तिब्बतियों ने अपने आपको अंग्रेज़ी भाषा में अभिव्यक्त करना अभी कुछ ही समय पहले आरम्भ किया है। तिब्बती कविता का यह विकास उनकी धर्मनिरपेक्ष संस्कृति का एक नवप्रस्फुटन मात्र है। 1905 में तिब्बत में जन्मे गेंडुन छुम्बे ने सम्भवतः सर्वप्रथम अंग्रेज़ी में कविताएँ लिखीं।

यद्यपि अभी कुछ अँगुलियों पर गिने जा सकने वाले लोग ही अंग्रेज़ी में लिख रहे हैं, तिब्बती मूल के अंग्रेज़ी लेखकों का भविष्य निस्सन्देह सुनहरा है। अपनी इस पुस्तक में मैंने समकालीन तिब्बती कविता के तीन प्रमुख कवियों की अंग्रेज़ी में लिखी कविताओं और आलेखों के अनुवाद भी सम्मिलित किये हैं।

मेरी यह पुस्तक 'ल्हासा का लहू', तिब्बत के सांस्कृतिक इतिहास, समृद्ध काव्य परम्परा, चीन के साथ उसके विवाद, निर्वासन की पीड़ा आदि पर प्रकाश डालने का एक विनम्र प्रयास है। सम्पादन और अनुवाद से कहीं अधिक श्रमसाध्य था भिन्न-भिन्न स्रोतों से ऐसी सामग्री जुटा कर उसे एक रोचक लय में प्रामाणिक तथ्यों के साथ प्रस्तुत करना जो साहित्य के पाठकों की दृष्टि से अब तक ओझल रही है, या उनके समक्ष खण्ड-खण्ड में आयी है। मैं उन तीनों प्रिय तिब्बती कवियों भूचुंग डी सोनम, तेनज़ीं सुण्डू और सेरिंग वांगमो धोम्पा के मैत्रीपूर्ण सहयोग की ऋणी हूँ। इन तीनों के तत्पर सामग्री सहयोग व सक्रिय सम्प्रेषण की सहायता से ही यह काम अपने इस आश्वस्तिदायक रूप में सम्पन्न हो सका है।

मैं वरिष्ठ कवि विजय कुमार जी की आभारी हूँ जो उन्होंने तिब्बत की कविताओं से मेरा परिचय करवाया। तब हममें से किसी ने नहीं सोचा कि वे कुछ कविताएँ मेरे जीवन और सोच को सदा के लिए बदल देंगी। वरिष्ठ कवि और अनुवादक यादवेन्द्र जी ने इस विषय पर मेरे विस्तृत अध्ययन व अनुराग को देखते हुए इसे पुस्तकाकार संकलित करने का विचार मन में डालने से लेकर पिछले तीन वर्षों से लगभग हर माह कम-से-कम एक बार इस किताब की प्रगति को लेकर मुझे टहोकने का काम पूरी निर्ममता से किया है। मुझे नहीं मालूम ऐसे निःस्वार्थ भाव से हमारा निरन्तर लिखना-पढ़ना चाहने वालों का ऋण कैसे चुकाया जा सकता है। वरिष्ठ कवि और नया ज्ञानोदय पत्रिका के पूर्व सम्पादक श्री लीलाधर मण्डलोई और सुपरिचित कवि और समालोचन वेब पत्रिका के सम्पादक श्री अरुण देव का आभार जो उन्होंने मेरे तिब्बत के अनुवादों को प्रमुखता से प्रकाशित किया।

अपने साथी शत्रुघ्न का आभार बहुत संकोच व प्रेम से प्रकट कर रही हूँ जिन्होंने इस व्यस्ततम समय में भी मेरे इस काम को वरीयताक्रम में सदैव सबसे ऊपर माना।

मैं अपने प्रिय वरिष्ठ कवि श्री अशोक वाजपेयी जी के प्रति कृतज्ञ हूँ जिन्होंने सदैव न केवल मेरे तिब्बत सम्बन्धी कार्य को पहचाना वरन् इसे रज़ा पुस्तक श्रृंखला में प्रकाशित करने का निर्णय भी लिया। कृतज्ञताएँ इन शब्दों से बहुत आगे तक जाती हैं, कुछ कार्य हमें मौन की सामर्थ्य के भरोसे छोड़ देना चाहिए।

–अनुराधा सिंह

मैं तिब्बत का इतिहास नहीं जानता

इलियट स्पर्लिंग

तिब्बतियों के लिए, उनकी भूमि की ऐतिहासिक स्वतन्त्रता की माँग एक स्पष्ट व असन्दिग्ध विषय है। वे ज़ोर देते हैं कि तिब्बत हमेशा से एक स्वतन्त्र देश रहा है और अधिकार से अब भी है। किन्तु तिब्बत पर चीनी दावेदारी भी उतनी ही सुस्पष्ट है : तिब्बत मंगोल शासन के दौरान चीन में मिला लिया गया था और उसके बाद इस वस्तु–स्थिति में कभी परिवर्तन नहीं आया। किन्तु चीन के ये दोनों दावे तिब्बत के इतिहास से मेल नहीं खाते।

तिब्बती पक्ष यह मानता है कि सातवीं सदी के मध्य में जब शक्तिशाली तिब्बती सत्ता ने एक आन्तरिक एशियाई साम्राज्य का सफाया करते हुए अपनी सत्ता स्थापित की उसके बाद फिर कभी तिब्बत पर विदेशी आधिपत्य नहीं हुआ। इन तिब्बतियों का कहना है कि 13वीं और 14वीं शताब्दी में युआन राजवंश के मंगोल शासकों और 18वीं शताब्दी से 20वीं शताब्दी तक चीन के किंग राजवंश के मांचू शासकों के अधीन होने की भ्रान्ति, युआन और किंग सम्राटों और तिब्बत के पूर्व–प्रख्यात लामाओं के बीच व्यक्तिगत सम्बन्धों को लेकर एक आधुनिक, मुख्य रूप से पश्चिमी मिथ्या धारणा के कारण उत्पन्न हुई है। उनके अनुसार, इन लामाओं ने तिब्बत के सम्राटों को मात्र आध्यात्मिक मार्गदर्शक के रूप में सेवाएँ दीं। तिब्बत की स्वायत्तता व स्वतन्त्रता के साथ कोई समझौता नहीं किया गया।

चीन के विचारानुसार, पश्चिम को चीन की प्रकृति के विषय में भ्रान्ति है–पश्चिमी आलोचक यह नहीं समझते हैं कि चीन का एक एकीकृत बहुराष्ट्रीय राज्य के रूप में हज़ारों वर्षों का इतिहास है; इसकी सभी राष्ट्रीयताएँ चीनी हैं। इस प्रकार वे दावा करते हैं कि वे मंगोल आक्रमणकारी जिन्होंने चीन पर बाहर से आक्रमण किया था वे वस्तुतः चीनी ही थे, और वे तिब्बत पर उनके आधिपत्य को चीनी आधिपत्य के रूप में प्रस्तुत करते हैं ।

सच कुछ इस प्रकार है। यद्यपि चीन तिब्बत के इस दावे का खण्डन करता है कि अतीत में चीनी नेतृत्व से उनके शासकों के सम्बन्ध केवल व्यक्तिगत प्रकृति के थे। वह यह दावा भी करता है

चित्र साभार : रोनाल्ड जे. काला II

कि तिब्बत युआन और किंग शासकों द्वारा बनाये गये नियमों, क़ानूनों और निर्णयों के अधीन था। इन दो कालखण्डों के दौरान तिब्बत स्वतन्त्र नहीं था। उसके अनुसार, 18वीं शताब्दी के अन्त में बीजिंग में बुलाये गये तिब्बती शासन के मन्त्रियों में से एक मांचू सम्राट से सम्बद्ध अपने लिपिबद्ध किये गये संस्मरणों में ख़ुद को स्पष्ट रूप से उनकी प्रजा के रूप में वर्णित करता है।

यद्यपि तिब्बत ने मंगोल और मांचू साम्राज्यों का आधिपत्य स्वीकार किया परन्तु स्वयं को चीन से नहीं जोड़ा। वही दस्तावेज़ी रिकॉर्ड जो तिब्बतियों को मंगोलों और मांचुओं के अधीन दर्शाता है वही यह भी दर्शाता है कि चीन के मिंग राजवंश (जो 1368 से 1644 तक चीन पर शासन करता था) का तिब्बत पर कोई नियन्त्रण नहीं था। चीन का यह हठ समस्यापूर्ण है, कि तिब्बत में 13वीं शताब्दी से आज तक चीनी सम्प्रभुता अखण्ड रूप में विद्यमान है।

यह भ्रामक विचार अभी हाल ही में प्रचारित किया गया है कि तिब्बत 13वीं शताब्दी से ही चीन का अविभाज्य अंग है। बीसवीं शताब्दी के उत्तरार्द्ध तक चीनी लेखक तिब्बत के चीन में समावेशन को 18वीं शताब्दी की घटना बताते थे। वे किंग के अधीन तिब्बत की स्थिति का वर्णन एक पारिभाषिक पद 'सामन्तवादी आश्रय' के माध्यम से करते हैं, जो दर्शाता है कि तिब्बत चीन का अभिन्न हिस्सा नहीं था। और ऐसा इसलिए क्योंकि तिब्बत पर मंगोलों और मांचुओं का आधिपत्य था। 1911 में जब किंग राजवंश का पतन हुआ, तब तिब्बत एक बार फिर स्वतन्त्र हो गया।

तो, 1912 से 1949 तक जब पीपुल्स रिपब्लिक ऑफ़ चाइना की स्थापना हुई, किसी भी चीनी सरकार ने आज के चीन के तिब्बत स्वायत्त क्षेत्र पर अपना नियन्त्रण नहीं रखा। उस भूमि पर अकेले दलाई लामा की सरकार ने 1951 तक शासन किया।

मार्क्सवादी चीन ने भाषाई छलकपट की आड़ में यह दावा किया है कि यह हमेशा एक संगठित बहुराष्ट्रीय देश रहा है, साम्राज्यों का केन्द्र नहीं। अब इस बात पर ज़ोर दिया जा रहा है कि

'हान', सम्पूर्ण 'चीनी' नृजाति के लिए प्रयुक्त एक शब्द नहीं बल्कि चीनी राष्ट्रीयताओं में से मात्र एक को सन्दर्भित करता है। यह उन लोगों का एक सचेत निर्णय है जिन्होंने 20वीं शताब्दी की चीनी पहचान के निर्माण का काम किया है। (उनका यह निर्णय समस्त सोवियत समाजवादी गणराज्य संघ के लोगों के लिए एक ही राजनीतिक शब्द, 'सोवियत', का उपयोग करने के रूसी निर्णय के सर्वथा विपरीत है।)

इस प्रकार दोनों पक्षों के तर्कों में कुछ–कुछ कमी है, लेकिन चीनी पक्ष का तर्क अधिक ढुलमुल है। यह स्पष्ट है कि जब तक माओत्से तुंग की सेनाओं के तिब्बत में प्रवेश करके उस पर क़ब्ज़ा करने से पहले तिब्बत 'चीनी' नहीं था।

इलियट स्पर्लिंग (4 जनवरी, 1951–29 जनवरी, 2017) तिब्बत और तिब्बती–चीनी सम्बन्धों के दुनिया के प्रमुख इतिहासकारों में से एक और मैकआर्थर फेलो थे। उन्होंने अपना अधिकांश लेखकीय जीवन इंडियाना विश्वविद्यालय के सेंट्रल यूरेशियन स्टडीज़ विभाग में एक एसोसिएट प्रोफ़ेसर के रूप में बिताया, तत्पश्चात लगभग सात वर्ष तक वे विभागाध्यक्ष भी रहे। वे वहाँ तिब्बती अध्ययन कार्यक्रम के निदेशक भी रहे।

गाथा : चीन-तिब्बत संघर्ष

सुधन्वा शेट्टी

"गत 50 वर्ष तिब्बत और उसके लोगों के लिए अकथनीय पीड़ा और विनाश के रूपक रहे हैं। आज उनके धर्म, संस्कृति, भाषा और पहचान सब विलुप्त होने की कगार पर हैं; संक्षेप में तिब्बती लोगों को ऐसे अपराधियों की तरह देखा जाता है जिन्हें मौत के घाट उतार दिया जाना चाहिए ... हालाँकि तिब्बत की स्वतन्त्रता का मुद्दा अभी जीवित है और अन्तरराष्ट्रीय समुदाय इसमें दिलचस्पी ले रहा है, ये तथ्य हमारे लिए एक उपलब्धि हैं। मुझे कोई सन्देह नहीं है कि अगर हम सत्य और अहिंसा के मार्ग पर चलना जारी रखते हैं तो तिब्बत के साथ न्याय होगा।" *–14 वें दलाई लामा, 2009।*

अवलोकन

तिब्बत एशिया में तिब्बती पठार पर अवस्थित क्षेत्र है, जिसका क्षेत्रफल लगभग 24 लाख किलोमीटर है–जो चीन के क्षेत्रफल का एक चौथाई है। यह क्षेत्र तिब्बती लोगों के साथ–साथ कुछ अन्य जातीय समूहों की पारम्परिक मातृभूमि है। समुद्रतल से 4,900 मीटर की औसत ऊँचाई के साथ तिब्बत पृथ्वी पर सबसे ऊँचा क्षेत्र है। पृथ्वी का सबसे ऊँचा पर्वत माउंट एवरेस्ट तिब्बत में स्थित है, जो समुद्र स्तर से 8,848 मीटर ऊपर है। सन् 1951 से तिब्बत पर चीन का अवैधानिक क़ब्ज़ा और शासन 'उनकी राष्ट्रीय और सांस्कृतिक पहचान को नष्ट करने के उद्देश्य से चीन की सुविचारित और व्यवस्थित रणनीति' है।

जिसे प्रायः तिब्बती लोगों और तीसरे पक्ष के टिप्पणीकारों द्वारा 'सांस्कृतिक नरसंहार' के रूप में वर्णित किया जाता रहा है। 1959 के तिब्बती विद्रोह, जिसमें तिब्बतियों ने चीन सरकार को उखाड़ फेंकने के प्रयास में विद्रोह किया था, की असफलता के कारण 14वें दलाई लामा को पलायन कर भारत आना पड़ा।

आरम्भ में कुछ हज़ार तिब्बतियों ने 14वें दलाई लामा का अनुगमन किया, और तब से लाखों तिब्बती तिब्बत छोड़ कर बाहर जा चुके हैं। जब कोई तिब्बत और चीन के बीच संघर्ष के विषय में बात करता है तो वस्तुतः वह तिब्बती सम्प्रभुता पर उठे विवादों पर बात करता है। यह अनिवार्य रूप से दो जटिल और विवादास्पद राजनीतिक बहसों में से एक है। पहला विचार यह कहता है कि तिब्बत चीन से अलग हो जाये और एक नया सम्प्रभु राज्य बन जाये। दूसरा प्रश्न यह है कि क्या तिब्बत अपने हालिया इतिहास के कुछ भाग में स्वतन्त्र था या सदैव से चीन के अधीन था। चीनी–तिब्बती सम्बन्धों का अधिक विस्तृत इतिहास नीचे प्रस्तुत किया गया है।

दलाई लामा और पंचेन लामा

दलाई लामा मूल रूप से तिब्बती लोगों के राजनीतिक और आध्यात्मिक नेता हैं। दलाई लामा किसी विशेष पन्थ या सम्प्रदाय की सीमाओं से परे एक महत्त्वपूर्ण व्यक्ति हैं। वे तिब्बत राज्य की अखण्डता के प्रतीक हैं और बौद्ध मूल्यों और परम्पराओं के अन्तरराष्ट्रीय पक्षपोषक हैं। प्रत्येक दलाई लामा को करुणामय बोधिसत्व (बुद्ध) का अवतार माना जाता है। ऐसा माना जाता है कि उन्होंने मानवता की सेवा में अपना 'निर्वाण' स्थगित कर दिया और पुनर्जन्म लिया है। तिब्बती बौद्ध धर्म में अगले सबसे महत्त्वपूर्ण व्यक्ति पंचेन लामा है। दलाई लामा पारम्परिक रूप से पंचेन लामा की पहचान करते हैं, और पंचेन लामा उस प्रक्रिया का हिस्सा हैं जिसके द्वारा प्रत्येक नये दलाई लामा को चुना जाता है। 14वें दलाई लामा उस श्रृंखला के वर्तमान तिब्बती नेता हैं जिसका आरम्भ 1300 में देखा जाता है। वे दुनिया के सर्वाधिक सुपरिचित चेहरों में से एक हैं और नोबेल शान्ति पुरस्कार

से सुशोभित हैं। 10वें पंचेन लामा की मृत्यु के बाद दलाई लामा ने गेदुन चोकी न्यिमा के नाम की 11वें पंचेन लामा के रूप में घोषणा की। हालाँकि, घोषणा के केवल तीन दिन बाद चीनी अधिकारियों ने उस 6 वर्षीय बच्चे और उसके परिवार का अपहरण कर लिया और उसके स्थान पर एक और बालक ग्यानकेन नोरबू को स्थापित कर दिया। गेदुन चोकी न्यिमा अर्थात वास्तविक 11वें पंचेन लामा को 17 मई 1995 से सार्वजनिक रूप से कहीं नहीं देखा गया है।

चीन का तिब्बत पर क़ब्ज़ा : उल्लेखनीय घटनाएँ

1935–बालक तेंज़ीं ग्यात्सो जो आगे चलकर 14वाँ दलाई लामा बना उसने तिब्बत के एक छोटे से गाँव के एक कृषक परिवार में जन्म लिया।

1949–माओ ज़ेडॉन्ग ने एक क्रूर और ख़ूनी गृहयुद्ध से पैदा हुए कम्युनिस्ट राज्य पीपुल्स रिपब्लिक ऑफ़ चाइना (पीआरसी) की स्थापना की घोषणा की। ज़ेडॉन्ग ने तिब्बत को 'मुक्ति' की धमकी दी।

1950–दलाई लामा 15 वर्ष की आयु में आधिकारिक तौर पर तिब्बत राज्य के प्रमुख बन गये।

1951–तिब्बती नेताओं को चीन द्वारा तय की गयी एक सन्धि पर हस्ताक्षर करने के लिए मजबूर किया गया।

'सत्रह बिन्दु समझौते' के रूप में जानी जाने वाली यह सन्धि, तिब्बती स्वायत्तता की रक्षा का दायित्व लेती है और बौद्ध धर्म का सम्मान करने का दावा करती है, परन्तु यह ल्हासा (तिब्बत की राजधानी) में चीनी नागरिक और सैन्य मुख्यालय की स्थापना की भी अनुमति देती है। चीनी सरकार इस सत्रह बिन्दु समझौते को एक क़ानूनी अनुबन्ध के रूप में वैध मानती है जिसका दोनों सरकारों और तिब्बती लोगों द्वारा परस्पर स्वागत किया गया था। हालाँकि, 14वें दलाई लामा सहित समस्त तिब्बती–इसे अमान्य मानते हैं और यह दावा करते हैं कि उनसे यह हस्ताक्षर दबाव में करवाये गये थे। यह 'सत्रह बिन्दु समझौता' और इसकी व्याख्या तिब्बत–चीन बहस के केन्द्रीय विषयों में से एक है।

1950–चीनी शासन के ख़िलाफ़ बढ़ते आक्रोश से सशस्त्र प्रतिरोध की परिस्थितियाँ बनीं।

1959–ल्हासा में बड़े पैमाने पर तिब्बती विद्रोह हुआ।

चीनी शासन के द्वारा क्रूरतापूर्ण विद्रोह दमन के कारण हज़ारों तिब्बती मारे गये ।

14 वें दलाई लामा और उनकी सरकार के अधिकांश मन्त्री भारत भाग आये; कुछ 80,000 तिब्बतियों ने उनका अनुसरण किया।

भारत में आज 150,000 से अधिक तिब्बती शरणार्थी रहते हैं। विद्रोह की वर्षगाँठ को दुनिया भर में निर्वासित तिब्बती 'तिब्बती क्रान्ति दिवस' के रूप में मनाते हैं। यह दिन विरोध मार्चों और जुलूसों द्वारा चीन के द्वारा तिब्बत पर अवैध क़ब्ज़े और तिब्बतियों के मानवाधिकारों के उल्लंघन के बारे में जागरूकता फैलाने के लिए चिह्नित है।

हालाँकि, चीनी शासन इस विद्रोह दमन की वर्षगाँठ को 'दासत्व मुक्ति दिवस' के रूप में मनाता है। यह चीन के द्वारा खड़ा किया गया वह वितण्डा है जिसके अन्तर्गत वह तिब्बत पर पूर्ण नियन्त्रण रखना अपना नैतिक दायित्व सिद्ध करता है और चीन के अधिकार

करने से पहले के तिब्बत को 'सामन्तवादी दास शासन' या 'पृथ्वी पर नरक' जैसे विशेषणों से विभूषित करता है।

1965–चीनी सरकार ने तिब्बती स्वायत्त क्षेत्र (टीएआर) की स्थापना की। टीएआर मूल रूप से पीपुल्स रिपब्लिक ऑफ़ चाइना के भीतर अवस्थित तिब्बती क्षेत्र है। यह चीन का दूसरा सबसे बड़ा और सबसे कम घनत्व वाला प्रान्तीय स्तर का विभाजन है।

1966–माओ ज़ेडॉन्ग की सांस्कृतिक क्रान्ति तिब्बत तक पहुँच गयी परिणामस्वरूप बड़ी संख्या में बौद्ध मठों और सांस्कृतिक कलाकृतियों को नष्ट किया गया। माओ ज़ेडॉन्ग द्वारा चलाये गये सामाजिक आन्दोलन व 'सांस्कृतिक क्रान्ति' का घोषित लक्ष्य तिब्बत में साम्यवादी विचारधारा को संरक्षित करना था। जिसके तहत उनका प्रमुख लक्ष्य पूँजीवादी और पारम्परिक तत्त्वों के अवशेषों का सफाया और माओवाद को प्रमुख राजनीतिक विचारधारा के रूप में पुनर्स्थापित करना था।

इस आन्दोलन ने चीन को राजनीतिक रूप से पंगु बना दिया और देश की अर्थव्यवस्था और समाज को एक महत्त्वपूर्ण हद तक नकारात्मक रूप से प्रभावित किया। यह 'पीपुल्स रिपब्लिक की स्थापना के बाद से पार्टी, देश, और जनता के लिए अब तक का सर्वाधिक गम्भीर झटका और बड़ी हानि' थी, तिब्बत विशेष रूप से प्रभावित हुआ, वहाँ चीनियों के विरुद्ध आक्रोश में बढ़ोतरी हुई। सांस्कृतिक क्रान्ति के वर्षों में तिब्बत में भारी जनहानि हुई। इन 10 वर्षों के दौरान कम–से–कम 12 लाख तिब्बतियों को काम करवा कर, भूखा रख कर या पीट कर मार दिया गया। किसी भी अवज्ञा के जुर्माने के तौर पर माता–पिता को अपने बच्चों को ज़िन्दा दफ़नाने के लिए विवश किया गया, असन्तुष्टों को मल और मूत्र में डुबोया गया और उन्हें ज़िन्दा जला दिया गया। उनकी नाक या एक कान काट दिया गया। यह सांस्कृतिक क्रान्ति न केवल चीन के इतिहास का वरन् विश्व इतिहास के सबसे रक्तपिपासु अध्यायों में से एक है। इस क्रान्ति ने तिब्बती लोगों और चीनियों के बीच सदा के लिए एक रक्तरंजित दीवार खड़ी कर दी है।

1987–14वें दलाई लामा ने तिब्बत को शान्ति–क्षेत्र के रूप में स्थापित करने का आह्वान किया और चीन के शासन में तिब्बत के लिए वास्तविक स्व–शासन प्राप्त करने के उद्देश्य से चीन के साथ बातचीत जारी रखी।

1988–दंगे भड़कने के बाद चीन ने मार्शल लॉ लागू किया।

1989–14वें दलाई लामा को नोबेल शान्ति पुरस्कार दिया गया।

1993–चीन और दलाई लामा के बीच वार्ता टूटी।

11वें पंचेन लामा के बारे में विवाद उठा, "परम पावन (दलाई लामा) के बाद यदि चीनी सरकार या उसके प्रतिनिधि संवाद में संलग्न होना भी चाहेंगे, तो यह तय करना कठिन हो जायेगा कि उन्हें संवाद किसके साथ करना है।" –कायदुर औकातत्संग, उत्तरी अमेरिका में दलाई लामा के प्रतिनिधि 2016।

जैसा कि पहले उल्लेख किया जा चुका है, दलाई लामा ने छह वर्षीय लड़के, गेदुन चोकी न्यिमा का नाम पंचेन लामा (तिब्बती बौद्ध धर्म में दूसरे सबसे महत्त्वपूर्ण व्यक्ति) के सच्चे पुनर्जन्म के रूप में घोषित किया था। घोषणा के तीन दिन बाद, चीनी अधिकारियों ने लड़के को घर में नज़रबन्द कर दिया और एक अन्य छह वर्षीय लड़के ग्यानकेन नोरबू को आधिकारिक रूप से पंचेन लामा के रूप में नामित कर दिया। उनके इस क़दम की तिब्बती लोगों, दलाई लामा, संयुक्त राष्ट्र और विभिन्न मानवाधिकार समूहों ने निन्दा की थी। दलाई लामा द्वारा नामित उस छह वर्षीय लड़के को 1995 के बाद से किसी ने नहीं देखा। निर्वासित तिब्बती शोक प्रकट करते हुए कहते हैं कि, यदि वह अब भी जीवित है तो दुनिया का सबसे अल्पवयस राजनीतिक क़ैदी है। चीनियों द्वारा 11वें पंचेन लामा के रूप में अपना उम्मीदवार नियुक्त करने को 14वें दलाई लामा ने नाजायज़ ठहराया है।

इस घटनाक्रम ने तिब्बती लोगों के सामने एक नयी दुविधा पैदा कर दी है। दुविधा यह है कि 11वें पंचेन लामा, वे जो कोई भी हों की 15वें दलाई लामा के चयन में शक्तिशाली भूमिका होगी। वर्तमान दलाई लामा की उम्र बढ़ने (वे 81 वर्ष के हैं) के साथ तिब्बती बौद्ध धर्म में

दो शक्ति केन्द्र बनने की सम्भावना पैदा हो रही है, एक निर्वासन में और एक तिब्बत में। यह नयी परिस्थिति न केवल तिब्बती स्वतन्त्रता आन्दोलन को गम्भीरता से प्रभावित करेगी वरन् यह तिब्बती लोगों को परस्पर विभाजित भी कर देगी।

हालिया घटनाक्रम

2007–दलाई लामा ने अपने उत्तराधिकारी चयन की सदियों पुरानी परम्परा को तोड़ते हुए कहा कि अब इस चयन प्रक्रिया में तिब्बती लोगों की सक्रिय भूमिका होनी चाहिए। वे तिब्बत के राजनीतिक नेतृत्व को लोकतान्त्रिक तरीक़े से चुने जाने का समर्थन करते हैं।

2008–बीजिंग में ओलम्पिक खेलों की मेज़बानी करने से पाँच महीने पहले तिब्बत में चीन विरोधी प्रदर्शन बढ़ गये। 20 सालों में सबसे उग्र हिंसक प्रदर्शन हुए। कई देशों में तिब्बत समर्थक कार्यकर्ताओं ने इस क्षेत्र की दुरवस्था के प्रति दुनिया का ध्यानाकर्षण करने के लिए ओलम्पिक मशाल रिले की प्रगति को बाधित किया। चीनी सरकार की कठोर प्रतिक्रिया के जवाब में 14वें दलाई लामा ने कहा कि उन्होंने तिब्बत के भविष्य के बारे में चीन के साथ एक समझौते पर पहुँचने की उम्मीद खो दी है। उन्होंने इंगित किया है कि उनकी निर्वासन सरकार अब चीन के प्रति अपने रवैये को कठोर कर सकती है।

तिब्बत में मानवाधिकारों का उल्लंघन

"चीनी अधिकारियों ने तिब्बतियों के धर्म, अभिव्यक्ति, विधानसभा और संघ की स्वतन्त्रता पर सख़्त नियन्त्रण के उपायों के साथ उनके विरोध प्रदर्शन का जवाब दिया है। तिब्बती भाषा को कलंकित करनेवाली आधिकारिक बयानबाज़ी, दलाई लामा के वक्तव्य और आत्मबलिदान करने वाले लोगों ने पहले ही तनाव बढ़ा दिया है...हम चीनी सरकार से तिब्बतियों को अपनी शिकायतों को स्वतन्त्र रूप से, सार्वजनिक रूप से, शान्ति से, और प्रतिशोध के डर के बिना व्यक्त करने की अनुमति देने का अनुरोध करते हैं और...पत्रकारों, राजनयिकों और अन्य पर्यवेक्षकों को चीन के तिब्बती क्षेत्रों में अप्रतिबन्धित पहुँच की अनुमति

देने के लिए चीन के नेताओं का आह्वान करते हैं। हम चीनी सरकार को बिना किसी पूर्व शर्त दलाई लामा या उनके प्रतिनिधियों के साथ बातचीत करने के लिए आमन्त्रित करते हैं।" *–मारिया ओटरो, तिब्बती मुद्दों की अमरीकी समन्वयक, 2012।*

तिब्बत को अन्तरराष्ट्रीय स्तर पर दुनिया के सबसे अस्थिर क्षेत्रों में से एक के रूप में पहचाना गया है, यह क्षेत्र योजनाबद्ध तरीक़े से किये जानेवाले मानवाधिकार उल्लंघन के शीर्ष पर है। तिब्बत पर 35,000 चीनी सैन्यदलों द्वारा हमला किया गया था, जिन्होंने देश की आबादी के पाँचवें हिस्से यानी 12 लाख लोगों का व्यवस्थित रूप से बलात्कार, उत्पीड़न और हत्या की। तब से 6,000 से अधिक मठों को नष्ट कर दिया गया है और हज़ारों तिब्बतियों को बन्दी बना लिया गया है। विभिन्न स्रोतों के अनुसार यह अनुमान लगाया जाता है कि 1950 और 1984 के बीच जेलों और श्रम शिविरों में 260,000 लोग मार दिये गये थे। खेती और देहाती इलाके में काम करनेवाले 34.4% तिब्बती अब भी ग़रीबी रेखा से नीचे अटके हुए हैं। इससे बुरा क्या होगा कि इस क्षेत्र की ग़रीबी दर चीन में सर्वाधिक है।

अनुमान है कि चीन संचालित जेल शिविरों में बीस लाख तिब्बती नागरिक काम कर रहे हैं। 2009 के बाद से सैकड़ों तिब्बतियों ने चीनी शासन का विरोध करने के लिए ख़ुद को आग लगा ली, जिसमें 100 से अधिक लोग जलने के कारण मर गये। आधिकारिक रिकॉर्ड की अनुपस्थिति और साम्यवादी चीन में मुक्त प्रेस के दमन के कारण यह संख्या आधिकारिक नहीं है। हालाँकि, विश्वसनीय रिकॉर्ड बताते हैं कि 1949 और 1979 के बीच निम्नलिखित अत्याचार हुए : जेल में प्रताड़ित किये जाने के कारण 173,221 तिब्बतियों की मौत हुई, 156,758 तिब्बतियों को चीनियों ने मृत्युदण्ड दिया, 432,705 तिब्बतियों को चीन के अवैध क़ब्ज़े के ख़िलाफ़ लड़ने के दौरान मार दिया गया, 342,970 तिब्बतियों को भूखा रखकर मार दिया गया, 92,731 तिब्बती सार्वजनिक रूप से यातना देकर मारे गये, 9,002 तिब्बतियों ने आत्महत्या कर ली। कोई केवल कल्पना ही कर सकता है कि इस

अवधि में मरनेवालों की वास्तविक संख्या क्या थी। और 1979 के बाद के वर्षों में मरनेवालों की संख्या क्या है। *स्रोत : हाईपीक सुपरअर्थ* तिब्बत में आज भी भाषण देने, धार्मिक अनुष्ठानों या प्रेस की स्वतन्त्रता नहीं है और मनमाने तरीक़े से धरपकड़ जारी है। 14वें दलाई लामा, जो 1959 में भारत भाग आये थे, अब 100,000 से अधिक तिब्बती शरणार्थियों और अपनी सरकार के साथ निर्वासन में रहते हैं। जबरन गर्भपात, तिब्बती महिलाओं की नसबन्दी और कम आय वाले चीनी नागरिकों के तिब्बत में स्थानान्तरण से तिब्बती संस्कृति व नस्ल के अस्तित्व को ख़तरा उत्पन्न हुआ है। कुछ तिब्बती प्रान्तों में, नये बसने वाले चीनी वहाँ के मूलनिवासी तिब्बतियों से 7–1 के अनुपात में अधिक हैं। चीनी सरकार ने कभी भी तिब्बत में अपने अत्याचारों के लिए औपचारिक माफ़ी नहीं माँगी है। चीन में ही बड़े पैमाने पर मानवाधिकारों का हनन जारी है।

भारत कनेक्शन

1935 का यह नक़्शा बोस्टन में स्थित मैरी बेकर एडी लाइब्रेरी में तीन मंज़िला हाई स्टेन ग्लास पर रेखांकित दुनिया के नक़्शे का हिस्सा है। जिसमें तिब्बत की सीमाएँ स्पष्ट तौर पर चीन से पृथक हैं।

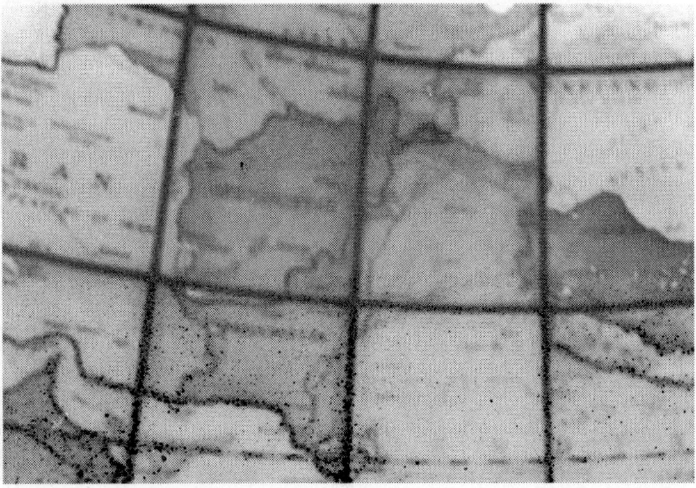

"मैं पिछले 58 वर्षों से भारत में रह रहा हूँ और इसलिए, मैं भारत का बेटा हूँ। धर्मनिरपेक्षता के क्षेत्र में भारत जैसा कोई दूसरा देश नहीं है। जब मैं तिब्बत में था तो मेरे विचार संकीर्ण थे। लेकिन जब मैं अपनी मातृभूमि से बाहर निकला और भारत आया, तो मैंने तिब्बत के साथ–साथ पूरी दुनिया के बारे में व्यापक सोच विकसित की।" 14वें दलाई लामा, 2017।

तिब्बत हमेशा से भारत–चीन सम्बन्धों के मध्य गड़ा हुआ एक काँटा रहा है। भारत द्वारा दलाई लामा और 150,000 से अधिक तिब्बती शरणार्थियों को शरण दिये जाने को लेकर चीन सदैव कुपित रहा है। पूर्व प्रधानमन्त्री जवाहरलाल नेहरू ने तिब्बती शरणार्थियों को भारत में बसने के लिए तब तक सभी सहायता प्रदान करने पर सहमति व्यक्त की, जब तक कि उनकी अपने देश सुरक्षित वापसी नहीं हो जाती। प्रवासी तिब्बती हिमाचल प्रदेश में अपनी निर्वासन में सरकार बनाये रखते हैं जो भारत में तिब्बतियों की राजनीतिक गतिविधियों का समन्वय करता है। धर्मशाला के एक उपनगर मैकलौयड गंज से निर्वासन में तिब्बती सरकार अपना कामकाज करती है। 1960 में मैसूर राज्य (कर्नाटक) ने पहली बार निर्वासित तिब्बती आवासीय क्षेत्र (लग्सुंग समदुपलिंग) के लिए लगभग 3,000 एकड़ भूमि आवंटित की थी। कुछ साल बाद कर्नाटक में कई और बस्तियाँ अस्तित्व में आयीं जिससे यह सबसे बड़ी तिब्बती शरणार्थी आबादी वाला राज्य बन गया।

अन्य भारतीय राज्यों ने भी तिब्बती शरणार्थियों के लिए ज़मीन उपलब्ध कराई है। भारत सरकार ने तिब्बतियों के लिए विशेष स्कूल बनाये हैं जो मुफ़्त शिक्षा, स्वास्थ्य देखभाल और छात्रवृत्ति प्रदान करते हैं। तिब्बतियों के लिए कुछ मेडिकल और सिविल इंजीनियरिंग सीटें आरक्षित हैं। तिब्बती भारत में एक प्रवास परमिट के साथ रहते हैं जिसे पंजीकरण प्रमाणपत्र (आरसी) नामक एक दस्तावेज़ के माध्यम से संसाधित किया जाता है। यह कुछ क्षेत्रों में हर साल या छमाही में नवीनीकृत किया जाता है। भले ही तिब्बती शरणार्थियों के पुनर्वास में

भारत की भूमिका की चीन ने आलोचना की हो, इसने अन्तरराष्ट्रीय निकायों और मानव अधिकार संगठनों से महती प्रशंसा प्राप्त की है।

भविष्य में तिब्बत के लिए क्या निहित है? 'तिब्बत और चीन के बीच किसी भी सम्बन्ध को समानता, सम्मान, विश्वास और पारस्परिक लाभ के सिद्धान्त पर आधारित होना होगा।' *–14 वें दलाई लामा, 1989।*

तिब्बत–चीन सम्बन्धों के भविष्य की दिशा तीन कारकों से निर्धारित होगी : तिब्बत में जारी मानवाधिकारों के उल्लंघन पर चीन की कार्यवाही; तिब्बती सत्ता में दलाई लामा और दुनिया भर में बिखरे 150,000 से अधिक तिब्बती शरणार्थियों की स्थिति; 11वें पंचेन लामा का विवाद। वर्तमान परिस्थितियों में यदि 15वें दलाई लामा होंगे तो उन्हें चीन सरकार द्वारा स्थापित 10वें पंचेन लामा द्वारा ही चुना जायेगा। इसका मतलब यह होगा कि चीनी सरकार तिब्बती बौद्ध धर्म का गला घोंट देगी और अगले दलाई लामा को कठपुतली के रूप में नचायेगी। 14वें दलाई लामा ने संकेत दिया है कि वे अन्तिम दलाई लामा हो सकते हैं। वे चाहते हैं कि यह प्रक्रिया लोकतान्त्रिक हो; तिब्बती लोग स्वयं अपने अगले नेता का चुनाव करें। दलाई लामा को आशा है कि ऐसा करने से बीजिंग नियन्त्रित पंचेन लामा की भूमिका सीमित हो जायेगी। इस पद्धति का एक जोखिम भी है, तिब्बत कम्युनिस्ट चीन के नियन्त्रण में है, और कम्युनिस्ट चीन निष्पक्ष और स्वतन्त्र चुनावों का पक्षधर नहीं है। तिब्बत में रह रहे तिब्बती किसी–न–किसी प्रकार से प्रतिदिन मानवाधिकारों के हनन का शिकार होते रहते हैं। इस बीच, अपनी मातृभूमि के बाहर रहने वाले हज़ारों तिब्बती उस एक दिन का स्वप्न देखते हैं जब वे ख़ूनख़राबे और संघर्ष से मुक्त तिब्बत में लौट सकेंगे, मुक्त तिब्बत अभी एक असम्भव स्वप्न है।

thelogicalindian.com से साभार उद्धृत

NEW DEITIES
NEW DEITIES

खण्ड-दो

तीन प्रमुख समकालीन निर्वासित तिब्बती कवि और उनकी प्रतिनिधि रचनाएँ

तेनज़ीं सुण्डू

भुचुंग डी. सोनम

सेरिंग वांग्मो धोम्पा

तेनज़ीं सुण्डू

तेनज़ीं सुण्डू एक एक्टिविस्ट लेखक हैं। इनका जन्म उत्तर भारत के मनाली में एक शरणार्थी परिवार में हुआ था। उन्होंने मुख्यतः तीन पुस्तकें लिखी हैं : 'क्रासिंग द बॉर्डर', 'कोरा : स्टोरीज एंड पोयम्स' और 'सेमशूक : एसेज इन तिबेतन फ्रीडम स्ट्रगल'। उनकी रचनाएँ अनेकों पत्रिकाओं व दैनिक पत्रों में प्रकाशित हो चुकी हैं। सन् 2001 में उन्होंने 'आउटलुक पिकाडोर अवार्ड फॉर नॉन–फिक्शन' जीता। इन सबके बावजूद तेनज़ीं सुण्डू का अब तक कोई स्थायी निवास या पता नहीं है।

तिब्बती स्वतन्त्रता आन्दोलन के लिए लड़ना तेनज़ीं सुण्डू को जीने के लिए प्रेरित करता है। यद्यपि वे कहते हैं कि लेखन उनके जीवन में काफ़ी देर से आया, आज उनकी कविता और अन्य रचनाएँ उनके अनुभवों और असन्तोष की सबसे प्रखर अभिव्यक्ति हैं। भारत में एक तिब्बती शरणार्थी परिवार में जन्मे, तेनज़ीं सुण्डू पहाड़ों में बड़े हुए और धर्मशाला में अपनी स्कूली शिक्षा की। निर्वासन में अन्य तिब्बतियों की तरह, अपनी मातृभूमि की स्वतन्त्रता की लालसा होनी बचपन में ही आरम्भ हो गयी थी।

एक्टिविस्ट और लेखक, तेनज़ीं सुण्डू ने 1999 में बॉम्बे में रहने के दौरान अपने दोस्तों से उधार ली गयी धनराशि के साथ अपनी पहली पुस्तक 'क्रॉसिंग द बॉर्डर' प्रकाशित की। "बचपन से मैं हमेशा लिखना चाहता था लेकिन मेरे पास भाषा नहीं थी। मैं अंग्रेज़ी में लिखना चाहता था और तिब्बती स्कूल में पढ़ रहा था–हालाँकि यह

एक अंग्रेज़ी माध्यम का स्कूल था, लेकिन मानक इतना अच्छा नहीं था कि हम लिख सकते। न मात्र भाषा के साथ वरन् विचारों और विचारधारा के साथ भी एक लेखक का जन्म बहुत बाद में हुआ। ऐसा तभी हुआ जब मैं बॉम्बे यूनिवर्सिटी में अपना एम.ए. कर रहा था। लेकिन लेखक बनने का सपना स्कूल में ही देखा था।"

तेनज़ीं सुण्डू की सुचरित रचनाएँ

मुम्बई का तिब्बती

वह जो तिब्बती है मुम्बई में
विदेशी नहीं
चाइनीज होटल
में रसोइया है
लोग उसे
बीजिंग से भागा हुआ चीनी समझते हैं

गर्मियों में परेल ब्रिज के नीचे
स्वेटर बेचता है

लोग सोचते हैं कि
कोई रिटायर्ड 'बहादुर' है

मुम्बई का तिब्बती
ज़रा तिब्बती लहजे में
मुम्बइया गाली दे लेता है
भाषा का संकट आते ही
तिब्बती बोलने लगता है
पारसी उसकी इसी बात पर हँसते हैं

मुम्बई के तिब्बती को
मिड–डे पढ़ना पसन्द है
एफ़एम उसका पसन्दीदा है
यह जानते हुए भी कि इसमें
कभी तिब्बती गाना नहीं बजेगा

वह एक सिग्नल से बस पकड़ता
चलती ट्रेन में चढ़ता
एक लम्बी काली गली से गुज़रते हुए
अपनी *खोली* में पनाह पाता है
बहुत नाराज़ हो जाता है जब
लोग 'चिंग–चौंग, पिंग–पौंग' कहकर
उस पर हँसते हैं

मुम्बई का तिब्बती
बहुत थक गया है

उसे थोड़ी नींद चाहिए और एक सपना
कि 11 बजे की विरार फास्ट
उसे हिमालय ले जाये
और 8.05 की फास्ट लोकल
वापस पहुँचा दे चर्चगेट
फिर उसी महानगर के उसी नव साम्राज्य में।

रिफ़्यूजी

मेरा जन्म हुआ तो
मेरी माँ ने कहा
तुम एक रिफ़्यूजी हो
बर्फ़ में सड़क किनारे हमारे
तम्बू से
धुआँ उठा था

तुम्हारी दोनों भवों के मध्य
ललाट पर
एक 'आर' नक्श है
मेरे शिक्षक ने बताया

मैंने खरोंचा और रगड़ा
तो मुझे अपने ललाट पर
दर्द का एक
सुर्ख़ कतरा मिला

मेरी तीन ज़ुबानें हैं
एक जो गा सकती है
वह मेरी मातृभाषा है

हिन्दी और अंग्रेज़ी के मध्य
मेरे ललाट पर नक्श 'आर' को
तिब्बती ज़ुबान *रंगज़ेन* (आज़ादी)
पढ़ती है

दहशतगर्द

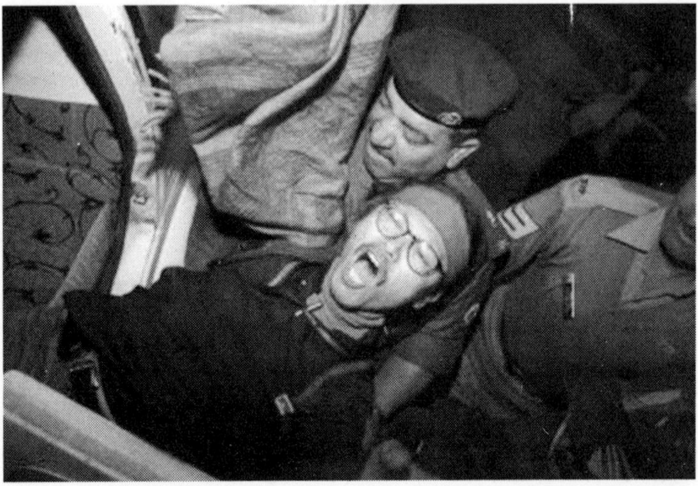

मैं एक दहशतगर्द हूँ
मारना मेरा शगल

मेरे सींग हैं
दो ज़हरीले दाँत
और ड्रैगनफ्लाई सी पूँछ

अपने घर से खदेड़ा गया
डर से छिपा

प्राण बचाये
जिसके मुँह पर बन्द हैं सब दरवाज़े

न्याय से चिरवंचित
धैर्य परीक्षित
एक ख़ामोश बहुसंख्या के समक्ष
टेलीविज़न पर लगातार कुचला जाता हुआ
दीवार पर धकियाया जाता हुआ
एक बन्द गली से लौट आया हूँ

मैं वह अपमान हूँ
जिसे तुमने एक चपटी नाक के साथ
निगल लिया है

मैं वह ग्लानि हूँ
जिसे तुमने अँधेरे में
दफ़न कर दिया है

मैं एक दहशतगर्द हूँ
मुझे गोली मार दो

बुजदिली और डर
मैं अपने पीछे घाटी में
म्याऊँ करती बिल्लियों और
लपलपाते कुत्तों के बीच छोड़ आया हूँ

मैं अकेला हूँ
मेरे पास खोने को
कुछ नहीं

मैं एक गोली हूँ
जो सोचती नहीं
राँगे के कारतूस से
दो पल का रोमांचकारी जीवन जी लेने को
उछाल मारती है
और मरने वाले के साथ मर जाती है

मैं वह जीवन हूँ
जो तुम पीछे छोड़ आये हो।

मेरा तिब्बतीपन

39 साल से निर्वासित
फिर भी कोई देश हमारे साथ नहीं
कमबख़्त एक भी नहीं!

हम लोग यहाँ शरणार्थी हैं
एक लापता देश के लोग
जो किसी देश के नागरिक नहीं

दुनिया की करुणा के पात्र
प्रशान्त भिक्षु, उत्साही अधीर परम्परावादी;
तमाम समाविष्ट करती हुई
संस्कृतियों के आधिपत्य में गुमे हुए,
एक लाख और कई हज़ार लोग

मैं, हर नाके और कार्यालय में
एक 'भारतीय तिब्बती' हूँ
हर साल नवीयन कराता
अपना पंजीयन प्रमाणपत्र, एक सलाम के साथ,
भारत में जन्मा एक विदेशी

मैं, तिब्बती चिंकी चेहरे–मोहरे के बावजूद
कहीं अधिक भारतीय
नेपाली? थाई? जापानी?
चीनी? नागा? मणिपुरी?
बस 'तिब्बती?' यह सवाल कभी नहीं।

मैं एक तिब्बती
जो तिब्बत से नहीं आया
कभी नहीं गया वहाँ
फिर भी वहीं मर सकने का
स्वप्न देखता हूँ।

तिब्बत : क्या उम्मीद के लिए अब भी जगह शेष है?

भारतीय मुझे 'चिंग चौंग' पुकारते हैं, जबकि चीनी लोगों ने मुझे तिब्बत में प्रवेश करने पर गिरफ़्तार कर लिया, जेल में पीटा और बाहर फेंकते हुए कहा "बाहर निकल, बदमाश हिन्दुस्तानी।" मैं आख़िर हूँ कौन? मेरा जन्म और पालन–पोषण भारत में हुआ और मैं यहाँ की चार भाषाएँ बोल सकता हूँ, बॉलीवुड से मोहब्बत करता हूँ, अपनी बिरादरी से ज़्यादा भारतीय दोस्त हैं मेरे। तो आख़िर मैं हूँ कौन? मेरे परिचय–पत्र को रजिस्ट्रेशन सर्टिफ़िकेट कहा जाता है। इसमें लिखा है कि तुम एक विदेशी हो, और तुम्हारी नागरिकता तिब्बती है। भारत के लिए अब तिब्बत का कोई अस्तित्व नहीं, जो वहाँ है वह चीन है, हालाँकि इंडो–तिबेतन बॉर्डर पुलिस जैसी एक चीज़ अब भी है अस्तित्व में। आधिकारिक रूप से भारत में कोई शरणार्थी नहीं, अतः यहाँ कोई शरणार्थी क़ानून सम्प्रभावित नहीं, फिर भी भारत में सबसे बड़ी संख्या में शरणार्थी रहते हैं, पारसियों से लेकर बर्मी तक, बांग्लादेशी, श्रीलंकाई तमिल और तिब्बती। हमारे कोल्लीगल, कर्नाटक शिविर का मेरा तिब्बती दोस्त सोपा, कारगिल की लड़ाई में लड़ा था। उसके दोनों ओर के सैनिकों के सिर में गोली लगी थी। जब बच रहे सैनिकों को दिल्ली में सम्मानित किया जा रहा था तो जहाँ भारतीय सैनिकों की फ़ोटो राष्ट्रपति के साथ ली गयी, तिब्बती सैनिकों के पदक सबसे ऊपर की मंज़िल के एक कमरे में सेना के अधिकारी द्वारा दिलवा दिये गये।

कमरे। हाँ, हमें कमरे बेहद पसन्द हैं, जितने बड़े उतने ही बेहतर। हम कमरों में ही रहते हैं क्योंकि घर तो एक ऐसा पवित्र स्वप्न है

जो किसी सुदूर भविष्य में ही सम्भव होगा, लेकिन सच होकर रहेगा क्योंकि यह हमारे दलाई लामा ने कहा है। यहाँ तक कि हमारी निर्वासन सरकार का स्टाफ भी कमरों में रहता है। जब उसके साथी ने उसके साथ रहना शुरू किया तो उन्होंने एक दीवार के साथ अपना रसोईघर जमा लिया। शेष दीवारें किताबों, कपड़ों, एक टीवी सेट और हाँ, एक खिड़की और दरवाज़े के लिए निर्धारित हैं। जब वह गर्भवती हुई तो यह कमरा एक घर में तब्दील हो गया और हमने उसका गृहप्रवेश किया। हमारे कमरे प्रतिरोध के नारों और गोली लगने से मरे शहीदों के चित्रों से सज्जित हैं। हम भारत में रहते हैं पर हमारे दिल तिब्बत में हैं, हम न यहाँ हैं न वहाँ।

मैं अपनी मातृभूमि की कल्पना करते बड़ा हुआ, एक गौरवपूर्ण वापसी की कल्पना, फिर सोचा घर तो यहीं है जहाँ संघर्ष है। संघर्ष ही हमारा घर है। तिब्बती लोग हर साल एक तीर्थ यात्रा पर जाते हैं। नहीं, यह बोध गया या बनारस की यात्रा नहीं है बल्कि स्थानीय पुलिस चौकी तक का सफ़र है जो अगले एक और साल के लिए उन्हें भारत में टिकने की अनुमति देता है यह 18 वर्ष से ऊपर के हर तिब्बती के लिए एक अनिवार्य प्रक्रिया है। भले ही आप तिब्बत से यहाँ 1959 में ही क्यों न आ चुके हों, भारत में ही क्यों न जन्मे हों, या अभी हाल में तिब्बत से भागी ख्यातिप्राप्त हस्ती ही हों। कोई अपवाद नहीं, क़ानून से ऊपर कोई नहीं। अपना चेहरा दिखाओ और यह सुविधा पाओ।

लोबसांग को स्वीडन में बैरे की नौकरी मिली। बेहद उत्साह में उसने अपने इस दो साल के प्रवास के लिए सामान पैक किया। अन्तिम क्षणों में, उड़ान से ठीक पहले दिल्ली उत्प्रवासन अधिकारी ने उसे बताया कि उसके पास स्थानीय पुलिस चौकी का क्लीयरेंस नहीं है। सुबह दो बजे उसने एअरपोर्ट पर 60 रुपये की मसाला चाय पी और धर्मशाला वापस लौट आया।

जहाँ चाहे जाओ, केरल या राजस्थान में पर्यटन करो या उत्तर–पूर्व में स्थानीय होने का दिखावा करो। हमें ऐसे स्वप्नलोक के सपने दिखाये गये थे। तिब्बत में हमारे लोग चीनी बन्दूक़ों का सामना प्रार्थनाओं से

कर रहे थे। क्रान्तिकारी, चीनी मानसिकता को बौद्ध धर्म से सुधारने की आशा कर रहे थे। मैंने, एक सक्रिय कार्यकर्ता के तौर पर गाँधी का अनुगमन करने की कोशिश की, दलाई लामा कुछ दुष्कर हैं। उन्हें मैं अपने दिल में रखता हूँ, दिमाग़ से गाँधी के साथ काम। जब 2008 में भारत में बीजिंग ओलम्पिक के विरुद्ध प्रतिरोध उठ खड़ा हुआ, मुझे कुल्लू में गिरफ़्तार कर लिया गया था। कारण? मैंने धर्मशाला से अपने प्रस्थान का पंजीयन नहीं करवाया था। मैं 11 दिन जेल में रहा। उसके बाद और 14 दिन मुझे धर्मशाला में दो पुलिसकर्मियों की निगरानी में नज़रबन्द रखा गया।

अब जब कॉमनवेल्थ खेल भी समाप्त हो चुके हैं, विश्व कप शुरू होने वाला है, मुझे उन अदालती मुक़दमों में पेश होना पड़ता है जिन्हें जारी रखने में पुलिस की कोई रुचि नहीं। अभी उच्च न्यायालय के ताज़ा आदेश के अनुसार वे तिब्बती जो भारत में जन्मे हैं भारत की नागरिकता लेने की अर्हता रखते हैं। मेरे विश्वविद्यालय के समय के मित्र ने मुझसे अनुनय की मैं अब अपने तमाम मुक़दमों और क़ानूनी उलझनों से निजात पाऊँ। मैंने कहा, "मैं भारतीय हूँ शायद तुमसे अधिक भारतीय हूँ। इसे सिद्ध करने के लिए मुझे किसी प्रमाणपत्र की आवश्यकता क्यों हो?"

निजी पैमाइश

लद्दाख से तिब्बत
बस एक दृष्टि भर दूर है
उन्होंने बताया था;
दुमसे की काली टेकरी से
तिब्बत शुरू हो जाता है
पहली बार मैंने देखा
अपना देश तिब्बत

एक खुफ़िया तुरन्ता सैर के दौरान
मैं वहाँ पहुँच गया
उस टेकरी पर

मैंने मिट्टी सूँघी
ज़मीन खरोंची
सूखी हवा को सुना
और जंगली सारसों को भी

लेकिन मैंने कोई सरहद नहीं देखी
कसम से ऐसा कुछ भी
अलग नहीं था, वहाँ
मैं नहीं जानता था

कि वहाँ हूँ या यहाँ
नहीं जानता था कि
यहाँ हूँ कि वहाँ

वे कहते हैं कि क्यांग
हर शरद यहाँ आते हैं
वे कहते हैं कि क्यांग
हर ग्रीष्म वहाँ चले जाते हैं।

*क्यांग : तिब्बती वन्य गर्दभ

धोखा

मेरे पिता
हमारे घर की, गाँव की, देश की रक्षा करते हुए
मारे गये,
मैं भी लड़ना चाहता हूँ
लेकिन हम बौद्ध हैं।

लोग कहते हैं कि हमें
शान्तिप्रिय और अहिंसक होना चाहिए
इसलिए मैं अपने शत्रु को माफ़ कर देता हूँ
कभी–कभी मुझे लगता है
कि मैंने अपने पिता को धोखा दिया है।

आततायी समय

मेरे दलाई लामा को मार डालो
मेरा विश्वास नष्ट हो जायेगा
मेरा सर ज़मीन में गाड़ दो
फिर इसे पीटो
मुझे नंगा कर दो
और बेड़ियाँ डाल दो
पर मुझे आज़ाद न होने देना
क़ैद में
यह देह तुम्हारी है
इस देह में
विश्वास सिर्फ़ मेरा है
तुम इसे यहीं मार डालो—चुपचाप
देखना एक भी साँस बाक़ी न रहे
मुझे आज़ाद होने न देना

चाहो तो
फिर करो ऐसा
कि बिल्कुल शुरू से
मुझे अनुशासित करो
पुनर्शिक्षित करो
दीक्षित करो

अपने साम्यवादी हथकण्डे दिखाओ
मुझे आज़ाद न होने देना

बस, मेरे दलाई लामा को मार डालो
मेरा विश्वास नष्ट हो जायेगा।

क्षितिज

अपने घर से तुम
इस क्षितिज तक चले आये हो
यहाँ से दूसरे की ओर
यह तुम्हारा है

यहाँ से अगले की ओर
अगले से अगली ओर
क्षितिज से क्षितिज
हर पग एक क्षितिज है
क़दमों को गिनो
और हिसाब रखो

ये सफ़ेद पत्थर बीन लो
और अजीब अपरिचित पत्तियाँ भी
मोड़ों और चट्टानों पर
निशान लगा लो
हो सकता है
इसी रास्ते, तुम्हें घर लौटना पड़े।

मैं थक गया हूँ

10 मार्च के अनुष्ठान करते हुए
चिल्लाते हुए धर्मशाला की पहाड़ियों से

मैं थक गया हूँ
सड़क के किनारे स्वेटर बेचते हुए
40 साल धूल और पीक में बैठे प्रतीक्षा करते हुए
मैं दाल और चावल खाते–खाते थक गया हूँ
कर्नाटक के जंगलों में गाय चराते हुए

मैं मजनूँ टीला की गन्दगी में
अपनी धोती लथेरते हुए थक गया हूँ
मैं थक गया हूँ
बहुत थक गया हूँ
लड़ते हुए उस देश के लिए
जिसे मैंने कभी नहीं देखा।

मैंने अपना लोज़ार (नया वर्ष) कहीं खो दिया है

कहीं बीच राह में, इसे गुमा दिया,
न जाने कहाँ और कब
यह नहीं किसी एक दिन का वाकया
बड़े होने के दौरान कहीं पीछे छूटता गया क्रमशः
और मैं लौटकर इसके पास नहीं गया
यह था, यह था बहुत बचपन में
जब मैं सालाना मोमो पार्टी की प्रतीक्षा करता था
यह तब भी था जब हम शरणार्थी स्कूल में
अख़बार में लिपटे उपहारों को पाने के लिए क़तार में लगे थे
यह तब भी था जब हम साथ–साथ एक और साल बड़े हुए
तब तक जन्म दिन का मतलब केक और मोमबत्तियाँ नहीं था।

कहीं बीच राह में, मैंने खो दिया इसे।
पता नहीं कहाँ और कब
जब नये कपड़े चुभने लगे, पटाखे आतंकित करने लगे
जब हमारे बन्दी नायक खा रहे थे वहाँ सूअर के दड़बों में,
उन्हें मार डाला जा रहा था उनके सर दीवार से फोड़कर
और यहाँ हम नृत्य कर रहे थे बॉलीवुड के लोकप्रिय गीतों पर।
जब छात्रावास और वर्दी हमारी मूलभूत आवश्यकताओं की पूर्ति
कर देते थे,
जब परिवार का मतलब बस अच्छे मित्र रह गया था

उन्हीं दिनों जब लोज़ार का अर्थ रह गया था
बस नया साल
या कुछ पवित्र परम्पराएँ भर
मैंने अपना लोज़ार कहीं खो दिया

कहीं बीच राह में, मैंने खो दिया इसे।
पता नहीं कहाँ और कब
एक समुद्री शहर के महाविद्यालय में पढ़ते हुए,
जो तब तक कहलाता था बॉम्बे, बहन का परिवार तीर्थ यात्रा पर,
चाचा बनारस में, माँ दक्षिण भारत में कहीं गाय चराती,
धर्मशाला पुलिस स्टेशन में हाज़िरी देना ज़रूरी था,
रेल का टिकट नहीं मिल सका, प्रतीक्षा सूची संशयात्मक।
और यह पूरे तीन दिन की यात्रा है
वापसी जोड़कर एक सप्ताह। यदि मैं चला भी जाऊँ
बाक़ी भाई बहन समय नहीं निकाल पायेंगे
इसी समायोजन में बीस साल बिना लोज़ार गुज़र गये

कहीं बीच राह में, खो दिया इसे।
पता नहीं कहाँ और कब
लोज़ार तब होता है जब हम बाल अपराधी और हरामी
अपने घर फ़ोन करते हैं हिमालय के उस पार
और उस तार में रोते हैं
लोज़ार प्लास्टिक के फूल और एक मोमो पार्टी है।
और 2008 में
जब हमारे अश्वारोही लोग गड़गड़ाती मशीनगनों के सामने
चिल्ला रहे थे 'आज़ादी', और ओलम्पिक प्रदर्शन की तरह मक्खियों
से मर रहे थे
हमने अपने सर घुटाये
और उपवास कर मर जाने की धमकी दी।

मैं नहीं मर सका।
कहीं बीच राह में, गुमा दिया इसे।
पता नहीं कहाँ और कब
कहीं तो, मैंने अपना लोज़ार खो दिया।

**लोज़ार तिब्बती नववर्ष है जो सामान्यत : फ़रवरी या मार्च में मनाया जाता है।*

प्रस्ताव

अपनी छत को कमरे के मध्य तक खींचो
तो बना सकोगे तुम मेरे लिए भी एक दुछत्ती

तुम्हारी दीवारें अलमारियों में खुलती हैं
क्या मेरे लिए शेष है वहाँ कोई दराज़

मुझे बढ़ने दो गुलाब और नागफनी के साथ अपने बागीचे में

मैं तुम्हारे पलँग के नीचे सो लूँगा
और देख लूँगा आईने में टीवी

क्या तुम्हारा ध्यान अपनी बालकनी पर है
कि मैं तुम्हारी खिड़की में गा रहा हूँ

दरवाज़ा खोलो
आने दो भीतर

तुम्हारी दहलीज़ पर ही सो रहा हूँ
जागो तो बुला लेना।

धर्मशाला में बारिश

जब धर्मशाला में बारिश होती है
बूँदें हज़ारों की संख्या में
मुक्केबाज़ी के दस्ताने पहन
करतीं हैं आक्रमण
और पीटती हैं मेरे कमरे को
अपनी टीन की छत के नीचे रोता है मेरा कमरा
भीतर ही भीतर
गीला कर देता है बिस्तर, कागज़
कभी–कभी सयानी वर्षा
पीछे से प्रवेश कर लेती है मेरे कमरे में
धोखेबाज़ दीवारें अपनी एड़ियाँ उठाकर
कमरे में छोटी–सी बाढ़ लाने की अनुमति दे देती हैं

मैं द्वीप राष्ट्र सी शय्या पर बैठकर
अपने जलाप्लावित देश को देखता हूँ
आज़ादी पर लिखी टिप्पणियाँ
जेल के दिनों के वृत्तान्त
कॉलेज के मित्रों के पत्र
डबल रोटी का चूरा
और मैगीनूडल्स

सतह पर आ जाते हैं फुर्ती से
जैसे अकस्मात याद आ जाना किसी भूली हुई बात का

यन्त्रणा के तीन महीने,
सूई सी नोक वाले चिनार में मानसून
धुला झिमिलाता हिमालय
गोधूली घाम में चमक रहा है

जब तक शान्त नहीं हो जाती वर्षा
पीटना बन्द नहीं करती मेरे कमरे की छत को
मुझे सान्त्वना देनी होगी अपनी टीन की छत को
जो डटी है ब्रिटिश राज के दिनों से अपनी कर्तव्य वेदी पर
यह कमरा बन चुका है शरणस्थली कई बेघर लोगों की
अब इस पर क़ब्ज़ा है नेवलों, चूहों,
छिपकलियों और मकड़ियों का
आंशिक रूप से किराये पर लिया गया है मेरे द्वारा

घर के नाम पर भाड़े का एक कमरा
अभिमान रहित अस्तित्व है
मेरी कश्मीरी मकान मालकिन नहीं लौट सकती
अस्सी साल की उम्र में अपने घर
हम अक्सर प्रतिस्पर्धा करते हैं
कश्मीर और तिब्बत के
नैसर्गिक सौन्दर्य की

हर साँझ
मैं लौटता हूँ अपने किराये के कमरे में
लेकिन मरूँगा नहीं ऐसे
कोई तो रास्ता होगा यहाँ से बाहर निकलने का

मैं नहीं रो सकता अपने कमरे की तरह
बहुत रो चुका हूँ
जेल और हताशा में

कोई तो रास्ता होगा यहाँ से बाहर निकलने का
मैं नहीं रो सकता
पहले ही बहुत नम है मेरा कमरा।

पेड्रो की बाँसुरी

पेड्रो, पेड्रो
क्या है तुम्हारी बाँसुरी में
क्या वह छोटा बच्चा जो माँ की मौत के बाद
पूरे क़स्बे में भागता फिरता था
करते हुए गीले कंकड़ों पर नंगे पाँव थपथप?

पेड्रो, पेड्रो
बताओ, तुम्हारी बाँसुरी में क्या है?
क्या वह उस किशोरी का मन्द विलाप
जो पेट से रह गयी सोलह में
फेंक दी गयी घर के बाहर
अब रहती है पब्लिक पार्क में शौचालय के पीछे?

अचम्भित हूँ कि
तुम एक प्लास्टिक पाइप के ठूँठ में फूँकते हो
और वह वंशी धुन बन जाती है
वंशी जिसके नहीं हैं आँख कान और मुँह
बजर ही है
एक पल रोती एक पल विहँसती
वंशी स्वर जो परिवर्तित हो जाता है छोटे सुइया बाणों में
बाण जो डसते हैं

उल्लुओं का हृदय तक डस सकते हैं
उल्लू वही जिनके कानों में बाल हैं

पेड्रो, पेड्रो
बताओ क्या है तुम्हारी बाँसुरी में?
क्या खिड़की के क़ब्ज़ों में बजती यह सीटी की आवाज़
विलाप है उस किशोरी का?
या छोटे लड़के की साँस का स्वर
जो सो रहा है अब थककर पुलिस स्टेशन में?

पेड्रो, पेड्रो
बताओ क्या है तुम्हारी बाँसुरी में?

लोज़ार की शुभकामनाएँ

ताशी देलेक!
पराये बागीचे में ही सही
बढ़ो, मेरी बहन ख़ूब बढ़ो

इस लोज़ार
जब तुम कर रही होगी
भोर की प्रार्थना
एक और प्रार्थना कर लेना
कि अगला लोज़ार
हम ल्हासा में मनायें

अपने मठ की कक्षाओं में
एक अतिरिक्त पाठ पढ़ना
जिससे कि तुम वहाँ तिब्बत में
बच्चों को पढ़ा सको
पिछले साल
अपने शुभ नववर्ष लोज़ार पर
मैंने इडली सांबर का नाश्ता किया था
और बीए अन्तिम की परीक्षा दी थी
मेरे स्टील के काँटों पर

इडली टिकती नहीं
पर मैंने परीक्षा अच्छी तरह दी

पराये बागीचे में ही सही
बढ़ो, मेरी बहन ख़ूब बढ़ो
ईंटों, पत्थरों, पटियों
और बालू के ज़रिये
तुम्हें जड़ें भेज रहा हूँ
ख़ूब फैलाओ अपनी शाखाएँ
और उठो
ऊँची बाड़ से भी ऊपर।
ताशी देलेक!

मेरे जैसा निर्वासन

यदि आप मुझसे पूछें कि मैं कहाँ का रहने वाला हूँ तो मेरे पास इसका कोई जवाब नहीं होगा। वास्तविकता यह है कि मैं कहीं का रहनेवाला नहीं। मेरा घर कहीं नहीं है। मैं पैदा मनाली में हुआ था, माता–पिता कर्नाटक में रहते हैं। हिमाचल प्रदेश के दो अलग–अलग स्कूलों में बचपन गुज़ारने के बाद मेरी आगे की पढ़ाई मुझे मद्रास, लद्दाख और मुम्बई ले गयी। मेरी बहनें वाराणसी में रहती हैं, भाई धर्मशाला में रहते हैं। फिर भी मेरा रजिस्ट्रेशन प्रमाणपत्र (स्थगन अनुज्ञापत्र या स्टे परमिट) यह कहता है कि मैं एक विदेशी हूँ जो भारत में रहता है और जिसकी नागरिकता तिब्बती है। जबकि तिब्बत दुनिया के राजनीतिक नक़्शे पर अब एक राष्ट्र के तौर पर चिह्नित नहीं है। मुझे तिब्बती भाषा में बात करना पसन्द है पर मैं लिखना अंग्रेज़ी में चाहता हूँ, मुझे हिन्दी गाने गाना अच्छा लगता है और मेरा हिन्दी उच्चारण और लय अटपटे हैं। गाहे–बगाहे ऐसा होता रहता है कि कोई आये और पूछने लगे कि मैं कहाँ का रहने वाला हूँ... मेरा अवज्ञापूर्ण उत्तर, 'तिब्बत' उन्हें असहज कर देता है और वे मुझ पर प्रश्नों, वक्तव्यों, संशयों और सहानुभूतियों की बौछार कर देते हैं। लेकिन उनमें से कोई भी इस साधारण तथ्य को समझने योग्य संवेदना नहीं रखता कि इस दुनिया में ऐसी कोई जगह नहीं जिसे मैं अपना घर बुला सकूँ और इस दुनिया के लिए मैं एक राजनीतिक शरणार्थी से अधिक कुछ नहीं।

जब हम बच्चे थे और हिमाचल प्रदेश के तिब्बती स्कूल में पढ़ रहे थे तब अक्सर हमारे अध्यापक हमें तिब्बत में रह रहे नागरिकों के कष्ट और मुसीबतों की दास्तानें सुनाया करते थे। हमें बताया जाता था कि हम रिफ़्यूजी हैं और हम अपने माथे पर एक बड़े से 'आर' के साथ पैदा हुए हैं। उस समय ये बातें हमें बहुत समझ में नहीं आती थीं, हम बस इतना चाहते थे कि अध्यापक जल्द–से–जल्द अपनी बात पूरी करें और हमें अपने तेल चुपड़े बालों के साथ धूप में खड़े रहने की मुसीबत से निजात मिले। बहुत लम्बे समय तक मैं सचमुच यह मानता रहा कि हम एक ख़ास तरह के लोग हैं जिनके माथे पर 'आर' लिखा हुआ है। हम उन स्थानीय भारतीय लोगों से बहुत अलग दिखते भी थे जो हमारे स्कूल के आस–पास रहते थे, जैसे कि वह कसाई परिवार जो सुबह–सुबह इक्कीस भेड़–बकरियाँ मारता था (जब बकरियाँ अपने अधकटे कण्ठ से मिमयातीं तो हम उनकी टीन की छत पर पत्थर फेंका करते थे)। इसके अलावा पाँच और परिवार थे जो पास ही रहा करते थे। उनके अपने सेब के बागान थे और ऐसा लगता था जैसे वे केवल सेब को ही अलग–अलग तरीक़े से पकाकर खाते रहते थे।

स्कूल के भीतर हमने अपने और समय–समय पर वहाँ आने वाले इन्जिस (पाश्चात्य) लोगों के अलावा और बहुत लोगों को नहीं देखा।

स्कूल में जो पहली चीज़ मैंने सीखी वह यह कि हम शरणार्थी हैं और यह देश हमारा नहीं।

मैंने अभी तक झुम्पा लाहिड़ी की 'इंटरप्रेटर ऑफ़ मैलेडीज़' नहीं पढ़ी। उन्होंने एक पत्रिका में अपनी इस किताब के बारे में बोलते हुए कहा था कि उनका निर्वासन उनके साथ–साथ बढ़ रहा है और मुझे लगता है कि यही प्रत्यय मेरे साथ भी घट रहा है। ताज़ा हिन्दी फ़िल्मों के सम्पूर्ण विस्तार में से जिस एक फ़िल्म का मुझे बेसब्री से इन्तज़ार था वह थी जे.पी. दत्ता कृत और निर्देशित 'रिफ़्यूजी'. फ़िल्म में एक दृश्य है, जिसमें लगता है जैसे हमारी दुर्दशा का ही चित्रण किया गया है–एक पिता सरहद के पार से अपने परिवार को पड़ोसी देश में लाकर जैसे–तैसे गुज़र–बसर कर रहा है, लेकिन है वह जीवट वाला व्यक्ति। एक के बाद एक कई घटनाएँ होती हैं जिनके बाद एक ऐसा दृश्य आता है जिसमें उस व्यक्ति को सरकारी अधिकारी गिरफ़्तार कर लेते हैं और उसकी पूरी पहचान जानना चाहते हैं। वह टूट जाता है और कहता है–"वहाँ हमारा जीना मुश्किल हो गया था, इसलिए हम यहाँ आये, अब यहाँ भी...क्या रिफ़्यूजी होना गुनाह है?" आर्मी अफ़सर हतप्रभ खड़ा रह जाता है।

कुछ माह पहले न्यूयार्क में कुछ तिब्बतियों का एक समूह जिनमें से अधिकांश नवयुवा थे, संकट में पड़ गया। एक तिब्बती युवक की मृत्यु हो गयी और समूह के किसी भी सदस्य को अन्तिम संस्कार के कर्मकाण्ड ज्ञात नहीं थे। सब एक–दूसरे का मुँह ताकने लगे। यकायक उन्हें यह एहसास हुआ कि वे घर से बहुत दूर चले आये हैं।

और इस बीच तमाम सालों के दौरान
हमारे न दफ़नाये जा सके मृतक
हमारे साथ खाते रहे
शयनकक्ष के दरवाज़ों में हमारे पीछे–पीछे दाख़िल
होते रहे।

–अबेना पीए बुसिया

एशिया से पश्चिम की ओर जाने वाले अन्य प्रवासियों की तरह तिब्बती शरणार्थी भी उस अत्यधिक मशीनीकृत और प्रतिस्पर्धी वातावरण में रहने के लिए कड़ी मेहनत करते हैं। एक वृद्ध व्यक्ति ऐसी नौकरी पाकर बहुत हर्षित था जिसकी आमदनी से वह अपने पहले से ही तंगी में गुज़र कर रहे अपने परिवार पर बोझ बनने से बच रहा था। उसे हर बीप की आवाज़ पर एक बटन दबाने का काम दिया गया था। वह पूरे दिन उस नगण्य से काम को करके भी बहुत आनन्दित रहता था। दिन भर माला फेरता हुआ प्रार्थनाएँ बुदबुदाता बैठा रहता था। बेशक हर बीप पर मुस्तैदी से बटन अवश्य दबा देता था। (हे ईश्वर! उसे क्षमा करना क्योंकि वह नहीं जानता था कि वह क्या कर रहा है।) कुछ दिनों बाद उसने जिज्ञासावश अपने सहकर्मी से पूछा कि यह बटन किसलिए है। उसे बताया गया कि हर बार जब वह बटन दबाता है तो दरअसल एक मुर्गी की गर्दन काटता है। उसने तुरन्त वह नौकरी छोड़ दी।

अक्टूबर 2000 में दुनिया सिडनी ओलम्पिक के लिए तैयार बैठी थी। नियत दिन हम सब उद्‌घाटन समारोह देखने के लिए अपने छात्रावास में टीवी से चिपके बैठे थे। समारोह के मध्य में मुझे कुछ ऐसी अनुभूति हुई जैसे मुझे स्पष्ट दिखायी देना बन्द हो गया हो और मेरे गाल भीगे हों। मैं रो रहा था। मैंने अपने आसपास के लोगों को यह समझाने की पूरी कोशिश की कि मेरे वे आँसू मेरी सिडनी जाने की अभिलाषा में या वहाँ का वैभवशाली सौन्दर्य देखकर या खेल भावना के अतिरेक के कारण नहीं निकले थे। वे नहीं समझ सके, बल्कि समझने की शुरुआत भी न कर सके... कैसे समझते? उनके पास अपना एक देश था। उन्होंने उसे कभी कल्पना में भी नहीं खोया था। उन्हें अपने देश के लिए कभी रोना नहीं पड़ा था। उनके पास अपना स्वयं का सम्मानपूर्ण स्थान था न केवल दुनिया के नक़्शे पर वरन् ओलम्पिक खेलों में भी। जहाँ उनके देश के खिलाड़ी अभिमान से परेड कर रहे थे, अपनी राष्ट्रीयता को लेकर आश्वस्त, अपनी राष्ट्रीय वेषभूषा में, ऊँचे उड़ते राष्ट्रीय ध्वज के साथ। मैं उनकी ख़ुशी में ख़ुश था।

रात उतरी है पर तुम्हारा सितारा खो गया है

जब मैं चुप था, आँसुओं में डूबा था, तब नेरुदा मेरे लिए बोल रहे थे। मैं बाक़ी का प्रसारण भारी हृदय और बिना साँस लिए देखता रहा। सब लोग एक अविभाजित संसार की बात कर रहे थे, सब वैश्विक मनुष्यता के लिए साथ उठ खड़े होने की बात कर रहे थे, सरहदों को समाप्त करने की बात कर रहे थे। मैं क्या कर सकता था, एक शरणार्थी, अपने घर वापस जाने की बात के सिवाय मैं और क्या कर सकता था?

मेरे लिए घर वास्तविक है। वह वहीं है, बस मैं उससे बहुत दूर हूँ। यह वह घर है जिसे मेरे दादा–दादी और माता–पिता अपने पीछे तिब्बत में छोड़ आये थे। यह वह घाटी है जिसमें मेरे पोपो ला और मोमो ला के कई खेत और याक हुआ करते थे और मेरे माँ–पिता अपने बचपन में खेला करते थे। मेरे पिता अब कर्नाटक के शरणार्थी शिविर में रहते हैं। उन्हें घर और जोतने के लिए ज़मीन दी गयी है जिस पर वे मक्का यानी उनकी वार्षिक फ़सल उगाते हैं। मैं उनके पास कुछेक सालों में एक बार कुछ दिनों के लिए जाता हूँ। तब मैं अक्सर उनसे हमारे तिब्बत के घर के बारे में सवाल करता हूँ। वे मुझे उस दुर्भाग्यपूर्ण दिन के बारे में बताते हैं जब वे चैङ्ग्थंग के हरेभरे चरागाहों में अपने याक और भेड़ें चराते हुए खेल रहे थे कि उन्हें अचानक अपना सब सामान समेट कर वहाँ से भागना पड़ा। हर कोई गाँव छोड़कर भाग रहा था और दबे स्वरों में यह कहता जा रहा था कि चीनी सैनिक रास्ते के सभी लोगों को मारते आ रहे हैं। बौद्ध विहारों को बम से उड़ाया जा रहा था, लूटमार जारी थी, कुल मिलाकर चारों तरफ़ घोर अराजकता का साम्राज्य था। सुदूर गाँवों से उठता हुआ धुआँ उठता दीखता था, पर्वतों से चीत्कार के स्वर उठते रहते थे। जब उन्होंने अपना गाँव छोड़ा तो उन्हें समूचा हिमालय पैदल पार करके भारत तक जाना पड़ा, वे तब बच्चे ही थे। यह सब रोमांचक होने के साथ–साथ भयानक भी था।

भारत पहुँचकर वे मसूरी, बिर, कुल्लू और मनाली में सड़क मज़दूर का काम करने लगे। मनाली को लद्दाख से जोड़ने वाली दुनिया की सबसे ऊँची सड़क का निर्माण तिब्बतियों ने किया है। मेरे माता–पिता बताते हैं कि भारत आये तिब्बतियों में से सैकड़ों आरम्भ के कुछ महीनों में मर गये। यहाँ की गरमी उनसे सही नहीं गयी और बारिश में उनका स्वास्थ्य और बिगड़ गया। लेकिन वह शिविर बना रहा और उस सड़क पर कई पारियों में काम चलता रहा। मेरा जन्म उसी यात्रा के दौरान सड़क के किनारे बने एक अस्थायी तम्बू में हुआ था। जब मैं उनसे अपने जन्मदिन के बारे में पूछता हूँ तो मेरी माँ कह देती है, "जब आसपास सब बुरी तरह पस्त और भूखे हों तो भला एक बच्चे के जन्म को कौन दर्ज करता है?" मुझे जन्मतिथि तभी दी गयी जब एक स्कूल में मेरा दाख़िला हुआ। तब भी तीन अलग कार्यालयों में तीन अलग दस्तावेज़ बना दिये गये और अब मेरी तीन जन्मतिथियाँ हैं। मैंने अपना जन्मदिन कभी नहीं मनाया।

मानसून का आगमन हमारे खेतों के लिए उल्लास का विषय है, हमारे घरों के लिए नहीं। चालीस साल पुरानी खपरैल की छत टपकने लगती है। और हम घर में जगह–जगह बाल्टियों, गिलास और कटोरियों को वरुण देव की कृपा बटोरने के लिए जमाते फिरते हैं। पिता दरारों को भरने व टूटी खपरैलों को बदलने के लिए छत पर चढ़ जाते हैं। बढ़िया एस्बेस्टोस की चादर से छत नया कर देने का विचार कभी उनके मन में नहीं आता। वे कहते हैं, जल्दी ही हम तिब्बत लौट जायेंगे। वहाँ हमारा अपना घर है। वहाँ गोशाला की मरम्मत की जाती है, उसका छप्पर हर साल बदला जाता है और पुराने, दीमक खाये लट्ठों और चौखटों को भी नया लगवाया जाता है। कर्तक में जब तिब्बती बसे ही थे तब पहले पहल उन्होंने सिर्फ़ पपीता और सब्ज़ियाँ उगाने की ही सोची थी। वे कहते थे कि परम पावन दलाई लामा की कृपा रही तो दस साल बीतने से पहले ही हम तिब्बत लौट जायेंगे। लेकिन अब तो अमरूद के पेड़ तक पुराने और जर्जर हो चुके हैं। आम की जिन गुठलियों को उन्होंने पिछवाड़े फेंक

दिया था उनसे उगे पेड़ अब फलने लगे हैं। नारियल के पेड़ हमारे निर्वासन गृहों से कन्धे रगड़ने लगे हैं। वृद्ध लोग हाथों में प्रार्थना चक्र लिए धूप में चैंग यानी मक्खन वाली चाय पीते हुए तिब्बत में बिताये गये स्वर्णिम अतीत को याद करते हैं, युवा पीढ़ी पढ़ने और रोज़ी कमाने के लिए दुनिया भर में छितर गयी है। यह प्रतीक्षा जैसे अनन्त काल को पुनःपरिभाषित करती प्रतीत होती है।

मनीप्लांट खिड़कियों से भीतर रेंग आये हैं
मानो हमारे घरों ने जड़ें पकड़ ली हैं
बाड़ फैल कर जंगल हो गयी है
अब मैं अपने बच्चों को कैसे बताऊँगा कि
हम कहाँ से आये हैं।

हाल ही में मैं अपने मित्र दावा से धर्मशाला में मिला। वह कुछ ही वर्ष पहले चीनी कारावास से छूट कर भारत भाग आया है। उसने मुझे अपने कारावास के दिनों के अनुभव सुनाये। उसका भाई जो एक संन्यासी था उसे स्वतन्त्र तिब्बत के पोस्टर लगाने के अपराध में गिरफ़्तार कर लिया गया था। हिरासत में किये जाने वाले उत्पीड़न से डर कर उसने दावा की पोल खोल दी। दावा को बिना मुक़दमा चलाये चार सौ बाईस दिनों के लिए कारावास में डाल दिया गया। तब वह केवल छब्बीस वर्ष का था। दावा ने कुछ समय के लिए चीनी कार्यपालिका के अधीन काम किया था। इसके अतिरिक्त जब वह छोटा ही था तो उसे औपचारिक शिक्षा देने के लिए तिब्बत से बीजिंग ले जाया गया था। दावा चीन के द्वारा अपने कम्युनिस्ट विचारों, विश्वासों और जीवनशैली को इस प्रकार तिब्बतियों पर थोपने के मूर्खतापूर्ण प्रयासों को याद करके अब भी हँसता है। सौभाग्यवश, उसके मामले में चीन के ये प्रयास सफल नहीं हुए।

दो वर्ष पहले मेरे स्कूल के घनिष्ठ सहपाठी को एक पत्र मिला जिसने उसे जीवन की सबसे कठिन परिस्थिति में डाल दिया। उसके चाचा द्वारा लिखे गये उस पत्र में लिखा था कि तिब्बत में रह रहे उसके माता–पिता को दो माह के लिए नेपाल में तीर्थ यात्रा करने की

अनुमति मिल गयी है। ताशी ने धर्मशाला में रह रहे भाई को अपने साथ लिया और अपने उन माता–पिता से मिलने पहुँचा जिन्हें उन दोनों ने अन्तिम बार अपने पलायन के समय यानी बीस साल पूर्व देखा था। जाने से पहले ताशी ने मुझे लिखा, सुंडू, मैं नहीं जानता कि इस अवसर पर जब मैं अन्ततः अपने माता पिता को देख पाऊँगा मुझे प्रसन्न होना चाहिए या रोना चाहिए क्योंकि मुझे बिल्कुल याद नहीं है कि वे कैसे दिखते हैं....मुझे जब अपने चाचा के साथ भारत भेजा गया था तब मैं एक छोटा बच्चा ही था और उस बात को अब बीस साल बीत चुके हैं। अभी कुछ दिन पहले उसे अपने चाचा का दूसरा पत्र मिला जिसमें सूचना थी कि लगभग एक माह पहले उसकी माँ का निधन हो गया है।

मैंने देखा है कि पूर्व और पश्चिम जर्मनी में अलग–अलग रह रहा एक विखण्डित परिवार जब पुनः मिलता है तो वे लोग हर्षातिरेक में रोने लगते हैं। उत्तरी, दक्षिणी कोरिया की सीमाएँ उदार होने से उनके लोगों के भी ख़ुशी के आँसू छलक पड़ते हैं। लेकिन मुझे भय है कि तिब्बत के टूटे परिवार कभी नहीं मिल सकेंगे। मेरे दादा के भाई वहाँ तिब्बत में ही छूट गये थे। मेरे पिता का देहान्त कुछ वर्ष पहले हो चुका है; क्या मेरी माँ यह जीवन रहते कभी अपने भाई–बहनों से मिल सकेंगी? क्या हम वहाँ कभी इकट्ठे हो सकेंगे ताकि वह मुझे हमारे घर दिखा सके?

भुचुंग डी. सोनम

"निर्वासन, अलगाव के पंगु कर देने वाले दुःख में मिश्रित आश्वासन की फिसलती रेत है।" *भुचुंग डी. सोनम*

समकालीन तिब्बती कविता के सबसे महत्त्वपूर्ण हस्ताक्षरों में से एक भुचुंग डी. सोनम का जन्म 1972 में तिब्बत में हुआ था। देश से निर्वासन के बाद वे धर्मशाला, भारत में तिब्बती बच्चों के स्कूल में पढ़े। आगे की पढ़ाई उन्होंने सेंट जेवियर्स, अहमदाबाद और फिर अमरीका में पूरी की। उनकी प्रमुख कृतियाँ हैं, 'कॉनफ्लिक्ट ऑफ़ डुएलिटी', 'सांग्स फ्रॉम अ डिस्टेंस', 'सांग्स ऑफ़ द ऐरो', 'याक हॉर्न्स : नोट्स ऑन कंटेम्परेरी तिबेतन राइटिंग', 'म्यूजिक, फ़िल्म एंड पॉलिटिक्स', 'डैन्डेलियन्स ऑफ़ तिबेत', 'म्यूज़ेज़ इन एक्जाइल : एन एन्थोलॉजी ऑफ़ तिबेतन पोएट्री', 'बर्निंग द सन'स ब्रेड : न्यू पोएट्री फ्रॉम तिबेत' (नयी तिब्बती कविता का संचयन और अंग्रेज़ी अनुवाद)। वे 'तिबेतराइट्स' नामक एक महत्त्वपूर्ण साइट के संस्थापक सदस्य हैं। सोनम अपने क्षेत्र के श्रेष्ठ आलोचकों और अनुवादकों में शुमार होते हैं और तिब्बती व अंग्रेज़ी दोनों भाषाओं में एक जैसी दक्षता से लिखते हैं।

इन दिनों वे धर्मशाला के निवासी हैं उनका स्थायी पता चोरी हो गया है।

भुचुंग डी. सोनम की सुचरित रचनाएँ

कब हुआ था मेरा जन्म?

माँ कब हुआ था मेरा जन्म?
उस साल जब नदी सूख गयी थी
कब हुआ था वैसा?
उस साल जब फ़सल बर्बाद हुई थी
हम रहे थे भूखे कई—कई दिन
और भयाकुल थे कि तुम बचोगे नहीं
क्या यही था वह वर्ष जब हम आये थे एक नये घर में?
हाँ, यही था वह वर्ष जब उन्होंने हमारे घर को हथिया लिया था
बाँट दिया था उसे देशभक्त पार्टी सदस्यों के बीच।
और हम निर्वासित कर दिये गये थे गौशाला में जहाँ जन्मे थे तुम
कौन सा था वह साल माँ?
वही जब उन्होंने बौद्ध विहारों को नष्ट कर दिया था
पिघला दी थीं ताँबे की तमाम मूर्तियाँ बन्दूक़ के छर्रे बनाने के लिए
और तुम पैदा हुए थे जब आकाश धूल से आच्छादित था
माँ, क्या यही था वह साल जब दादा हमसे दूर चले गये थे?
हाँ, वही साल कि जब तुम्हारे दादा को बन्दी बना लिया था उन्होंने
मल साफ़ करते थे वे वहाँ
और खेतों में कीड़ों को मारते थे
तुम जन्मे और घर में कोई मर्द नहीं था
माँ, क्या मैं जन्मा था उस साल जब दीवारें गिराई गयी थीं?
हाँ, वही था यह साल जब उन्होंने प्रार्थनाघर को नेस्तनाबूद कर
दिया था

खपच्चियाँ उड़ा दी थीं छत की धन्नियों की, भित्तिचित्र मटमैले
कर दिये थे
तुम जन्मे जब पूरब दिशा से एक वहशी हवा बह रही थी
कौन सा था वह साल माँ?
वही जब उन्होंने जला दिया था धर्म ग्रन्थों को
गाँव के चौराहों पर
और अपने दल की तारीफ़ में गाये थे क्रान्ति गीत
तुम पैदा हुए थे और घास के तिनकों ने उगना बन्द कर दिया था
माँ, क्या यही था वह साल जब तुमने गाना बन्द कर दिया था?
हाँ, यही था वह साल जब वे पड़ोसन को ले गये थे
डाल दिया था श्रम शिविर में
क्योंकि नहर खोदते समय वह गुनगुना रही थी एक लोकगीत
तुम जन्मे जब लोग एक एक कर ग़ायब होते जा रहे थे
कब हुआ था यह?
उसी साल था जब उन्होंने दीवारों पर
बड़ा सा लाल नारा लिख दिया था–
'जो सर बाहर निकले, कुचल दिये जायेंगे'
तुम पैदा हुए थे
जब सूर्य आकाश से तिरोहित हो गया था
कब माँ?
उसी साल जब तुम्हारे पिता...तुम्हारे पिता...

उन्हें हड़प लो

आपकी प्लेट में रखा बटर चिकन
कल तक वह मुर्गी था
जिसके चूजे अंडों से निकले नहीं अभी
आप स्वादिष्ट भोजन का आनन्द लीजिए

पिछली गर्मियों मैंने जिस ऊँट की सवारी की थी
वह अब चमड़े का एक बैग बन चुका है
सजा है एक आधुनिक शोरूम में
कुबड़ा होना भी एक श्राप है

उस पर बहुत फबता है मस्कारा
पर उसकी आँखों तक आने से पहले
वह कितने ही चूहों की आँखें फोड़ चुका होता है
चूहे अब बिल्लियों से अधिक मस्कारे से डरते हैं

बुद्ध की प्राचीन मूर्ति की नक़ल
उसके आलीशान स्नानगृह में खड़ी है
जनमानस की सामूहिक आस्था का प्रतीक
अब रोज़ उसे मूतते हुए घूरता है

वह दहाड़ता हुआ गर्वीला बाघ

जो बड़ी शान से बंगाल के जंगलों में
चहलक़दमी किया करता था
अब तुम्हारी पोशाक का बॉर्डर है
लेकिन
उसे पहन कर भी तुम
बस एक भीगा हुआ कुत्ता दिखते हो।

फ़ासले से गीत
(वेज़र के लिए)

मेरी देह इस तपते हुए कमरे में फँसी है
छत से आती रौशनी मुझे चौंधिया रही है
चमड़ा मढ़ा सोफ़ा मुझे आमन्त्रित करता है
कि अपनी पीठ सीधी कर लूँ ज़रा
लेकिन मेरा हृदय भाग–भाग जाता है
गाँव के साथ बहती नदी की ओर
हवा के साथ रह–रह कर डोलते
चमड़े के पट्टों से बने पुल की ओर
धूल से भरे उस अहाते की ओर
जहाँ माँ खेत में काम करते हुए मुझे
एक चट्टान से बाँध दिया करती थी

यहाँ के सिलेटी घर मुझे घूरते हैं
ट्रेन में ठण्डे, चिड़चिड़े, थके हुए, अकेले, खोये–खोये लोग
अपने जीवन का कोई अन्य संस्करण चाह रहे हैं
मेरा मन दौड़ कर स्कॉर्पियन पहाड़ी के साथ बसे
उस गाँव में पहुँच जाता है
जहाँ विलो के वृक्ष सीटियाँ बजाते हैं
जहाँ एक दिन
मैंने एक किसान की झोंपड़ी में आग लगा दी थी

मैं, अब हवा में उड़ता सिंहपर्णी का एक रेशा हूँ
अपनी सुनाओ, मेरी बाग़ी दोस्त!
जानता हूँ कि मेरी ही तरह तुम भी
एक उन्मादी शहर के
अगम्य कोने में फँस गयी हो
क्या तारों के पीताभ प्रकाश में
तुम्हारा सोफ़ा भी तुम्हें आमन्त्रित करता है?
या दीवार पर लगी एक आँख तुम्हारी मांसपेशियों की
एक–एक फड़क
पर नज़र रखती है?
मैं जानता हूँ कि तुम्हारा हृदय भी दौड़–दौड़कर
उसी पहाड़ी घर में जा पहुँचता है
जहाँ नीलवर्ण आकाश के नीचे
प्रखर तारे तुम्हें देखते थे।

फ़ासले से भी यही गाता हूँ–
तुम और मैं, केसर के धनुष से छूटे हुए
तीर के दो टुकड़े हैं
तुम और मैं, यारलुंग नदी के सींचे हुए जौ
की दो बालियाँ हैं

हर दिन जब मैं इंटरनेट खोलता हूँ
मेरा दिल धड़कता है
कि कहीं मुझे तुम्हारे लापता होने की ख़बर न मिले
जैसे डोमा किअब
अपनी किताब 'हिमालायाज़ ऑन फायर' के
किताबों के कुनबे में जन्म लेने से पहले ही
क़ैदखाने की कोठरी में गुम हो गये
जैसे 'जाम्यांगकी' एक शाम

ख़बर लिखने के साथ ही
अदृश्य हो गयीं
जैसे वह ओपेरा मास्टर जो
अपने क्रान्तिगीत के हवाओं में बहने से पहले ही
अँधेरे का बन्दी बना लिया गया
जैसे बारखोर की वह वृद्ध स्त्री
जो अपने प्रार्थना चक्र के साथ लापता हो गयी

फ़ासले से भी मैं गाता हूँ–
तुम और मैं उसी पात्र के दो टुकड़े हैं
जिसमें मिलारेपा अपनी बिच्छू बूटी उबालते थे
हम दोनों उस हपुषा वृक्ष के दो पत्ते हैं
जो महकता है अम्नी माचें की पहाड़ियों में

यहाँ निर्वासन में
मेरी झुर्रियाँ और गहरा रही हैं
पेड़ों पर पतझड़ उतरा है
तुम उसी शहर में अपनी क़लम को और धार दोगी
जहाँ तुम्हारा हर शब्द नापा जाता है
हर साँस पर नज़र रखी जाती है
हर क़दम का पीछा किया जाता है
फिर भी तुम्हारी क़लम उन्हीं गाथाओं के साथ नृत्य करती रहती है
जो मुझ तक किसी और भाषा में पहुँचती हैं

फ़ासले से मैं गाता हूँ–
तुम और मैं, उस कविता से विखण्डित दो शब्द हैं
जिसे गेंदुन छुम्बे ने क़ैदखाने की कोठरी में लिखा था
तुम और मैं युरुपों की तलवार

की दो खपच्चियाँ हैं
जिसने अप्रैल की उस रात्रि को वेध दिया था

एक दिन तुम और मैं ल्हासा के
एक गँदले होटल में
एक कटोरा थुकपा खायेंगे
एक दिन हम दोनों दो हिम सिंह होंगे
और नेनचें तांक्ला के
पहाड़ों में विचरेंगे।

(वेज़र एक तिब्बती कवि, लेखक, ब्लॉगर व लोकप्रसिद्ध बुद्धिजीवी हैं। चीनी शासन ने उनके लेखन से क्षुब्ध होकर ल्हासा में किये जाने वाले उनके सम्पादकीय कार्य से उन्हें निष्कासित कर दिया गया था। वे अब बेजिंग में रहती हैं, जो उनकी जन्मभूमि तिब्बत से उनका बलात् निर्वासन है।)

निर्वासन

घर से दूर
अपने छत्तीसवें किराये के कमरे में
मैं एक फँसी हुई मधुमक्खी
और तीन टाँगों वाली मकड़ी के साथ रहता हूँ
मकड़ी दीवार पर रेंगती है
मैं फ़र्श पर
मधुमक्खी खिड़की बजाती है
मैं मेज़
अक्सर हम अपने अपने एकाकीपन की
राशि बाँटते हुए एक–दूसरे को घूरते हैं
वे दीवारों को बीट और जालों से
रंग देती हैं
मैं उन्हें अलग–अलग नाम दे देता हूँ
मसलन जाल, व्यूह, फन्दा,
पंख, भुनभुनाहट, फड़फड़ाहट

दूर घर से
मेरे मिनट घण्टों के समान हैं
मकड़ी जिस खिड़की से छत तक की यात्रा करती है
मधुमक्खी जिस खिड़की से कूड़ेदान तक उड़ती है

घूरता हूँ उसी खिड़की से बाहर
नहीं बोल सकता हममें से कोई दूसरे की भाषा

मैं चाहता हूँ
काश! मेरे चुप होने से पहले
बहरे हो जाओ तुम।

एक गीत

मेरे सारे पल तुमसे बावस्ता हैं
फिर भी एकाकी हूँ
तुम्हारी प्रतिछाया को धूम्र सा लपेटे
जैसे तरुवर के नीचे उगा एक सिंहपर्णी

मेरा मानस तुम्हारे विचारों से सन्तृप्त
और हृदय अब तक रीता
जैसे तुम्हारी घोड़ियों के झुण्ड से छूटा हुआ
एक खुरविहीन गर्दभ

तुम निष्कलंक दूरस्थ चन्द्रमा
मैं
तुम्हारे नूर में नहाई अगली लहर की
प्रतीक्षा में लीन
तट पर पड़ा रोड़ा

मैं एक पतित पर्ण से अधिक कुछ नहीं
या हपुषा वृक्ष में अटका हुआ एक पंख भर
लेकिन घेरे रखता हूँ तब तक तुम्हारी पुतली को
जब तक नक्षत्र चन्द्रमा से अधिक कान्तिवान नहीं हो जाते

तुम्हारी गर्माहट पाने के लिए
मैं गिद्ध सी उड़ान भरता हूँ
और मेरे गौरैया से पंख
मुझे मेरे कमरे के निर्जन कोने तक ही ले जा पाते हैं

मैं अपने लैपटॉप के धूमिल स्क्रीन को
अनवरत घूर रहा हूँ
कि शायद उस शीतल बयार का गीत लिख सकूँ
जो आप्लावित हो तुम्हारी
मोहक सुगन्धि से।

कहीं ज़्यादा

कौन जाने?
वे जो सोचते हैं कैसे सोचते हैं
कैसे तय करते हैं
कि किस हड्डी से प्रेम करना है
किसका तिरस्कार
किसके सामने दुम हिलानी है
कहाँ लटकानी है जीभ

यदि तुम एक कुत्ता होते
तो किस पर भौंकते?

अब वह बोस्टन में है

डेविड स्क्वायर टी–स्टेशन पर
निकास द्वार और
लकड़ी की लम्बी बेंच के बीच
वह बुनती रहती है दस्ताने, बच्चों के दस्ताने,
मफलर और मंकी कैप
फिर उन्हें एक डोरी और ज़मीन पर फैला देती है
सामने बिछी रहती है एक चौरस चादर

मुस्कुराती है आते–जातों को देखकर
इतना अधिक कि जीभ निकाल लेती है
और फिर लपेटकर रख लेती है मुँह में
वह अंग्रेज़ी में दस तक गिन लेती है
गुड और थैंक्यू बोलना भी जानती है
उसकी नातिन उसकी शिक्षक है

एक पहाड़ की तरह बैठी है वह ज़मीन पर
सलाइयों के बीच चलती लड़ाई
को उसके हाथ नियन्त्रित किये रहते हैं
माथे पर धनुषाकार झुर्रियाँ हैं
और जो आँखों के किनारे से निकलती हैं
वे अस्त होते सूर्य की किरणों सी हैं

कभी–कभी वह अचानक बुनना बन्द कर देती है
सीने पर हाथ जोड़
"हे येशी नोर्बू, परम पूजनीय
कर्मों की झंझा में उड़ती हुई मैं यहाँ
गोरों की इस भूमि पर आ गिरी हूँ
इस धरती पर ऐसे पड़ी हूँ जैसे
25 साल और परायी धरती पर पड़ी रही

तेनज़ीं ग्यात्सो की अभिलाषा पूरी कर दो
मुझे वापस अपने घर भेज दो हे प्रभो!
ताकि चैन से मर सकूँ"

कभी वह काठमाण्डू में बौद्धनाथ स्तूप
के चारों ओर बनी सड़क पर बैठी थी
बेचते हुए सम्पा, चूरा और चाय बिस्कुट
जूझते हुए धुएँ और धूल से

वही थी धर्मशाला में भी
बैठी मन्दिर के द्वार के पास एक स्टूल पर
लगाये रेहड़ी लाफिंग नूडल्स, मोमो और आलू खस्ता की
गिनते हुए हर शाम कुछ मैले कुचैले नोटों को

उसके बाद दिल्ली में कनाट प्लेस की
फुटपाथ पर भी थी वही
बेचती स्वेटर, जैकेट और टीशर्ट
अपनी जपमाला से जूझती मच्छरों से

वही अब बोस्टन में है
मुख्य द्वार और बेंच के बीच

सप्ताह में सात दिन
बुनती दस्ताने, मंकी कैप, बच्चों के दस्ताने

"मैं इस सफ़र से थकी नहीं
पर यह इन्तज़ार बहुत लम्बा है।"

और तभी एस्केलेटर से
उतरता है
अपने घर लौटने वाले लोगों का झुण्ड।

लाल ललाट
(तेनज़िं सुण्डू के लिए)

वे मुझसे पूछते हैं, उसका ख़ून इतना गर्म क्यों है?
मैं उन्हें बताता हूँ–
जब लाल बन्दूक़ें हमारी शान्त पहाड़ियों में गरजी थीं
तुम अनाथ हो गये थे
तुम्हें पर्वतों ने भी अकेला छोड़ दिया था जब
हमारे काठ के कटोरे पलट दिये गये थे

तुम्हारा रक्त समय के ज्वार से टकराता है
खौलता मेरा रक्त भी है

लेकिन यह मेरे ललाट को लाल नहीं करता
मेरी भावनाओं को उन्मादित नहीं करता

मेरे भीतर भी दौड़ रहा है वही ख़ून
जो पहाड़ी पवन के गीत गाते हुए
महान योद्धाओं के साथ क़दमताल करते हुए
दौड़ता है तुम्हारे भीतर
हम दोनों के रक्त पर एक ही बर्फ़ के
फाहों के चिह्न अंकित हैं

वे तुम्हारे लिए पूछते हैं
उसका स्वर ऐसा तीव्र क्यों है
और मैं कहता हूँ–
हमारे नीले आकाश से लहराते गिरते
बमों ने
तुम्हारे गीत चुरा लिए हैं
ढहती छतों के नीचे से आती हमारी माँओं की चीत्कार ने
तुम्हारा सब स्वर माधुर्य
भंग कर दिया है
घड़ी तुम्हारे समय के विरुद्ध चल रही है
मेरा स्वर भी तीव्र होता है
पर यह मेरे ललाट को लाल नहीं करता
जबकि
पर्वतीय देवताओं का आवाह्न करने के लिए
योद्धाओं की शौर्य गाथा सुनाने के लिए
तुम जैसा हो सकने के लिए

पुकारती है मुझे भी वही आवाज़
जो तुम्हें पुकारती है।

(तेनज़ीं सुण्डू एक क्रान्तिकारी कवि हैं जिन्होंने अपने मस्तक पर एक लाल रंग का पट्टा इस प्रण के साथ बाँधा है कि वे साम्यवादी चीन के ग़ैरवाज़िब क़ब्ज़े से तिब्बत की मुक्ति तक इसे नहीं खोलेंगे।)

शाम सात की सैर
(माल्डन शहर, बोस्टन, अमेरिका)

ऑबर्न मार्ग पर
जहाँ मैं रहता हूँ
छत्तीस कार और दो लोग थे
एक जवान काली लड़की, सलीके से सजी–धजी
अपने रूप–रंग को ठीक से समझती हुई
मुझ पर एक सरसरी निगाह डालती है।
एक सोलह साल का लड़का
मेरे नज़दीक से गुज़र गया है
मुझे एक मुस्कराहट की तलाश थी
पार्किंग में खड़ी कारों ने मुझे घूरा
अमरीका बहुत पैसेवाला और अकेला है।

ट्रेमोंट स्ट्रीट, जिससे होकर रोज़ स्कूल जाता हूँ
वहाँ भी पचपन कारें और दो आदमी हैं
एक शानदार भारी सफ़ेद औरत
नीली जींस और हरी टीशर्ट में अपने गमलों से
मुरझाये पत्ते तोड़ रही है
दस क़दम आगे एक विशालकाय गोरा आदमी
मेरे बगल से जॉगिंग करता गुज़रा है
मुझे एक मुस्कराहट की तलाश थी

उसने मुझे बड़ी गहराई से सन्देही दृष्टि से निरखा
मैं दुबला हूँ मेरी त्वचा पीली है
माउंट वर्नन स्ट्रीट पर
मैं अपनी बस का इन्तज़ार करता हूँ
चालीस कारें छह लोग और एक कुत्ता
दो जोड़े सीढ़ियों पर बतिया रहे हैं
एक जोड़ा एक तिब्बती कुत्ते को साथ लिए
हाथ में हाथ डाले टहल रहा है

औरत ने अपना मोबाइल फ़ोन झटका
मुझे एक मुस्कुराहट की तलाश थी
'हाय जेन, फ़ोटो ईमेल से भेज दो!'
अमरीका स्क्रीनों के बीच बसता है

सड़क के पार लाल बत्ती के पास
एकमंज़िला मकान सल्फर रौशनी के नीचे
किसी धनाढ्य के महल सा दीखता हुआ
जिसकी पार्किंग मेरी रद्दी की टोकरी की तरह कारों से भरी है
बाहर बोर्ड पर लिखा है
'वेयर श्मशान गृह'
मैं अपने किराये के कमरे की ओर मुड़ चला हूँ
मृत्यु में सब बराबर होकर पृथ्वी की ओर लौट आते हैं।

द्रापची एकान्त कारावास में एक हज़ारवाँ दिन

तुम बस मुझे बाहर घसीट लाओ
मैं तुम्हारे सारे आरोप स्वीकार कर लूँगा
और अपराध–स्वीकरणपत्र पर हस्ताक्षर भी कर दूँगा
नहीं, मुझ पर बलप्रयोग की दरकार नहीं
मैं देह से टूटा हुआ ही हूँ।
फिर भी चाहो तो निस्संकोच मुझ पर
नयी कराटे–किक का अभ्यास कर सकते हो
मैं एक जीवनरहित घन हूँ।

इस ठण्डी कोठरी में मुझे गर्मी लगती है
सन्नाटे में आवाज़ें सुनायी देती हैं
मेरा यह नष्ट जीवन विखण्डित छवियों की
बौछार से आक्रान्त है
मेरी रक्तरंजित नाक
कब की जलबुझ चुकी अगरबत्ती की
सुगन्ध को सूँघ रही है
उसके नीले धुएँ के छल्ले
अब भी मेरी उलझी हुई सोच में तैर रहे हैं
मुझे बिजली के झटके खाने की लत लग चुकी है
अपनी बिजली की छड़ से मुझे कोंचो न
तुम्हारी आवाज़ में आज डंक क्यों नहीं है

अपना कण्ठ साफ़ करो, अपना चेहरा लाल करो
अपनी गर्दन की नसें तान लो, नाक सिकोड़ लो
और फिर मैं तुम्हारी ज़ोरदार चिल्लाहट सुनना चाहता हूँ
मेरे पेट में भर ताक़त मारो
मुझे उल्टा टाँग दो
इस सबसे मैं जोश से भर जाता हूँ
और अपने ध्येय पर ध्यान केन्द्रित रख पाता हूँ
मुझे बुद्ध और स्पष्ट दिख रहे हैं
तुम्हारे कन्धे पर जड़े लाल सितारे धुँधले हो रहे हैं
तूफ़ानी दर्रे पर एक हिम सिंह
बुरी तरह छटपटा रहा है
यह भ्रम है, भ्रान्ति है या कल्पना है
मुझे इस अँधेरे से बाहर खींच निकालो
मैं अपराध–स्वीकरणपत्र पर सही कर दूँगा
मुझमें कुछ शेष नहीं
सिवाय उस सच के जो मेरे दिमाग़ में नज़रबन्द है

(ड्रापची, ल्हासा में चीनी शासन के अधीन वह कुप्रसिद्ध कारावास है जहाँ तिब्बती राजनीतिक बन्दियों के साथ बर्बरतापूर्ण व्यवहार किया जाता है।)

रंगज़ेन (आज़ादी)...

रंगज़ेन...घर वापसी की कोशिश है। यह अपना नेता बाहर से नहीं चुनती, बल्कि यह विश्वास करती है कि हम अपना नेतृत्व खुद कर सकते हैं। रैंगसें उन सब क्रियाकलापों का नाम है जो हम अपने तिब्बत के लिए रोज़ाना करते हैं—अपनी आज़ादी के लिए किये गये सब सामूहिक कृत्य और उत्साही इच्छाएँ। रैंगसें का अर्थ है हार न मानना—वस्तुतः कभी हार न मानना; अपनी लड़ाई को हमेशा, किसी भी वक़्त, किसी भी जगह ले जा सकना और जारी रखना, इसका अर्थ यह जानना भी है कि सत्य है और जीत उसकी ही होती है।

...व्यापक और अखिल चेतना है। जो एक कवि के लिए उसके शब्द हैं, एक किसान के लिए उसकी भूमि, एक चरवाहे के लिए उसकी झोंपड़ी, एक कारख़ाना मज़दूर के लिए उसके औज़ार, एक निर्वासित के लिए उसकी वे नदियाँ, पहाड़, उसका घर जिन्हें वह बहुत पहले छोड़ आया है, एक ख़ानाबदोश के लिए घास के मैदान पर उसका वह तम्बू जहाँ बैठकर वह मक्खन मथ सकता है, गीत गा सकता है, किसी भी विकराल आतंकपूर्ण छाया के बिना।

...विदेशी भूमि पर एक लम्बा इन्तज़ार है। एक लड़ाई जो कतई आसान नहीं, यह जेल की एक सँकरी कोठरी में यातनादायक वर्ष हैं, चिलचिलाती धूप में बीच सड़क पर एक मोटे पुलिसमैन की लाठी से पिटना है। यह स्वेच्छा से अपना सब कुछ दाँव पर लगाकर भी आत्मिक सन्तुष्टि पाना है।

रैंगसें (आज़ादी) का अर्थ आसपास की छतों से देखते कैमरा की चिन्ता के बग़ैर बारखोर (ल्हासा) में जौ की बीयर पी सकना है।

यह एक उम्मीद है कि एक दिन मेरी देह को एक अन्तिम चढ़ावे की तरह गहरे नीले आसमान से उतरते गिद्धों के हवाले कर दिया जायेगा।

विषैले बाण निषिद्ध हैं
(सोशल मीडिया को समर्पित)

अपना परिचय देता हूँ—मैं हूँ एक पायदान, कुत्ते का एक बाल,
एक कँटीला तार।
मैं दरअसल 'तुम' हूँ। हाँ, 'तुम', आसक्त दृष्टि से कम्प्यूटर स्क्रीन
को घूरता हुआ
एक फेसबुकिया, ट्विटर अनुगामी, 'लाइक' आकांक्षी, वज्र मन्दबुद्धि।
कुएँ का सब पानी चुक गया है।
यह बौद्धिक मृत्यु मुबारक हो।

कुण्ठा एक कचरे की थैली में बेतरह ठुँसी, सीढ़ियों से लुढ़कती
आती है
और एन तुम्हारे दरवाज़े पर फट जाती है।
ख़ुशी एक साफ़ नदी में बहती हुई विष्ठा है

काश! तुम वह काला बिन्दु होते जो एक युद्ध की लम्बी गाथा
को पूर्णविराम दे सकता।
विराम।
तुम एक अर्धविराम या डैश तो हो सकते हो लेकिन
वे इस मामले को पूर्णविराम देना नहीं चाहते।
यह काला बिन्दु अब मृत्यु की अन्तिमता ही हो सकता है।

मैं एक चमचा, चाटुकार, ख़ुशामदी, हूँ अस्थिरबुद्धि
मैं कम्प्यूटर पर बैठा एक 'लाइक–क्लिक' से प्रसन्न होने वाला गिरोह सरगना का चेला
मेरे हाथ बड़े हैं लेकिन मेरा दिमाग़ गड़बड़ तारों वाला डाँवाडोल और शिथिल
इलेक्ट्रिक पक्षी भर है।
दिये गये आदेशों को मानना मेरा धर्म है।
कोई व्यावहारिक विकल्प दिये बिना आलोचनाओं को वायरल कर फेंकते जाना
सिस्टम में बग होने की निशानी है जो एक मक्खी भी हो सकता है।
ये आरोप। ये गुलेलों के निशाने। यह घबराहट।
यदि स्पष्टता की शर्त का आरम्भ इस अव्यवस्था से है
तो आगे के सारे रास्ते शर्तिया नर्क की ओर जायेंगे

एक बूढ़ी औरत ज़ी ज़िम्पिंग को शी–चैंग–फैंग यानी 'ख़राब शराब को फेंक दो' कहती है

दिल में दर्द, पैर–दर्द, उँगली में दर्द, शिश्न में दर्द, आदमी के लिए कोई उम्मीद बाक़ी नहीं। मैं बजाय आदमी के एक झड़ा हुआ पत्ता होना पसन्द करूँगा।
मैं कोई योद्धा नहीं, सिर्फ़ अपना रास्ता साफ़ करना जानता हूँ।
मेरे दादा ने कहा था कि शब्द जब तक तुम्हारे मुँह में रहें आसान होते हैं
हाथ में आते ही कठिन हो जाते हैं।
मैं सोचता हूँ कि वे तभी तक आसान होते हैं जब तक हमारे सपनों में रहते हैं।

यदि मेरा दिमाग़ भी मेरी नाक की तरह बहता
तो रुमालों से बने असंख्य कालीन हवा में तैरते रहते
जिन पर बलगम से कहानियाँ लिखी होतीं।

लिखने के लिए जितना कुछ है उतने शब्द नहीं।

हर क्रान्ति अपने घर में कप तोड़ने के साथ शुरू होती है
यह सोफ़ासेट बाहर करके यहाँ लकड़ी की चारपाई डाल दो
मोटापा क्रान्तिकारी विचारों का नाश कर देता है

उम्मीद जो है सो है, मात्र चार अक्षरों का एक शब्द।
मैं जो हूँ सो हूँ, एक आम आदमी।
मैं और उम्मीद, लँगड़ाते हुए दो दोस्त।

एक बहुत महत्त्वपूर्ण व्यक्ति सोशल मीडिया पर
लोकतान्त्रिक बहस करते युवाओं को मानसिक रूप से पंगु,
आत्मदयाग्रस्त, नाटकीय, आत्महन्ता और अवसादी कहता है।
लगता है कि वह कभी ठण्डी ज़मीन पर नहीं बैठा।
मैं एक तिब्बती हूँ, मैं शब्दबाणों का उपहास करना जानता हूँ।

मैंने स्वयं को कब से नहीं देखा, यदि तुम मुझे कहीं पाओ
तो किराये के इस दिमाग़ का रास्ता दिखा देना।

सिंहपर्णी के सूखे तने पर बैठी हुई मक्खी। वातमय दिवस, सूर्यास्त।
मैं जल में सिर के बल कूदता हूँ

मैंने अपना हृदय दो ढेलों के लिए बेच दिया था
एक को समुद्र में फेंक दिया

दूसरे को अपने तकिये के नीचे दबा लिया
तब से मेरे सपने ठिठुर रहे हैं।

मैं पर्वतीय दर्रे तक अपनी आवाज़ का पीछा करता हूँ
वहाँ अब गीतों के वाण नहीं
सिर्फ़ वायुअश्व के रुदन की छाया है

सोमवार क्या शानदार दिन है!
मैं काम में भूल जाता हूँ कि अपने एकान्त में
मैं भौंकता हुआ
एक बेसहारा श्वान हूँ
घड़ी मुझे पागल होने से बचाती है।

पूर्वानुमेय

एक टिक्टी मेज़ पर
वह चीनी आदमी
चार खाल उतरे कुत्तों को रख देता है
सब एक आकार के
उनमें से एक के, आगे के चार दाँत नदारद हैं
चार महिलाएँ रुकती हैं कसाई की दुकान के सामने
ज़रा ज़ोर से बोलती हुई।

'चलो, वह बदमाश वाला लेते हैं'
सींकों से बना बड़ा सा टोप पहने स्त्री बोली
शेष ने सहमति में सिर हिलाया
अगली ने कुत्ता मारने वाले की ओर देखते हुए
कुत्ते के मुँह की ओर इंगित किया
जो बोला, अरे इसे क़ाबू करना असम्भव था
काल की तरह झपट और काट रहा था
मुझे इसका मुँह तोड़ना पड़ा

कसाई बायीं हथेली की पीठ से
माथे का पसीना पोंछते हुए
करता है शव के टुकड़े
औरतें मुग्ध हो निहारती हैं गँड़ासे की लय

उसकी पुष्ट भुजा ऊपर और नीचे
होती हुई

चारों औरतें हाथों में भारी थैले लादे
चली गयीं
बतियाते हुए उस कुत्ते के बारे में
जिसे काटने से पहले उसके
दाँत तोड़ने पड़े थे।

अभिव्यक्ति और बहुत कुछ

वर्ष उन्नीस सौ इक्यानवे दुनिया भर में फैले तिब्बती समुदाय के लिए बहुत ख़ास था। उस साल भारत, नेपाल और भूटान में रह रहे 1,000 तिब्बती तिब्बती शरणार्थियों के पुनर्वास के लिए वॉशिंगटन डीसी द्वारा चलाये गये प्रोजेक्ट का हिस्सा बनने के लिए रवाना हो गये। मैं उन दिनों टीसीवी स्कूल में पढ़ने वाला बालक था।

एक शाम मैं और मेरे कुछ मित्रों ने परमपूज्य दलाई लामा के नाम यह याचिका लिखी कि तिब्बतियों को अमरीका भेजे जाने की नीति पूरी तरह ग़लत है और अपनी इस आपत्ति का कारण ब्रेन ड्रेन यानी बौद्धिक दोहन बताया। हमने लिखा–"हमारे अधिकांश अनुभवी अध्यापक वहाँ चले जा रहे हैं इससे हमारी पढ़ाई पर बुरा प्रभाव पड़ेगा।" हमने तो इस बचकानी याचिका को परमपूज्य तक पहुँचने की युक्ति भी ढूँढ़ निकाली थी। इसके बाद हमारा क्या हाल हुआ यह कहानी कभी और सही।

किन्तु आज जब हम हज़ारों तिब्बती शरणार्थियों के जीवन पर, हमारे सहयोग तन्त्र पर इस प्रोजेक्ट का सकारात्मक प्रभाव और इसकी पहुँच देखते हैं तब अपने निर्णय के आधारभूत तर्क की अपरिपक्वता, आत्मकेन्द्रिकता व अदूरदर्शिता का आभास हो जाता है। यद्यपि वह याचिका लिखते समय हम सोचते थे कि ऐसा करके हम इतिहास रच रहे हैं और हमारी व्यवस्था इस संसार के कार्य व्यापार को नहीं समझती। हम कुपित थे। हम बगावत पर उतारू थे। किन्तु अब पीछे देखने से समझ आता है कि हम अपरिपक्व अभिव्यक्ति की व्याधि से ग्रस्त थे।

बॉब डिलन अपने एक पुराने गीत 'मार्स्टस ऑफ़ वार' में गाते हैं, "तुम कह सकते हो कि मैं छोटा हूँ, तुम कह सकते हो मैं अनुभवहीन हूँ, लेकिन तुमसे छोटा होते हुए भी मैं वह बात जानता हूँ।" युवा होना, विद्रोही होना है, अपने लिए नयी राहें ढूँढ़ना है, अपना भाग्य ख़ुद लिखना है और पूर्वस्थापित व्यवस्था और शक्ति को चुनौती देना है। लेकिन बॉब डिलन और हमारे प्रबुद्ध कवि गेंडुन छुम्बे के मामले में क्रान्तिकारी होना दूरदृष्टिवान, प्रतिभावान और ज्ञानवान होने के साथ– साथ अपनी अभिव्यक्ति पर पूरा नियन्त्रण रखना भी था–यानी क्या, कब, कैसे, क्यों और कहाँ कहना है यह जानना भी था।

इस बात से मुझे एक और प्रकरण याद आ रहा है, स्टैनफोर्ड डेली समाचारपत्र के 3 जून 2010 संस्करण ने प्रधानमन्त्री समधों रिंपोचे की स्टैनफोर्ड विश्वविद्यालय यात्रा की रिपोर्ट प्रकाशित की थी। लेकिन जिस बात को पढ़कर मैं अपनी कुर्सी से बाहर उछल पड़ा, वह था 21 वर्षीया स्टैनफोर्ड विश्वविद्यालय की मेधावी छात्रा व स्वतन्त्र तिब्बत आन्दोलन की पैरोकार व सक्रिय कार्यकर्ता तेनज़ीं सेलदों का पत्रकार ज़ो लेविट के साथ विचार–विनिमय के दौरान दिया गया वक्तव्य, "अधिकांश छात्र तिब्बत को दलाई लामा के माध्यम से जानते हैं। वे भी एक मनुष्य हैं। वे सभी तिब्बतियों के जीवन का प्रतिनिधित्व कैसे कर सकते हैं?"

दलाई लामा तिब्बत का प्रतिनिधित्व कैसे कर सकते हैं? यह प्रश्न 'ज़िन्हुआ न्यूज़', 'पीपल्स डेली' जैसे चीनी सरकार के स्वामित्व में काम करनेवाले मीडिया पर नियमित रूप से देखा जा सकता है किन्तु एक सुशिक्षित तिब्बती द्वारा यह प्रश्न पूछा जाना उसकी अपरिपक्व अभिव्यक्ति ही नहीं वरन् राजनीतिक अपरिपक्वता को भी दर्शाता है। क्योंकि यह प्रश्न न केवल ऐतिहासिक रूप से ग़लत है बल्कि वर्तमान अवस्था को प्रतिबिम्बित करने में भी पूरी तरह असमर्थ है।

इस वर्ष अप्रैल में पूर्वी तिब्बत के क्येगुदो में आये विध्वंसकारी भूकम्प के बाद एक बूढ़ी औरत अपने पौत्र के शव से लिपट कर निरन्तर जप रही थी, "ग्यालवा येशी नोरबू ख्यिन्नों! ग्यालवा येशी नोरबू ख्यिन्नों!"

जब उसकी समूची दुनिया नष्ट हो गयी और उसके लिए हर तरफ़ एक असम्भव अन्धकार ही शेष रहा तब भी जिस एक व्यक्ति से अपनी शरण में ले लेने की गुहार वह लगा रही थी वे दलाई लामा ही थे।

साल 2008 में जब तिब्बतियों ने समूचे तिब्बत में शान्तिपूर्ण प्रदर्शन किये तब उनका प्रमुख नारा था–"दलाई लामा ज़िन्दाबाद!" "दलाई लामा वापस आओ" और "हमें चाहिए स्वतन्त्र तिब्बत"। वे तिब्बती जो निरन्तर चीन की निगरानी में हैं, जो इस बात को अच्छी तरह समझते हैं कि इन नारों को लगाना अपने लिए गिरफ़्तारी, हिरासत, यन्त्रणा व कारावास को आमन्त्रण देना है, फिर भी वे उन्हें पूरे तिब्बत में लगाते रहे। ये सब बातें स्पष्ट रूप से दर्शाती हैं कि दलाई लामा न केवल समस्त तिब्बतियों का प्रतिनिधित्व करते हैं बल्कि उनके स्वतन्त्रता संघर्ष का सबसे मुखर व स्पष्ट प्रतीक भी हैं।

सन् 1642 से, जब महामहिम दलाई लामा पंचम, एक एकीकृत तिब्बत के अस्थायी और धार्मिक नेता बने, अब तक 370 वर्षों से अधिक अवधि में दलाई लामाओं ने ही तिब्बतियों का नेतृत्व किया है। दुनिया में बहुत कम सरकारें अपने इतने प्राचीन प्रशासनिक व वैधानिक इतिहास का दावा प्रस्तुत कर सकती हैं। इसलिए दलाई लामा की सत्ता संस्था में बड़ी ऐतिहासिक वैधता है। इन अद्वितीय ऐतिहासिक विशेषताओं के अलावा, तिब्बत के लिए किये गये अथक परिश्रम के कारण भी 14वें दलाई लामा को तिब्बत में और तिब्बत से बाहर सभी तिब्बतियों द्वारा निर्विवाद रूप से नेता की मान्यता प्राप्त है।

कम्युनिस्ट चीन अक्सर गरजता है कि दलाई लामा 'तिब्बती लोगों का प्रतिनिधित्व नहीं करते हैं', यह और कुछ नहीं बस उन परमपूज्य दलाई लामा की नेतृत्व शक्ति को कम आँकने का व्याकुल प्रयास है जिनकी छत्रछाया में हिमालय के दोनों ओर रहनेवाले समस्त तिब्बती एक मुक्त तिब्बत के लिए सतत संघर्षरत हैं। बीजिंग के लिए यह एक सस्ता राजनीतिक उपकरण है जिसका इस्तेमाल वह अपनी सुविधानुसार करता रहता है।

हालाँकि, एक तिब्बती के लिए यह उस दोधारी तलवार पर चलने जैसा है जो दोनों तरफ़ से काटती है। ज़्यादा तेज़ धार हमारी तरफ़ है। मुझे आश्चर्य नहीं हुआ जब 'पीपुल्स डेली' ने अपनी बयानबाज़ी को पुष्ट करने के लिए सेल्डों की टिप्पणी का ठीक वैसे ही स्वागत किया जैसे उन्होंने निर्वासित लोकतान्त्रिक व्यवस्था और उसके कामकाज की आलोचना करते हुए जाम्यंग नोरबू–ला के वक्तव्य के अंश का इस्तेमाल किया था।

हम स्वतन्त्र देशों में रहते हैं और हमें परम पावन दलाई लामा द्वारा शुरू की गयी नीतियों से सहमत नहीं होने या निर्वासित तिब्बती सरकार की आलोचना करने की पूर्ण स्वतन्त्रता है। लेकिन हमें कोई भी बयान देने से पहले मुद्दे की बारीक़ियों को समझने की ज़रूरत है। हमारी टिप्पणियाँ, ज्ञान, इतिहास, दृष्टि और इन सबसे ऊपर वर्तमान वास्तविकता की पूरी समझ पर आधारित होनी चाहिए। युवाओं के विद्रोही स्वभाव को सन्तुष्ट करने के लिए, उनकी हताशा और निराशा को कम करने के लिए कुछ भी बक देने की भूल का उपयोग मीडिया तुरन्त अपने लाभ के लिए कर लेगी। यह हमारे लिए निरुद्देश्य साबित होगा।

एक स्वतन्त्र तिब्बत के लिए हमारा संघर्ष हमारे सत्य, इतिहास और दुनिया, स्वयं और चीनियों के साथ हमारी बातचीत की शक्ति पर आधारित है। तेनज़ीं सेलदों जैसे मुखर युवा कार्यकर्ता हमारे संघर्ष में सबसे आगे हैं, जो दृढ़ता और सम्मान के साथ अन्यायपूर्ण स्वामित्व की यन्त्रणाओं के प्रतिरोध में खड़े हैं। त्याग और नेतृत्व करने की उनकी इच्छा को ज्ञान, दृष्टि, इतिहास की जानकारी और कई अन्य मुद्दों और कारकों को शामिल करने वाली बड़ी और स्पष्ट तस्वीर से मेल खाना चाहिए। मात्र साहस प्रदर्शित करना और हर बात पर लानत भेजने का रवैया स्पष्ट रूप से पर्याप्त नहीं।

सेरिंग वांग्मो धोम्पा

सेरिंग वांग्मो धोम्पा के माता–पिता को सन् 1959 में तिब्बत से पलायन करना पड़ा। उनका पालन–पोषण धर्मशाला (भारत) व काठमाण्डू (नेपाल) के तिब्बती समुदायों के मध्य रहते हुए उनकी माता द्वारा किया गया। धोम्पा ने नयी दिल्ली के लेडी श्रीराम कॉलेज से बी.ए. और एम.ए. की उपाधियाँ अर्जित कीं, तत्पश्चात एमहर्स्ट के मैसाचुसेट्स विश्वविद्यालय से एम.ए. और सैन फ्रांसिस्को स्टेट यूनिवर्सिटी से रचनात्मक लेखन में एम.एफ.ए. की उपाधि प्राप्त कीं। सन् 2000 में उन्होंने दो पद्यपुस्तिकाएँ लिखीं–'इन राइटिंग द नेम्स' और 'रिकरिंग जेस्चर्स'। 'रूल्स ऑफ़ द हाउस' (2002), 'इन द एब्सेंट एवेरीडे' (2005) और 'माय राइस टेस्ट्स लाइक लेक' (2011) उनके पूर्णाकार कविता संग्रह हैं, जिनमें से 'माय राइस टेस्ट्स लाइक राइस' उत्तरी कैलिफोर्निया के स्वतन्त्र पुस्तक विक्रेताओं द्वारा प्रायोजित बुक ऑफ़ द इयर 2012 सम्मान के लिए नामांकित हुआ। धोम्पा की कथेतर गद्य की पुस्तक 'ए होम इन तिबेत' (पेंगुइन इंडिया, 2013), जो अमरीका में 'कमिंग होम टू तिबेत : ए मेमॉयर ऑफ़ लव, लॉस एंड बिलॉन्गिंग (2016)' के नाम से प्रकाशित हुई है, और उनके अपने जीवन पर आधारित है।

तिब्बती, हिन्दी और नेपाली समेत अनेक भाषाओं और बोलियों पर समान अधिकार रखने वाली धोम्पा अंग्रेज़ी भाषा में लिखती हैं। उनकी कविता अभिनव संरचनाओं और प्रणालियों के माध्यम से

तिब्बती समुदायों के बुजुर्गों की यादों को दर्ज करते हुए, विस्थापित तिब्बतियों की अतीत के प्रति ललक को अभिव्यक्त करती है। जोशुआ मैरी विलकिंसन, अपनी वर्स नामक ऑनलाइन समीक्षा में कहती हैं कि "उनकी रचना 'इन द एब्सेंट एवरीडे' उन असंख्य रेखाओं की सी विलक्षणता या परिचित विचित्रता से युक्त है जो एक ही समय में कभी अचानक आपस में जुड़ी हुई और कभी अलग दिखाई देती हैं। उनकी कविताओं की कड़ियाँ भी एक ही समय में परस्पर पृथक् और सहज रूप से सम्बद्ध दिखती हैं।"

धोम्पा को सैन फ्रांसिस्को आर्ट कमीशन और द गैलेन रोवेल फंड की ओर से लेखनवृत्तियाँ प्रदान की गयीं।

सेरिंग वांग्मो धोम्पा की सुचरित रचनाएँ

पानी का गीत

'म' की माँ इतनी ख़ूबसूरत थी कि उसके पिता ने उसे एक सन्दूक में छिपा दिया था। मैं कहानी के इस संस्करण पर विश्वास करना चुनती हूँ, हालाँकि मेरा विवेक मुझे उकसाता है कि मैं लकड़ी या स्टील के ऐसे किसी सन्दूक के अस्तित्व पर प्रश्न खड़ा करूँ। विवरण प्रकरणों को स्थायित्व प्रदान करते हैं।

सीमेंट की छतें बारिश के यथार्थ को नहीं मानतीं। आप भीगे पर्दों से ही उसके आगमन का संज्ञान ले पाते हैं।

इससे मुझे जेत्सुन की याद आयी, कि कैसे उसे लगा था कि गंगा में पैर डुबोने के बाद उसके सिर में थोड़ी झनझनाहट हुई थी।

हाथ धोने के बाद मैं चढ़ावे की वेदिका (खाने की मेज़) को भी ख़ाली कर देती हूँ। सामग्री उपलब्ध होने पर भी उसे प्रदान करने का प्रस्ताव समाप्त कर दिया गया है।

ख़ाली बर्तन उठाने के बाद और पर्दे खींचने के बाद कुछ स्त्रियाँ प्रेम करेंगी।

सुख का बोध नहीं सुख में निकली 'आह' के बाद का क्षण प्रमुदित करता है

रीति–रिवाज ज्ञान का स्रोत भी हैं। करते–करते तुम यह जान लेते हो कि प्रार्थना के सात प्यालों को भरने में ठीक–ठीक कितना पानी लगता है।

कहीं–न–कहीं 'म' की माँ की एक फ़ोटो ज़रूर होगी। उसे देखते ही मैं जान लूँगी कि मुझे 'म' ने क्यों नहीं बताया था कि उसकी माँ

एक पुल से नीचे कूद गयी थीं और अपने साथ एक चीनी सिपाही को ले गिरी थीं।

एक लामा ने बताया था कि मैं उस औरत का पुनर्जन्म हूँ। मेरे पास उस जैसी ही कम आँकी गयी इच्छाशक्ति है। 'म' की इच्छाशक्ति अधिक मुखर है इसलिए मुझे उस जैसी बनने के लिए कहा जाता है।

एक फ्रांसीसी आदमी ने कहा था कि घोड़े सिर्फ़ सामने के रास्ते को देख सकते हैं। उसने यह बात मेरे सन्दर्भ में भी कही थी।

एक दृश्य खो चुकने के बाद आप वाक्यों में रहना सीख लेते हैं।

पूजा के प्यालों को भरने के लिए लिया गया नया जग अपनी ख़ुद की जल–क्षमता को नहीं जानता।

यहाँ हर चीज़ एकान्तिक है, और पराश्रित भी।

जलावतनी

फ़ासले से दिखते हैं भूदृश्य कुछ अधिक स्पष्ट
मसलन 'मैं जिस जगह से हूँ वह अब नहीं है'
बावजूद उन तमाम सिद्धान्तों और प्रयोगों के
जहाँ लाल रंग संवेगों का प्राक्कथन है
रक्त सम्बन्ध नहीं है नातेदारी की पहली शर्त
चयन की कूटनीति में एक विचार दूसरे को उखाड़ फेंकता है
(अतः, भूख एक चौखटे में अँट जाने की युक्ति है) हम पिंजरों में छड़ें
संहिताओं के प्रभुत्व की सम्पुष्टि के लिए लगाते हैं : प्लास्टर और कॉर्क
तैरने में हमारे सहायक हैं
आवश्यकताएँ आवाज़ों को ख़त्म करने का मंसूबा हैं
जैसे कीलों ने ही इस घर को सीधा थाम रखा है

जिन शहरों के पास अपनी पंचवर्षीय योजनाएँ हैं
वे देखते हैं ख़रीदने का सपना
सफलता का सर्वांगीण आवंटन है
बस खिड़की से दीखता हुआ नीला समुद्र
या एक स्थिर पर्वत
जिन्हें दूसरे शब्दों में 'व्यू' कहा जाता है
हम रेत पर करते हैं निर्माण

फिर भी बहुत दृढ़ होते हैं कहीं अपना स्थान सुरक्षित करते हुए
कभी नहीं भूलते कि अपने पीछे क्या–क्या छोड़ा
जबकि नवागमन हमें देता है
ससमय, वायदानुसार, प्रचुर वृद्धि के अवसर

बूचड़खाना शामिल नहीं किया जाता
पर्यटकों की नगर भ्रमण योजना में
क्योंकि लोग मृत्यु नहीं देखना चाहते
वे अटकलें लगाते हैं कि दरिद्र होने के कारण
स्थानीय लोगों में लालसाएँ भी नहीं
निर्धन प्रसन्न हैं, यह वे एक फ़ासले से निहारते हैं
मूक रहना ही यातना का आधार है
वंचित ही स्वर्ग की कामना करते हैं
या कम–से–कम स्वर्ग की अवधारणा में विश्वास रखते हैं
हम साग–सब्ज़ियाँ हथिया कर बेचने के लिए
ज़िन्दा गाय–भैंसों का क़त्ल कर देते हैं
एक सूफ़ी ने कहा कि युवक तुम्हारा इस्तेमाल शहर की
टैक्सी की तरह करेंगे। तुम्हारी नियति अकेले रहना है
स्त्रियों द्वारा लाल आवरण की तरह
बिछाये हुए पुष्पों को बन्दर झपट्टा मार उठा ले जाते हैं।

तीसरा पाठ

जब वह वृद्धा अपनी नींद में मरी, उस वक़्त सामतेन एक छोड़े गये कालीन कारख़ाने में लटकते हुए करघे के नीचे, एक नेपाली रैप पर नाच रहा था।

तिब्बती डॉक्टर ने मृत्यु का कोई ठोस कारण नहीं बताया। चौथी बार पूछने पर कहा, अस्थायित्व।

बूढ़े तिब्बती काले और सिलेटी वस्त्रों में इकट्ठे होने लगे। वे अपने साथ भटकती आत्मा की शान्ति के लिए अनेक उपाय लेकर आये थे। उन्होंने कहा कि जीवन और मृत्यु के बीच बहुत भ्रम है।

बगीचे में बिखरी माँ को भोजन और जूनीपर की सुगन्धित अगरबत्ती का धुआँ दिया गया।

लामा ने कहा, अब कोई नहीं रोयेगा। क्योंकि इससे जीवित लोगों की अपेक्षा मृतक अधिक दुःखी होता है। उसने बताया कि छोड़कर गये लोगों की चेतना और सजग हो जाती है। जीवित अवस्था में उसे अपनी मृत्यु का भान नहीं हुआ था। लेकिन अब वह अपनी मृत्यु में जीवित है। उसे उसकी काल्पनिक देह में सोचो।

पूरे पैंतालीस दिन, सामतेन प्रार्थनाओं के बीच रहा और माँ के पुनर्जन्म के विचार को दृढ़ता से जकड़े रहा।

बाद में उसका ध्यान गया कि कैसे उसकी देह ने नृत्य की कुछ भंगिमाओं को करने से इनकार कर दिया है। उसने बताया कि उसने जिस ताल पर नृत्य करने का अभ्यास किया था, उसका सिर उस ताल में नहीं हिलता है। वह नृत्य के पदों में अपने साथी के साथ तालमेल नहीं बैठा पा रहा है।

लामा ने कहा, अब वह मर चुकी है। उसका नाम ज़ोर से मत पुकारो। वह तुम्हारी वह माँ है जिसका वह अस्तित्व अब शेष नहीं।
बाद में उसे याद आया कि कैसे उसकी वह माँ, जिसका अब वह अस्तित्व शेष नहीं है, जब उसे बाज़ार में अपना ख़रीदारी का थैला लिए मिलती थी तो बहुत अच्छी लगती थी। थैले में हमेशा कुछ मांस और धनिया पत्ती का एक गुच्छा होता था।
हाथ में हमेशा एक लिपटा हुआ रानी रंग का छाता।
बाद में उसे याद आया कि मांस का सबसे बड़ा हिस्सा उसे मिलता था।

बीच में

उसने बस कहा, दावत के लिए देर हो गयी
मुझे लगा, उसने कहा, हर चीज़ तुम्हारे ख़िलाफ़ है।

कुछ लोग स्विमिंग पूल में जीवन के अनुभवों पर विजय पा लेते हैं
जब हवा थप्पड़ मारती है, वे
पानी में पलटकर संकट के रोमांच पर बोलने लगते हैं
यह एक रद्दी संवेग को रद्दोबदल करने की चालबाज़ी है।
सर हिलाने का क्या अर्थ निकालना चाहिए?
क्या यह एक विस्मय बोधक संकेत भी हो सकता है?

क्या एक इशारे के बाद कोई चुम्बन ले सकता है?
एक स्त्री चाय के बेस्वाद होने के बारे में कुछ बुदबुदाती है
दीवारें हमारी पोल खोल देने की धमकी दे रही हैं
जैसे ही हम बुदबुदाते हैं
आनन्द, आनन्द, परछाइयाँ हमारे चिकोटी काट लेती हैं
जबकि विश्वविद्यालय के शिक्षक कहते हैं
कि इस शब्द का ऐसा प्रयोग सरासर त्रुटिपूर्ण है
अत्यन्त शोचनीय त्रुटि, जबकि हममें से आधे
अनपढ़ और असम्पृक्त हों। शब्दों को उनकी जन्म व्यवस्था
में सोचो। शिक्षक ने पूछा, क्या अब समझे
ओह, हाँ

कुत्ते अकारण भौंक रहे थे
हममें से कुछ घाट पर गये और शवदाह होते देखते रहे
श्वेत वस्त्रों में औरत विलाप कर रही थी। उसके केश पछाड़ें
खाती रीढ़ पर हकबकाये पड़े थे। मृत्यु के स्थान पर हम
विकर्षण के अन्य तरीक़े ढूँढ़ लेते हैं

दोपहरें बातों को और मूल्यवान बना देती हैं।

हमसे कहा गया था, अपने प्रेमी का नाम लो,
उसने कहा मैं नहीं लूँगा, प्रेम के विषय में बात करने के लिए
सर्वमान्य भाषा का प्रयोग करना चाहिए,
मैं भरोसे के बिना सम्पत्ति नहीं सौंप दूँगा। फिर वह ठण्डी बयार
में लहराने लगा, और हमारे अनुनय करने पर ही थमा। बारिश
रुक गयी पर हम अब भी भीगे थे।

गर्दन की एक हरकत से हज़ारों मर जाते हैं।

घर, एक अस्थायी डेरा

1

तेंदू का पेड़
और मेरे पड़ोसी का बेटा–मुँहासों से
ग्रस्त जिनका अग्रभाग–कारण वही शरद का आहार।
इस दौरान,
गुफाओं और चट्टानों के नाम भविष्य काल में रख दिये गये हैं।
मूर्खतापूर्ण पशुमुख परनालों का भाग्य भी उनसे बेहतर सिद्ध हुआ
इतिहास की किताबों में; देश के स्मारक
टिकाऊ सामग्री से बने होते हैं। हम अड़ियल स्याही का दाग,
स्मृतियाँ एक जानवर जिसकी उपमा पैमाने खो
चुकी हो। अगर कहानी एक तरंगदैर्ध्य है,
तो हम चुन सकते हैं उसकी शुरुआत,
अपने इरादों का अनुसरण हाशिये तक करके
परम्पराओं के आगे झुक सकते हैं।
एक राष्ट्र का निर्माण करते हुए,
हम स्थायी रूप से पुराने और हमेशा नये होते हैं
माँ एक शरणार्थी की मौत मरी, उसने सोचा होगा कि हमारी
यह दशा
घर वापसी का वायदा है। उसने राष्ट्र का निजी संस्करण
अपने बिस्तर के नीचे रखा था। क्या हुआ जो उसके गाँव का
नाम बदल दिया गया। यह उसके बचपन की नदी

से बस एक मग पानी लेने जैसा था, दस पत्थर और
पाँच टहनियाँ घर के अस्थायित्व के निशान थे।

2

शरीर पर आक्रमण बस हृदय को बन्धक बनाता है
अतीत की सेनाएँ भोर में प्रेम का झंडा फहराती हैं,
स्वयं का वह हिस्सा
जो दुखों को विशेषाधिकार मानता है उसे लेने वाला कोई नहीं
तुम्हारा पतन शीघ्र होगा
जैसे फल पकते हैं
तो शाखाएँ नारंगी मिठास से झुक जाती हैं
मैं तुम्हारी उसी मिठास को याद करती हूँ
मुझे बस थोड़ी मोहलत चाहिए
कि मैं तुम्हारे बस से उतर कर
कहानी के आरम्भ तक जाने के क्षण पर
पहुँच सकूँ
('हम' नाम की त्रासदियाँ यूँ ही बनती हैं।)
कि तुम बस दस मिनट लेट होते
कि अधिकार की लड़ाई में भूगोल महत्त्वहीन होता
पितृसत्ता के मिज़ाज का हवाला देने का कोई कारण नहीं होगा
सुनने के लिए दूसरे कान ले आओ
या मापने का वह पैमाना
जो उस नुकसान को सम्प्रेषित कर सकें
जो सरहद पार के हर शब्द को काल्पनिक मान
लेने से हुआ है; वह दिल ले आओ जो घाटे का सौदा कर सके
जो खण्डित होने से न डरे।

3

दिल के दौरे के दौरान दिल की मांसपेशियाँ विलाप करती हैं

ऑक्सीकरण पुनरुत्पादन से पहले की कड़ी है, जिसे यूँ भी कह सकते हैं
कि शब्द किसी भी प्रणाली के भीतर अपना नया तन्त्र बना लेते हैं।
वह कहती है, सारी बीमारियाँ बड़ी आँत से
शुरू होती हैं। वह जानती है कि इमारत में ऑक्सीजन कहाँ रखी जाती है।
वह जानती है कि किसको इसकी आवश्यकता औरों से अधिक है,
किन्तु अक्सर उन्हें दी जाती है जिनका
जल्दी स्वस्थ होना सुनिश्चित है
समय के साथ नये ऊतक घाव को भरने लगते हैं :
टेलिस्कोप, कपासी बादलों, सिंहपर्णी के सफ़ेद फूलों
के पार से देखने पर सूर्य की सतह पर
छोटी कोशिकाओं की सी संरचनाएँ दिखती हैं।
समय के साथ घाव के चारों ओर की त्वचा सिकुड़ने लगती है।
हालाँकि यह घाव के सिकुड़ने की बात, सिकुड़ते नक़्शों की तरह,
एक अधूरी कथा कहती है।

4

बूँदा–बाँदी की सुबह
फीके रंगों की पट्टिका
के सामने रखे गये वृक्ष
अपने जैसे नहीं लग रहे
कहीं और एक हीटर
अपने यान्त्रिक अन्तर्ज्ञान की वजह से
गड़गड़ाता है, ऑन और ऑफ़ होता हुआ।
पहले मुझे ठण्ड लगती है, फिर मैं गुनगुनी हो जाती हूँ
मैं ऊर्जा चालन नहीं समझती
ना ही झूठ के रहस्य को
सड़क, पत्थरों में बर्दाश्त से अधिक

धँस जाने वाली पत्तियों से उकताई हुई,
उनके आरोपण से चित्तीदार है। एक कौआ,
कौन क्या जानता है के विचार से आबद्ध,
चिमनी पर मँडराता है। जीवन की गहनता
गर्म हवा में ऊपर की ओर धक्का देती है।
यह एक अतिसाधारण सड़क पर एक अतिसाधारण दिन है
जहाँ लोगों के अस्तित्व का एकमात्र चिह्न
उनकी जलती हुई पोर्चलाइट है, वह भी कोहरे से सहमी हुई,
और टेलीविज़न स्क्रीन पर शरणार्थियों की तस्वीरें हैं।

5

यह व्यवस्थित नहीं, विन्यस्त नहीं

दायें हाथ से खाओ,
झाड़ू को अपनी देह से दूर रखो।
अब लगाओ
ऊन की छत, खाल का बिस्तर,
खाने को कोश
हर किसी को एक त्रुटि और दण्ड का हाथ भी दिया गया है.
बायाँ हाथ जप माला को सहेजता है
बायाँ हाथ वापसी का संकेत देता है
तुम्हारा शुभ नाम क्या है?
तुम कहाँ के रहनेवाले हो?

6

मुझे और न माँगने के लिए
प्रशिक्षित किया गया था।
मैं सबसे छोटे टुकड़े उठाया करती,
प्लेट का शेष देवताओं, दबंगों और बड़ों के लिए छोड़ देती।

बड़े सिखाते, अपनी आँखों को वह सब लेना सिखाओ
जो पहले से ही तुम्हारा है। इसलिए मैं सियारों के हूकने तक
जंगल में रुकी रही
फिर मैंने सड़कों से गुमशुदा और फेंका गया सामान उठाया।
मैंने किंडरगार्टन की
उस अध्यापिका के लिए गीत गये जो गुलाबी चौखाने
की पोशाकें पहनती थी, और कुपित होकर अंग्रेज़ी बोलने लगती थी।
अब योग्यता का चिह्न और बड़ा है
क्या मेरे दिल को इसी के लिए सिया गया था।

माँ

(अपने देश और परिजनों से बहुत दूर भारत के एक राजमार्ग पर हुई सड़क दुर्घटना में अपनी माँ को खो देने के बाद सेरिंग ने तय किया कि वे उनकी मुट्ठीभर राख को तिब्बत ले जायेंगी। जब वे पूर्वी तिब्बत में स्थित अपनी माँ के पैतृक घर पहुँचीं तो उन्होंने महसूस किया कि उनका अब तक का सम्पूर्ण जीवन उन्होंने इसी वापसी की तैयारी में व्यतीत किया था।

अ होम इन तिबेत, एक पुत्री द्वारा अपनी माँ और मातृभूमि को बारम्बार अर्पित की जानेवाली श्रद्धांजलि है। यह उन माँ और बेटी के परस्पर प्रेम की कथा भी है, जिनके पास परिवार और आश्रय के नाम पर बस वे दोनों ही थीं। यह पुस्तक मात्र उन दोनों की ही नहीं उन असंख्य शरणार्थियों की कथा भी है जिन्हें उनकी ज़मीन से बेदखल कर दिया गया है।)

मेरा यह संशय कभी दूर न हो सका कि मैं छह मार्च को पैदा हुई थी या सात मार्च को। स्कूल के काग़ज़ात में मेरी जन्मतिथि छह तारीख़ लिखी है पर न जाने क्यों मैं सात मार्च को ही अपना जन्मदिन मानती हूँ। माँ का वाक्छल भी इस गड़बड़ी को दूर करने में कुछ काम नहीं आया। यह तारीख़ छह या सात कुछ भी हो सकती है। क्या फ़र्क़ पड़ता है, वह मेरी जिज्ञासा के जवाब में कहती।

हमारे नये वर्ष (लोज़ार) पर हर तिब्बती की आयु स्वयमेव एक वर्ष बढ़ जाती है अतः अनन्य रूप से अपना जन्मदिन मना सकना केवल हम निर्वासन में रह रहे बच्चों के लिए ही सम्भव हुआ। फिर भी हम अधीर और चौकन्ने रहते क्योंकि बहुत सम्भव था कि हमारे माता–पिता ने घर पर हुए प्रसव के कारण समय हमारी ठीक जन्मतिथि ध्यान न रखी हो या स्कूल में प्रवेश के समय तिब्बती माह और सप्ताह को अंग्रेज़ी में रूपान्तरित करने में गड़बड़ कर बैठे हों।

हर साल मार्च में माँ मुझे जन्मदिन कार्ड भेजा करती जिसमें वे एक बेटी की माँ होने का सुख व उस बेटी के प्रति अपने प्रेम की बातें प्रवाहपूर्ण कर्सिव अक्षरों में लिखा करती थीं। यह एक माँ का अपने बच्चे के प्रति उस प्रेम का प्रकटीकरण था जो वैयक्तिक सम्प्रेषण की अपेक्षा उनके द्वारा भेजे गये उन शुभकामना कार्डों की आलंकारिक भाषा के माध्यम से अधिक सम्प्रेषित हुआ। इस तरह किसी दिन एक व्यक्ति का जन्मदिन मनाना उनके लिए एक नया प्रत्यय था फिर भी उन्होंने जन्मदिन कार्ड व उपहारों को जाना, समझा। वे कहती थीं कि वे यह नहीं चाहतीं कि उनकी बेटी अपने समय के रीति–रिवाजों से बहिष्कृत महसूस करे। उनकी अपनी जन्मतिथि का कुछ अता–पता न था, लिखा–पढ़ी के लिए ज़रूर उन्होंने इसे 11 नवम्बर निश्चित कर लिया था।

जब भी मुझे माँ का भेजा हुआ कार्ड मिलता मैं उन्हें अपनी कल्पना में एक गिफ्टशॉप में प्रवेश करते हुए और तमाम अलमारियों में एक अचूक कार्ड ढूँढ़ते हुए देखने लगती थी। यह बहुत आसान कल्पना नहीं थी क्योंकि मैंने कभी किसी और को कार्ड भेजते नहीं देखा था।

उसने वह स्टोर कैसे ढूँढ़ा होगा? मैं उनके लिए भयभीत हो जाती : क्या हुआ होगा यदि वे उस स्टोर में किसी दुविधा में पड़ी होगी? ऐसा नहीं था कि मुझे उनके ख़रीददारी कौशल पर भरोसा नहीं था। बात सिर्फ़ इतनी सी थी कि मैं नहीं चाहती थी कि एक इन्सान जिसे मैं सबसे अधिक चाहती हूँ वह किसी अपरिचित स्थान पर भटके या उसे मेरे कारण रंचमात्र भी असुविधा हो। उनकी अपनी दुनिया में हर चीज़ नियत थी, मैं नहीं जानती थी कि अपने लिए अपरिचित स्थानों पर वे कितनी सहज रह पाती हैं : जैसे शहर के वे नये स्टोर जो अब छोटी नोटबुक पर हिसाब जोड़ने की बजाय इलेक्ट्रॉनिक हिसाब करने लगे हैं, वे फास्ट फूड रेस्तराँ जिनका मेन्यू उनकी दीवार पर लिखा रहता है या अपनी नियोन लाइट्स और स्वचालित सीढ़ियों से चकाचौंध करनेवाले शॉपिंग मॉल। मुझे उनके बारे में यह सोच–सोचकर चिन्ता होती थी कि उन्हें बीस साल के अधीर युवाओं को पिज्जा का ऑर्डर देना पड़ता होगा, या किसी ऐसे पार्लर से आइसक्रीम ख़रीदनी पड़ती होगी जहाँ वे रोज़ नये फ्लेवर परोसकर अपने कभी–कभार आनेवाले और सीधी–सादी वनीला जैसे आसान चयन से सन्तुष्ट हो जाने वाले ग्राहकों को असहज करते हैं। मैं बस ऐसे समय में उनके साथ होना चाहती थी जैसे वे मेरे लड़खड़ाने के दिनों में मेरे साथ खड़ी थीं।

मैं आज भी अपनी माँ की चिन्ता करती हूँ क्योंकि मैं जानती हूँ कि वे अपने नये जीवन में भी इसी दुनिया में कहीं उपस्थित होंगी।

हम वे बच्चे थे जो निर्वासन में जन्मे थे, भारत और नेपाल की भाषा व संस्कृति स्वाभाविक रूप से हमारे जीवन का अंग थी। हम बाज़ारों में, कार्यालयों में और अपने बड़ों के स्कूलों में उनके लिए दुभाषिया का काम करते थे। हमने अपने उन बुजुर्गों का मज़बूत सहारा बनना सीख लिया था जिनकी दृष्टि अब भी तिब्बत की ओर जमी थी और जिन्होंने बेमन से, धीरे–धीरे अपने निर्वासित जीवन के साथ सामंजस्य बैठाना शुरू किया था।

एक बेटी के रूप में मैं अपनी माँ की ओर उस मार्गदर्शन, निरभिमान और समभाव के लिए देखती थी जो उनके व्यक्तित्व के सहज अंग थे। जब भी हम लामाओं और अन्य बड़ों से मिलने जाते तो मैं उनके संकेतों का अनुकरण करती। मैंने उनसे पूजन वेदिका की सज्जा और प्रार्थनाएँ सीखीं। वे परेशान होती थीं कि मुझे तिब्बती संस्कृति, विशेषतौर पर बौद्ध धर्म का पर्याप्त ज्ञान नहीं है और वे प्रायः मुझे सात वर्ष की आयु में बौद्ध पाठशाला से निकाल लेने के अपने निर्णय पर पश्चात्ताप करती थीं। उन्होंने तब हमारे अमरीकी आर्थिक संरक्षक डॉ. मेल्विन शैफर, जो बाद में मेरे धर्मपिता हो गये, की आर्थिक मदद से मुझे ईसाई आवासीय विद्यालय में भेजना चुना था। वे परेशान रहती थीं कि मैं सारा समय अंग्रेज़ी साहित्य पढ़ती रहती हूँ। उन्होंने 'मिलारेपा के गीत' पढ़ने के बदले मुझे मेहनताना देने का प्रस्ताव भी रखा।

वे कभी मेरे भविष्य को लेकर चिन्तित नहीं हुईं न ही भौतिक उपलब्धियाँ उनके जीवन का लक्ष्य रहीं, उनका पूरा ध्यान इस बात पर था कि मैं बौद्ध धर्म के गहरे आरोपित ज्ञान के मूल्य को समझ कर जीवन की कठिनाइयों से पार पाने का अभ्यास करूँ। उन्हें डर था कि मैं पूजा करना भूल जाऊँगी, किसी ग़ैर–तिब्बती से विवाह करके अपनी जड़ों से दूर हो जाऊँगी। उन्हें भय था कि हम उनके जीवनकाल

में कभी तिब्बत नहीं लौट सकेंगे। उन्हें यह भी डर था कि उनकी मृत्यु के बाद मैं इस दुनिया में बिल्कुल अकेली हो जाऊँगी। इन सब कारणों से वे हर दिन मेरे और मेरी प्रसन्नता के लिए प्रार्थना करती थीं।

जब पूरी दुनिया में एक–दूसरे के लिए आप दो लोग ही होते हैं, आपको यह डर लगा रहता है कि यदि दूसरे को कुछ हो गया तो पहला बिल्कुल अकेला हो जायेगा। आप दोनों, समय, मृत्यु और प्रसन्नता हर सन्दर्भ में अविभाज्य हो जाते हैं। मुझे यह बताते हुए ज़रा भी संकोच नहीं होता कि मैं वह बच्चा थी जिसने चार साल की उम्र तक स्तनपान किया था। मुझे लगता है अब यह बताने की आवश्यकता भी नहीं रही कि प्रेम ने हमारे इस जीवन को किस हद तक गढ़ा है।

सेरिंग वांग्मो धोम्पा अपनी माँ के साथ

माँ तिब्बत से अपने पलायन के बारे में अधिक बात नहीं करती थीं लेकिन अपने आसपास के बड़ों की कहानियाँ सुन–सुनकर मैंने

यह अनुमान लगा लिया था कि वे मार्च 1959 में ल्हासा में थीं और दलाई लामा के निष्क्रमण के तुरन्त बाद हुए तिब्बतियों के महानिष्क्रमण का हिस्सा बनीं। बाद में मेरे अनुरोध पर उन्होंने उन दिनों पर नोट्स लिखने शुरू किये, जिनमें उल्लेख किया कि उन दिनों वे कई–कई दिन भूखी रहीं। उनके समूह के लोगों को दो–तीन बार चीनी सैनिकों के साथ गोलीबारी भी करनी पड़ी थी। 2008 में इस किताब पर काम करने के दौरान मुझे उत्तर भारत में धर्मशाला के निकट बीर में जाना पड़ा जो एक तिब्बती शरणार्थी रहवास है। मेरी माँ यहाँ अपने उन दिनों में रहती थीं जब वे विवाहित थीं। वहाँ अब भी कई ऐसे बुजुर्ग रहते थे जो उनकी तिब्बत से भारत की यात्रा में सहयात्री थे। हमारी मुलाक़ात के कुछ देर के भीतर उन्होंने मुझे इशारों में जता दिया कि मैं वैसी सुन्दर नहीं जैसी मेरी माँ अपनी युवावस्था में हुआ करती थी, लेकिन मुझे हँसते देख उनकी आँखें भर आयीं। मेरा सपनीली आँखों से खोये–खोये शून्य में देखना और अपनी गर्दन को ज़रा संकोच के साथ तिरछा रखना उन्हें मेरी माँ की याद दिलाता था।

मैंने उनसे कहा कि तीन महीने की पैदल यात्रा तो बहुत लम्बी और दुष्कर रही होगी। उन्होंने कहा तीन ही महीने होते तो क्या बात थी, तिब्बत से भारत आने में उन्हें पूरे तीन साल लगे।

मुझे लगा कि मैंने कुछ ग़लत सुन लिया है। कहीं वे लोग अतिशयोक्ति तो नहीं कर रहे? क्या सचमुच उन्हें इतने समय पैदल चलना पड़ा था? तीन साल?

मेरी माँ की सहेलियाँ जो अब पैंसठ–सत्तर के आसपास की हैं उन दिनों इसी शरणार्थी शिविर में रहा करती थीं। वे कहती हैं कि उम्र के साथ शारीरिक व्याधियों के उपचार के लिए दवाइयाँ खा–खाकर उनकी याददाश्त थोड़ी धुँधला ज़रूर गयी है किन्तु वे तीन वर्ष उनकी स्मृति में अमिट हैं। वे खम की गुरिल्ला सेना का हिस्सा तो नहीं थीं लेकिन पूरे तीन साल तिब्बत से बाहर निकलने के लिए उन्हें क़दम–क़दम पर चीनी सेना से संघर्ष करना पड़ा था। वे कहती हैं, चीनी सेना से छिपते रहने के लिए तीन साल एक बहुत लम्बा समय था।

मैंने बहुत जल्दी यह महसूस कर लिया था कि माँ के मिलनसार व जन्मजात प्रफुल्लित स्वभाव के भीतर एक स्थिर उदासी रहा करती है। उनकी वह इकलौती सन्तान होते हुए भी जिसे वे दुनिया में सबसे अधिक चाहती थीं, मैं उनकी उस गहरी उदासी को दूर न कर सकी जो उनमें अपने माता–पिता, दो बहनों और एक भाई के वियोग से उपजी थी। तिब्बत छोड़ने के पहले और बाद की उनकी जीवन परिस्थितियों में जो वैषम्य था उसने कभी उन्हें अपने अतीत को पुनः जीने की अदम्य लालसा से उबरकर भावी जीवन की योजना के साथ सामंजस्य बैठाने नहीं दिया। भारत के शहरों और क़स्बों की चालों के भीड़ भरे कमरों में अकेले अपनी दम पर मेरा पालन–पोषण करते हुए कभी तो उन्हें उनका अतीत एक स्वप्न सा लगता होगा तो कभी यह लगता होगा कि उनका यह वर्तमान परिवेश एक दुःस्वप्न है। जिन भी स्थानों और घरों में हम रहे उन्होंने उन्हें अपना घर नहीं माना और दृढ़तापूर्वक अपने अतीत से चिपटी रहीं। मेरी माँ ने मुझे हमेशा अपने शोक से बचाकर रखा क्योंकि वे जानती थीं कि मैं उनके दुःखों को अपने ही दुःखों की भाँति ढोने लगूँगी। फिर भी, आज विश्वास नहीं होता कि उन्होंने अपने जीवन की इतनी अनिवार्य यात्रा मुझसे छिपाकर रखी थी।

सन् 1959 में मेरी माँ अपने पहले प्रसव के लिए पतिगृह छोड़कर अपनी माँ के घर गयी हुई थीं। अत्यन्त जटिल गर्भावस्था के कारण उन्हें बिस्तर पर लेटे रहना पड़ता था। मेरी माँ की प्रसवपीड़ा आरम्भ होने के साथ ही चीनियों ने नांगचेन में प्रवेश किया और उसने अपने जुड़वाँ बच्चों को पैदा होते ही खो दिया। तभी मेरी माँ के पति ने अपने कुछ लोगों के साथ भारत भाग जाने का निर्णय लिया और वह अपने साथियों के साथ मेरी माँ को अपने साथ चलने के लिए बहलाने–फुसलाने उनके मायके आ गया।

मेरी माँ की सहेलियों ने कहा वे मुसीबत भरे दिन थे और हमारे सामने कोई और चारा नहीं था।

माँ इतनी दुर्बल और भ्रमित थीं कि न तो वे अपने परिजनों से यूँ अकस्मात् बिछुड़ने का शोक मना पायीं न उन्हें ठीक से विदा ही

कह पायीं, जिन्होंने उन्हें निर्वासन में जा मिलने का वचन दिया था। चीनियों के बहुत निकट आ जाने की सूचना आ रही थी अतः वे धोम्पा से बाहर अपने पति और उनके संगियों से जा मिलीं। उन्होंने कभी मुझसे अपनी पहली सन्तानों का उल्लेख नहीं किया। मैंने यह बात अपनी किशोरावस्था में कहीं और से सुनी।

उन्होंने प्रायः पाँच सौ पुरुषों, स्त्रियों और बच्चों के साथ अपना घर छोड़ दिया। उनकी यात्रा अपने आरम्भ में ही अभिशप्त थी। वे लोग जो भी मार्ग चुनते वह उन्हें अन्ततः चीनी सैनिकों के डेरों तक पहुँचा देता। दल को नांगचेन से बाहर निकलने में ही बहुत समय लग गया। वे दिन भर पहाड़ों में छिपे रहते और सूर्यास्त के समय फिर चलना शुरू करते। लगभग सभी पुरुषों के पास बन्दूकें थीं। माँ की सहेलियों के अनुसार दल की चीनियों से सबसे बड़ी मुठभेड़ नागचुखा के समीप हुई। उनके अपने कुछ आदमी भी मारे गये लेकिन उन्होंने बड़ी तादाद में चीनी सिपाही मार गिराये। जिन दो आदमियों का मैं साक्षात्कार कर रही थी उन्हें कुछ निश्चित ज्ञात नहीं था कि उस मुठभेड़ में कुल कितने चीनी सैनिकों को वे मार गिराने में सफल रहे थे लेकिन उन्हें यह अच्छी प्रकार याद है कि लोग तब भी भिन्न–भिन्न संख्या बता रहे थे। कोई सौ कह रहा था, कोई पचास तो कोई पचीस ही। उन्हें यह संख्या कभी ठीक पता नहीं चल सकी क्योंकि एक तो वे लोग लगातार चल रहे थे दूसरे कोई गिनती करने की अवस्था में नहीं था। उनमें से एक व्यक्ति ने बताया कि चीनी सैनिक खस्ताहाल व मैले–कुचैले थे। उनके जूतों के मुँह आगे से खुले हुए थे और क़मीज़ों की आस्तीनें ग़ायब थीं। वे बहुत लम्बे समय से एक अपरिचित, वैरी भूमि पर लड़ रहे थे।

माँ के समूह पर नेपाल पहुँचने तक आठ बार घात लगाई गयी। वे लोग क्रमशः अपने घोड़े और याक गँवाते गये। खाद्य सामग्री, पानी और बन्दूक़ की गोलियाँ भी। बुजुर्गों को याद है कि वे तीन–चार दिन बिना भोजन के भी चले थे।

उन औरतों ने बताया, हम इतने प्यासे थे कि पहाड़ी दर्रों के पास से गुज़रते हुए वहाँ पड़ी बर्फ़ उठाकर चूसने लगते थे।

विवश होकर उन्हें कुछ दूसरे खानाबदोशों का खाना छीनना पड़ा। कभी–कभी उन्हें तिब्बती किसानों से अपने आभूषणों के बदले बलपूर्वक खाना और जूते लेने पड़ते थे। हमारे एक बुजुर्ग ने एक किसान को अपनी तलवार जबरन बेच दी ताकि मेरी माँ के लिए एक घोड़ा लिया जा सके। माँ अपने दुष्कर प्रसव के बाद पूरी तरह स्वस्थ नहीं हो पायी थीं और उन्हें चलने से अवकाश की आवश्यकता थी।

चीनियों ने उनके निकास को आसान नहीं रहने दिया। दल को नेपाल और भारत की दिशा का बिल्कुल भी अनुमान नहीं था और बहुधा चीनी मंसूबे ही उनके चलने की दिशा निर्धारित कर रहे थे कि वे कहाँ से यात्रा आरम्भ करके किस दिशा में प्रस्थान करें। हर बार आक्रमण के बाद वे अपनी दिशा, कुछ और जानवर, कुछ और लोग तथा कुछ और सम्पत्ति खो देते थे। एक बार मेरी माँ और दो और लोग समूह से बिछड़ गये। कुछ समय बाद वे एक–दूसरे से एक पर्वतीय दर्रे के पास आ मिले। एक–दूसरे को खोज निकालने के हर्ष में वे कुछ देर के लिए अपनी सम्पूर्ण व्यथा भूल गये थे।

हमारे लिए अपने प्रिय व्यक्तियों को उनके अतीत के हृदयाघातों से बचा पाना कहाँ सम्भव है? अब मैं मुखिया की उस युवा पुत्री को कैसे सान्त्वना दूँ जिसने अपनी दो सन्तानें, पूरा परिवार और पूरा देश स्वतन्त्रता की उस यात्रा के आरम्भ में ही गँवा दिया जिसका अन्त एक निर्वासन में हुआ। बहुत देर हो चुकी है, उन्हें ढाढस बँधाने के लिए अब देर हो चुकी है।

मेरी माँ की सहेलियों को याद था कि उन्होंने मार्ग में दो तिब्बती नववर्ष (लोज़ार) मनाये। तीसरे साल वे भूखे आवारा कुत्तों की तरह नेपाल सीमा पर स्थित लो–मोनथांग जा पहुँचे, आरम्भिक पाँच सौ लोगों में से अब सिर्फ़ पैंसठ शेष बचे थे। मेरी माँ के जूते बमुश्किल उनके पैरों को ढाँप पा रहे थे, उनके वस्त्र जीर्ण–शीर्ण थे। एक साल वे मस्तांग के लो–गेकर बौद्ध विहार में रहीं तत्पश्चात पुनः अपनी ऊर्जा व साहस एकत्र कर भारत की ओर चल पड़ीं।

उनकी मित्र नये जीवन की ओर जा रही अपनी उस यात्रा की छोटी–छोटी बातें याद कर हँसती रहीं। वे आश्चर्य कर रही थीं कि

कैसे नेपाल और भारत के स्थानों अथवा मार्गों की तनिक भी जानकारी के बिना वे लोग सफलतापूर्वक यात्रा करते थे। भारतीय सीमा पर पहुँचने के लिए उन्हें अपनी बची–खुची राइफलें काठमाण्डू में नेपाली व्यापारियों को बेचनी पड़ीं। भारत पहुँचकर, बसों और रेलों में घुसने के लिए वे 'नमस्ते, धर्मशाला' और 'नमस्ते, दलाई लामा' का उद्घोष करते जाते थे।

मेरी माँ ने अपनी डायरी में लिखा है, कि उन्होंने सुन रखा था कि भारतीय लोग स्त्रियों का सम्मान करते हैं व उन पर प्रहार नहीं करते, अतः रेलों में घुसने के लिए स्त्रियाँ पुरुषों के आगे चलती थीं। माँ की मित्रों को याद नहीं कि उन्हें भारत–नेपाल सीमा से धर्मशाला पहुँचने में और कितना समय लगा। उन्हें इतना भर याद है कि अपने विभ्रम में वे बार–बार उसी रेल मार्ग पर कई बार आये और गये। नये देश में पहुँच कर उनके एकमात्र दिशा सूचक संकेत और सहायक थे दो शब्द, 'दलाई लामा' और 'धर्मशाला'। जब कभी भारतीय टिकिट कलेक्टर या सहयात्री उन्हें रेल से धक्का देकर बाहर निकालते तो वे धक्का–मुक्की कर वापस घुस आते। मुझे विश्वास है कि भारतीय रेल अधिकारी उन्हें आसानी से रेल के बाहर धक्का नहीं मारते होंगे क्योंकि ये खमपा थे, जिनके बाल अब भी बड़े थे, जिनके पास उनके चाकू मौजूद थे। उन्हें अपने इस दुस्साहस की ख़तरनाक क़ीमत चुकानी पड़ सकती थी।

जैसे ही एक स्थान पर उन्होंने सैकड़ों की संख्या में भूतों से भटकते सैकड़ों तिब्बतियों को एक साथ देखा वे समझ गये कि वे धर्मशाला पहुँच चुके हैं। धर्मशाला में वे सड़क मज़दूर का काम पाने में सफल हो गये। गर्मियों में गरशा और स्पिति की सड़क और सर्दियों में मनाली की सड़क। मेरी माँ के आलेख से पता चलता है कि सर्दियों में भीषण बर्फ़ीला तूफ़ान आने से उत्तर भारत में अनेक तिब्बती मारे गये थे। उन्होंने लिखा था–

छोटा धारा में बहुत दिनों तक हिमपात होता रहा फिर एक हिमस्खलन हुआ जिसने हमें प्रायः ढँक लिया। भागने की कोई जगह

नहीं थी और मैं अकथनीय रूप से डरी हुई थी। हम सब एक स्थान पर एकत्र होकर दिन–रात आँखें मूँदकर और हाथ जोड़कर प्रार्थना करते रहते थे। खाने–पीने को कुछ नहीं था। अपनी वीरता के सहारे चीनियों का सामना किया जा सकता था, उनसे लड़ा जा सकता था, भाग कर बचा जा सकता था लेकिन जब प्रकृति शत्रुता पर उतर आये तब मात्र बैठ कर सबकी रक्षा के लिए प्रार्थना की जा सकती है, और कुछ नहीं। हममें से अधिकांश शीतदंशित थे, चलने में असमर्थ थे। हमारा सारा सामान बर्फ़ के ढेर में दब गया था और हम एक बार फिर शरणार्थी हो गये थे।

निर्वासन में माँ ने वे काम करने भी सीखे जिन्हें वे अन्यथा करने का सोचती भी नहीं, जैसे आग जलाना, चाय बनाना, कठोर हिमालयी भूमि को खोदना। सरदार की पत्नी होने के नाते मेरी माँ को कठिन श्रम से बचाकर रखा जाता था और कम मेहनत वाले काम ही सौंपे जाते थे।

वे कहती थीं कि वे बहुधा गहरे अवसाद में चली जाती थीं। ऐसे समय में उन्हें स्वयं को याद दिलाना पड़ता था कि उन्हें अपने जीवित होने के लिए भी कृतज्ञ होना चाहिए। कभी–कभी वे सोचती थीं कि क्या यह कहीं बेहतर होता कि वे अपने गाँव में ही रुक जातीं और अपने प्रियजनों के साथ हर विपदा का सामना करतीं। वे प्रतिदिन अपने परिजनों की कुशलता के लिए प्रार्थना करतीं। अपने पति के साथ होते हुए भी वे एकाकी अनुभव करती थीं। मेरी माँ का निर्वासित जीवन कुछ इस प्रकार से आरम्भ हुआ।

आठ साल बाद मेरा जन्म एक धूल भरे छोटे से गाँव से गुज़रती हुई भीड़ भरी रेलगाड़ी में हुआ। माँ को लगा कि इस बार वे ज़रूर मर जायेंगी। अपने विवाह के तेरह वर्ष बाद मेरे जन्म से कुछ माह पहले वे अपने पति से पृथक् हो गयीं। उन्होंने बताया कि वे एक आदर्श पत्नी नहीं थीं। अपने संक्षिप्त वैवाहिक जीवन के अधिकांश समय वे अपने पति से छिपती रहीं : दो साल पाण्डिचेरी के अरबिन्दो आश्रम में अंग्रेज़ी पढ़ना–लिखना सीखती रहीं, वहीं उन्होंने प्रारम्भिक

शिक्षा ग्रहण की, उसके बाद उन्होंने अपने उस शरणार्थी रहवास से बहुत दूर तिब्बती बच्चों के अनाथालय में शिक्षिका की नौकरी पकड़ ली, जहाँ उनके पति रहा करते थे। छुट्टियों का भी बहुत थोड़ा समय अपने पति के लिए छोड़ते हुए अधिकांश छुट्टियाँ वे अपनी मित्रों के साथ व्यतीत कर देती थीं। उन्होंने अपने पति और विवाह को एक स्वास्थ्य क्लीनिक की तरह ही बरता : सम्भव है ऐसी ही किसी मुलाक़ात में मैं गर्भस्थ हुई।

प्रसव में मृत, जुड़वाँ बेटों के बाद जन्म लेने पर भी मुझे (मेरी जान बचाने के लिए) एक कुत्ते का नाम न देकर सेरिंग यानी सुदीर्घ आयु : वांगमो–आशीष या सुदृढ़ स्त्री नाम दिया गया।

(ए होम इन तिबेत, पृष्ठ 112, प्रकाशक पेंग्विन रैंडम हाउस इन इंडिया)

समकालीन तिब्बती कविता में अतीतजीविता

हम तिब्बती लेखक जो निर्वासन में जन्मे हैं, हममें से कई यह जानते हैं कि हमारे उस तिब्बत से सम्बद्ध स्मृतियाँ हमारी नहीं किसी और की हैं। हम अपने माता–पिता की निःश्वास सुनते हुए बड़े हुए हैं, कोई परेशानी आने पर वे ठण्डी साँस लेते कहते सुने जाते थे–"हाय! खम (क्षेत्र) में ग्रीष्म में खिले लुपिस का नीलापन!" "वह मीठा दूध और मक्खन!" –उस घर के लिए जो उन्हें छोड़ना पड़ा।

सम्भवतः जब उन्होंने घर छोड़ा था तब सोचा होगा कि यह एक अल्पकालिक निर्वासन है, या शायद तिब्बत प्रवास को अपने जीवन के स्वर्णिम वर्षों की तरह याद करते रहना उन्हें अपनी मातृभूमि के प्रति निष्ठावान बने रहने के लिए आवश्यक लगता रहा हो। कारण चाहे जो भी रहा हो, उनकी इसी भाषा ने हमारे जीवन और व्यक्तित्व के एक बड़े हिस्से का निर्माण किया है। बतौर एक तिब्बती नागरिक, हमारे लिए अतीत की स्मृति एक राजनीतिक प्रत्यय है। और यही अतीत की स्मृति निर्वासन में जन्मी समकालीन तिब्बती कविता का पुनरावर्ती स्वर भी है।

तिब्बतियों के लिए कविता में धर्मनिरपेक्षता व लौकिकता अपेक्षाकृत नया विचार है। निर्वासन में जन्मी पहली पीढ़ी के तौर पर हमने अभी–अभी तिब्बत से बाहर रह रहे तिब्बती होने के अनुभवों को अभिव्यक्त करना आरम्भ किया है। इसके लिए हमने अंग्रेज़ी में लिखना चुना। हमने अपने देश को खो देने के दुःख को अभिव्यक्त करने के लिए एक ऐसी भाषा पर भरोसा किया है जो हमारी मातृभाषा नहीं है।

यह सौदा जटिल है। और उससे भी अधिक उससे जुड़े हुए सवाल। जैसे, हमारा लेखन कौन पढ़ता है और हम किसके लिए लिख रहे हैं?

निर्वासित जीवन पर निरन्तर लिखने की प्रेरणा एक बेहतर संसार की हानि के आग्रह से उत्पन्न होती है। तिब्बती और ग़ैर–तिब्बती लेखकों की असंख्य रचनाओं को पढ़ते हुए वह संसार एक बेहतर संसार लगता है। इन रचनाओं में उन सब लेखकों ने तिब्बत को एक रूमानी और काल्पनिक आदर्श के रूप में प्रस्तुत किया है।

आप ख़ुद ही सोचिये कि ऐसे में तिब्बत से अपने निर्वासन, अलगाव और शारीरिक व मानसिक रूप से 'शरणार्थी' होने के यथार्थ को हम तर्कसंगत रूप से कैसे स्वीकारें?

मेरा अनुमान है कि ख्यात कवि भुचुंग डी. सोनम द्वारा सम्पादित हालिया कविता संचयन 'म्यूज़ेज़ इन एक्ज़ाइल' में संकलित अधिकांश कवियों ने कभी तिब्बत नहीं देखा है। हमारे लिए घर को पारिभाषित करना दुरूह है क्योंकि हम एक लम्बे समय तक एक देश और घर के दृश्य व स्थूल रूप को समझने के लिए अपने बुजुर्गों के प्रस्तुतीकरण पर निर्भर रहे हैं। तिब्बत के विषय में उस श्रद्धापूर्ण और करुण स्वर में बात की जाती रही है जिस स्वर में बहुधा उन लोगों या स्थानों के विषय में बात की जाती है जिन्हें हम सदा के लिए खो चुके हैं। परन्तु लेखन में उपस्थित यह नैराश्य का स्वर उसके वर्तमान व राजनीति (राजनीतिक प्रतिरोध) में प्रवृत्त होने से पहले की अस्थायी अवस्था मात्र है।

विचारों का यह सम्मिलन लेखन को अधिक सामयिक व सक्रिय बना देता है, उस रचनाकाल को और अर्थवान बना देता है। यह समय को उसका वह प्रश्न प्रदान करता है–जिस प्रश्न के साथ दुनिया भर के शरणार्थी रहते आये हैं–क्या हम कभी अपने पुराने घर को वापस लौटेंगे? शायद मेरा अपनी इस जद्दोजहद को तिब्बती लेखन में देखने लगना सही नहीं है, शायद मैं अपनी ही उभयभाविता और अतीतप्रेम व यथार्थ को गड्डमड्ड करने की प्रवृत्ति को अभिव्यक्त कर रही हूँ।

कविता हमारी पहचान का पता लगाने और उसे उजागर करने के लिए सीधे बात कर सकती है–वह सीधे कह सकती है–कि यह वह जगह है मैं जहाँ से आया हूँ और यही वह जगह है जहाँ मैं वापस जा सकता हूँ। सभी समकालीन तिब्बती पहचान के विरोधाभासों से जूझते हैं, वे आदतों से भारतीय हैं और दिल से तिब्बती हैं। यह असामान्य नहीं कि आप ऐसे युवा तिब्बतियों से मिलें जो 'घर' को परिभाषित करते हुए कहते हैं कि उनका असली घर तिब्बत में है और नेपाल या भारत में वे 'घर–जैसा' श्रेष्ठ जीवन जीते हैं।

"वे शरणार्थी हैं और शरणार्थी बने रहने से कल्पनाशील तिब्बत के साथ मौजूदा तिब्बत को जोड़े रखने को एक कड़ी मिलती है; उनका यह अतीतप्रेम अधिकांश समकालीन कविता को रेखांकित करता है।

तेनज़ीं सुण्डू की कविता 'मुम्बई में तिब्बती' में मुम्बई की सड़कें तिब्बती शरणार्थी के लिए 'अन्य' हैं, जहाँ वह अपनी आवाज़ के बिना रह रहा है। यहाँ उसे न तो कोई भारतीय मानता है और न ही कोई भूले से भी उसके तिब्बती होने का अनुमान लगाता है। वह स्थानीय भाषा बोलना जानता है लेकिन उसका लहजा बाहरी है। कैसी विडम्बना है कि लोग उसे चीनी या नेपाली मूल का व्यक्ति समझते हैं। वह अपने आसपास के लोगों के लिए किसी और स्थानीयता का प्रतिनिधित्व करता है और उसकी वास्तविक पहचान कुछ और है–इस प्रकार वह कुल तीन बार अपनी पहचान खोता है। वह अब मात्र एक ऐतिहासिक व राजनीतिक चरित्र है जिसे एक अजनबी ज़मीन और अजनबी ज़ुबान निगल गये हैं।

इस जगह से, निरन्तर सामंजस्य का एक पाठ आता है। कोई कैसे मात्र भाषा के माध्यम से, इस जड़ स्मृति के साथ अपनी इस अस्थायित्व की अवस्था से (कम–से–कम सिद्धान्त रूप में ही) तादात्म्य बैठा सकता है? यह एक रोमांचक, दुःखद व जटिल प्रस्थानबिन्दु है। चूँकि यह हमारे लिए नया है तो यह हमें एक अलग तरह की स्वतन्त्रता का अनुभव कराता है जो कविता में आशा का रूप धर लेती है–चीन से तिब्बत की मुक्ति की आशा–बावजूद इस कठोर यथार्थ के,

कि हम तिब्बत वापस नहीं लौट सकते। उस कविता संचयन की बहुत–सी कविताएँ वर्तमान को अतीत में लौटने की तैयारी के तौर पर व्याख्यायित करती हैं। –तिब्बत लौटने की। सुण्डू लिखते हैं–

मैं एक तिब्बती हूँ
लेकिन तिब्बत से नहीं आया हूँ
वहाँ कभी गया तक नहीं
फिर भी
वहीं मर सकने का
स्वप्न देखता हूँ।

कभी–न–कभी हर तिब्बती ऐसा ही महसूस करता है। तिब्बत को खो देने का दुःख निर्वासन के दुःख से कहीं बड़ा हो जाता है यह वास्तविकता और गृहवियोग की पीड़ा का एक आकर्षक संसर्ग है। अपनी कविता 'निर्वासन' में के. धोंदुप लिखते हैं–

निर्वासन
कहीं ऊँचे पहाड़ों के पीछे
रक्तरंजित प्रिया की
याद है

उस प्रिय का कोई चेहरा नहीं लेकिन हम उसे भूल नहीं सकते; उसे भूलते ही हमसे हमारी तिब्बती होने की पहचान छिन जायेगी।

यह जो लड़ाई है अपनी पहचान की, अपनी जगह बनाने की, अपने को समझाने की, जुड़ने और अलग होने की, यह बस एक शुरुआत है और यह यात्रा आसान नहीं है। यह यात्रा अद्‌भुत है, यह यात्रा जीवन्त है, अब देखते हैं कि यह हमें कहाँ ले जाती है।

(मौलिक रूप से तिबेतन बुलेटिन में प्रकाशित)

कविता की ओर वापसी

ब्लॉग्गी

ढीला–ढाला काफ्तान पहने हुए एक आदमी अपनी साइकिल के पैडल पर ज़ोर–ज़ोर से पाँव चला रहा है। अचानक वह अपनी सीट से उछलकर सड़क के किनारे ज़ोर से टकरा गया। मैं उसकी कुशलता जानने के लिए अपनी कार से बाहर भागी, फिर अपना सेल फ़ोन लेने के लिए लौटी तो पाया कि एक अजनबी मेरा बैग चुराने की नीयत से मेरी कार की सहयात्री सीट का दरवाज़ा खोलने की फिराक में है। मैंने उस अजनबी से विनती की कि वह मेरा फ़ोन मुझे दे दे ताकि हम सहायता मँगवा सकें। अपना वाक्य पूरा करने से पहले मेरी नींद

खुल गयी लेकिन मैं अपना सपना पूरा देखने के लिए दृढ़–संकल्प थी, उस घायल व्यक्ति को अस्पताल में देखना चाहती थी, उस सपने में नायिका बनना चाहती थी। लेकिन हुआ यह कि मैं एवरेस्ट क्षेत्र में नामचे बाज़ार के ऊपर पगडण्डियों पर अकेली घूमने निकल आयी। वहाँ दोस्ताना लुटेरों के एक गिरोह ने मुझे रोका और मेरी मूल्यवान वस्तुओं की माँग की। उन्होंने मेरा सेल फ़ोन ले लिया। मुझे याद आया कि मैं पिछले सपने में कॉल नहीं कर पायी थी।

सपनों की ही तरह कुछ कविताएँ भी अपने पूरे होने की प्रतीक्षा करती हैं। रूपकों और उपमाओं को बहुधा काट–छाँट कर एक–दूसरे से असहज रूप से रगड़ खाती स्थिति में मिलाकर एक ख़ाली पन्ने पर एक साथ सी दिया जाता है। शब्द समय के साथ रूपान्तरित या परिपक्व नहीं होते। मैं यदाकदा बेकार छोड़ी हुई पंक्तियों के पास इस आस में लौटती हूँ कि शायद इस बार उन्हें एक अर्थपूर्ण अन्त दे सकूँ या शायद ये शब्द अपनी गति आप चुन लें। मैं अपने आपको उस पृष्ठ की तमाम आवाज़ों को परावर्तित करने व उनका प्रत्युत्तर देने के लिए तैयार करती हूँ। कुछ भी करना सम्भव है की अनुभूति के आगे, सब कुछ बदल चुका है के अनुस्मारक का विराम लगा हुआ है।

सर्फ़र्स अपनी रीढ़ को एक, सपाट पृष्ठ पर खींचे हुए अंडरस्कोर की तरह तानते हैं।

कुछ सप्ताह बाद मैं जब पन्ना पलटती हूँ तो लिखती हूँ–

हाइवे पर अकेला पुलिस का गश्ती कार्यालय/ एक शान्त सड़क के किनारे रखा राडार संकेत करता है/ भोर के आकाश की ओर। बादल अपना बोझ बहुत दूर तक नहीं ढोते हैं। शवों की क़तार लहरों पर सवार होने के लिए ऊँची उठती है।

मैं नहीं जानती इन दिनों क्या लिखा जा रहा है। लेखन विभक्त हो चुका है–उसे आत्म 'व' और आत्म 'ज़' में बाँटा जा सकता है। आत्म 'व' सौन्दर्य के प्रति संशयात्मक है। यह स्मृति को सोंटे की तरह इस्तेमाल करता है, अल्पविराम को आरोप की तरह लेता है, यह प्रथम पुरुष कथ्य से बचता है। कविता 'ज़' प्रश्नों से अधिक सूक्तियों

को वरीयता देती है। कविता ज़ की रुचि श्रेणियों में है और यह क्रिया के रूप में आधुनिक है। यह मानती है कि सर्फ़र एक अंडरस्कोर जैसे होते हैं क्योंकि अंडरस्कोर संरचना का कूट है, सूचना का भी। कविता 'ज़' स्वयं को कई दिशाओं में खींचा जाना पसन्द करती है। कविता 'व' वृक्षों के नाम सीखती है।

यह पृष्ठ एक ऐसे उद्यान की तरह है जिसके पेड़–पौधे विभिन्न आकृतियों में तराशे गये हों किन्तु वे किसी प्रकार की भूदृश्य योजना का हिस्सा न हों। सदाबहार का वृक्ष, जो न तो डाइनोसौर है न ही जिराफ उसने एक दिन यह तय किया कि वह एक स्मृति स्तम्भ बनेगा और बॉक्सवुड शैम्पेन यानी तारों के साँचे में एक स्तम्भ का आकार लेने चल दिया। परन्तु तारों का वह पिंजरा सदाबहार के वृक्ष को आकार दे सकना तो दूर उसे सम्हाल तक नहीं पाया। जैसे ही पेड़ की वृद्धि हुई साँचे का आकार बिगड़ गया। फिर भी, सदाबहार के वृक्ष के भीतर उसका बीज सुरक्षित था जो एक और सदाबहार को उत्पन्न करने की क्षमता रखता था।

यह वही आशा है जो हममें से कुछ लोगों को एक नये वाक्य की ओर देखने को प्रेरित करती है।

पोएट्री फ़ाउंडेशन द्वारा मौलिक रूप से 20 मई 2013 को प्रकाशित।

लिखना 'बारे में'

भाग I

मुझसे अक्सर पूछा जाता है कि क्या मैं अपने आपको एक तिब्बती कवि मानती हूँ, अथवा, क्या मैं तिब्बत सम्बन्धी विषयों पर लिखती हूँ। अपनी पहुँच के भीतर की सम्भावित पहचान और पात्रों का पता लगाने के लिए मैं इन प्रश्नों का अनुवाद और पुनर्रचना करती हूँ– "क्या मेरी कविताएँ राजनीतिक हैं? क्या मेरी कविताएँ व्यक्तिगत हैं? क्या मेरी कविताएँ एक विशेष पाठक वर्ग के लिए लिखी गयी हैं? क्या एक पाठक मेरी कविताओं के स्थान, भूमि और भाषा से स्वयं को निष्कासित महसूस करता होगा? क्या ये कविताएँ आसानी से ग्राह्य हैं?"

मुझे भय है कि मेरे उत्तरों को कई बाह्य परिस्थितियाँ प्रभावित कर सकती हैं जैसे मेरी सुबह की चाय में पड़े हुए मसाले या संताक्रूज़ के उस चौराहे के किनारे चढ़े हुए डंडेलियन की अस्थिर जड़ें जहाँ स्थानीय किसान बुधवार को इकट्ठा होते हैं या मेरे सहयात्री द्वारा पहने गये पॉलिएस्टर के घर्षण की गर्मी या लकड़ी के उस गेट का रंग जो मुझे किसी अन्य स्थान के प्रवेश–द्वार की याद दिलाता है। हालाँकि तिब्बत में हुए एक और आत्म बलिदान की सूचना मिलते ही ये सब बातें तुरन्त अप्रासंगिक हो जायेंगी, वह एक घटना हमारे इस क्रूर यथार्थ को हमारे सामने ला खड़ा करेगी कि हम वही याद करते हैं जो भूल नहीं पाते हैं या हम इसलिए भूलते हैं जिससे फिर– फिर याद कर सकें।

2002 में छपे कविता संग्रह 'कोरा' में तेनज़ीं सुण्डू लिखते हैं–

जब मेरा जन्म हुआ तो
मेरी माँ ने बताया
तुम शरणार्थी हो

सुण्डू की कविता में पाठक के लिए शरणार्थी शब्द की व्याख्या नहीं की गयी है। इसका प्रयोग ऐसे किया गया है जैसे यह शब्द सर्वमान्य है। यह शब्द एक संकेत है, एक ख़तरा है, एक रहस्य है, लेकिन यह दुनिया, जिसने इस शब्द को इसका यह स्थान दिया है, भी तो वैसी ही है। हम 'शरणार्थी' शब्द को कभी एक संज्ञा, कभी एक विशेषण, कभी एक रूपक और कभी एक मनःस्थिति के रूप में क्यों पढ़ते हैं? प्रत्येक पाठ के साथ ऐसा बदलाव या स्थानान्तरण क्यों होता है? क्या इससे फ़र्क़ पड़ता है, किसे और क्यों?

यह शब्द निन्दनीय है, और दुनिया के उत्पाद के रूप में दुनियाभर में यात्रा करता है। यह अनुवादनीय है, कोंचा जाते ही यह स्पष्ट हो जाता है, और यह हो जाता है। वक्ता के द्वारा एक नियति या पहचान के रूप में पारिभाषित यह शब्द अलग–अलग अर्थों में रूपान्तरित होता जाता है। अपनी उसी कविता में सुण्डू निष्कर्ष निकालते हैं–

मैं जन्मना शरणार्थी हूँ
मेरी तीन ज़ुबानें हैं

एक जो गाती है
वह मेरी मातृभाषा है
मेरे माथे पर लिखा रिफ़्यूजी का 'आर'
अंग्रेज़ी और हिन्दी के बीच
तिब्बती का 'रंगज़ेन' (आज़ादी) है

यहाँ वक्ता इस शब्द को उठाकर जीवन के किसी भी आयाम के आगे चिपका देता है और फिर उस शब्द को एक भिन्न भविष्य में फैला देता है। रिफ़्यूजी शब्द का वह 'आर' जो अब तक एक व्यक्ति को एक कारावास में क़ैद कर देता था या निर्वासित कर देता था वही आज उस 'आर' का रूप धर लेता है जो उसके स्वातन्त्र्य की उद्घोषणा करता है। यहाँ वह 'आर' क्रान्तिकारी हो जाता है, रंगज़ेन आज़ादी का तिब्बती नाम है। यह मेरे लिए भी एक अनुस्मारक है कि भाषा के ऐसे समागम और प्रकीर्णन, लिखे हुए के बारे में वक्तव्य या पुनर्वक्तव्य देने के लिए श्रेष्ठ प्रस्थान बिन्दु हैं।

पोएट्री फ़ाउंडेशन द्वारा मौलिक रूप से 6 मई 2013 को प्रकाशित।

लिखना 'बारे में'

भाग II

कवि तेनज़ीं सुण्डू की तरह मेरा परिचय भी 'तिब्बती–शरणार्थी' पद से बहुत अल्पायु में हो गया था। तब मुझे लगता था कि इस शब्द का प्रयोग किसी बोधक्षम मनुष्य का परिचय देने के लिए किया जाता है, इस नाते मेरे अधिकांश सहपाठी भारतीय शरणार्थी हुए। अंग्रेज़ी में इस शब्द को जैसे उचारा व प्रयोग किया जाता है उससे निराशा, विस्थापन और मृत्यु की एक स्थायी छवि मन में बन जाती है, हानितत्त्व तो इस शब्द की मूल संरचना में ही सन्निहित है। किन्तु अंग्रेज़ी के इस रिफ़्यूजी शब्द में हमारी वह अस्थिर विकेन्द्रित दुनिया नहीं है जिसमें हमें प्रतिदिन सामयिक समायोजन करने पड़ते हैं और 'समस्याओं' का सामना करते रहना पड़ता है।

मेरे लिए ऐसा ही एक समायोजन है भाषा। मैंने अंग्रेज़ी को हिन्दी माध्यम से सीखा था। अंग्रेज़ी ने उन अपरिचित अवधारणाओं और वस्तुओं से भी पहचान कराई जिनका तिब्बती भाषा में कोई नाम न था। मैं नये शब्दों का अर्थ समझे बिना ही उन्हें कण्ठस्थ कर लेती थी। इस प्रक्रिया में वर्षों लगे। मुझे अंग्रेज़ी पर सन्देह था और उस दुनिया के प्रति भी संशयात्मक थी जिसे यह मेरे लिए एक साथ उद्घाटित और निषिद्ध कर रही थी। मेरे लिए अंग्रेज़ी जानने का अर्थ था छात्रवृत्ति, रोज़गार और स्वतन्त्रता की भाषा को जानना। इसने तिब्बती को एक अप्रासंगिक या मात्र अतीत की पुनर्रचना के लिए उपयोगी भाषा सिद्ध करके मुझे संकट में डाल दिया था। शायद कठिन संघर्षों और उन्हीं दिनों घटित

राष्ट्रीय त्रासदी ने तिब्बत के वर्तमान को एक ऐसे विषादयुक्त चौखटे में जड़ दिया था कि हमारी दृष्टि हमारा अप्रत्याशित भविष्य देख सकने में अक्षम हो गयी थी। घर में इतिहास और उसके परिणामों को दर्शनशास्त्र की मदद से सिखाने का प्रयास चलता रहता था। जैसे, जीवन क्षणभंगुर है, जीवन परिवर्तन है, जीवन कष्ट है। अंग्रेज़ी ने नर्सरी राइम्स और परियों की कहानियों में तुकबन्दी और जटिल वाक्यांशों के साथ प्रकट होकर हमारी आँखें चौंधिया दीं। और चूँकि मैं कभी उनके डैफोडिल्स या हॉट क्रॉस बन्स को उनके मूर्त रूप में अनुभूत नहीं कर पायी सो मैंने अपने लिए उनके नये अर्थ गढ़ने शुरू कर दिये। उदाहरणस्वरूप, मैंने कविता पर भरोसा करते हुए डैफोडिल्स नाम की नाव की कल्पना की जो मुझे और मेरी माँ को निर्वासन से बाहर खे ले जानेवाली थी। मैंने कविताओं का सामना इसी रीति से किया। कविता ने मेरे इस भय को समादृत किया कि वस्तुएँ बहुधा अपने विचार के खाँचे में ही नहीं समाती हैं। कविता ने वस्तुओं को उनके मूलभूत अस्तित्व से स्वतन्त्र हो सकने की सामर्थ्य प्रदान की है।

आज जब मैं यह कहती हूँ कि कविता वर्तमान है तब मेरा तात्पर्य यह होता है कि इसकी एक गहरी स्मृति भी है। ऐसी स्मृति जो पुनरावृत्ति और वापसी के लिए भीतर की ओर देखती है। ऐसी स्मृति जो, क्या तुम तिब्बती कवि हो, जैसी जिज्ञासा रखनेवाले प्रश्नों से यह अपेक्षा करती है कि वे ऐसे प्रश्न पूछनेवाले व्यक्ति से भी उसकी भाषा, समय और मूलस्थान के बारे में प्रतिप्रश्न करना सीखेंगे। लेखन में 'स्थान' की स्थिति एक पहचानयोग्य या स्थिर स्थिति की अवधारणा को विस्थापित करके स्वयं को स्थापित करने के प्रयास में संकटपूर्ण और सन्दिग्ध हो जाती है। शायद एक तिब्बती कवि और तिब्बत से सम्बन्धित किसी पहचान का उल्लेख होते ही हमें उसे तुरन्त नज़रअन्दाज़ कर देना चाहिए, उनकी उपस्थिति को नकारने के लिए नहीं, बल्कि उनकी हमें एक या दो परिभाषाओं की सीमाओं में नियन्त्रित करने की इच्छा को इंगित करने के लिए।

पोएट्री फ़ाउंडेशन द्वारा मौलिक रूप से 10 मई 2013 को प्रकाशित।

शीतनिद्रा

पूर्वी तिब्बत में घास उगने से मना कर रही थी। वर्षा के स्वामी ने अपना डमरू बजाया, अपना कपोल नदी से सटाया और वर्षा को आवाज़ दी।

'म' ने कहा जीवन भी तैयारी और समायोजन का विषय है। हमने स्तूप में नवनीत के दिये जलाये और बुद्ध की भवों पर एकत्र होता हुआ प्रकाश देखा। मक्खन धुन्ध बन कर हवा हो गया।

तारा की प्रतिमा के नेत्रों में अश्रु हैं, पुजारी काग़ज़ की उ़स कतरन को दिखाता है जिससे उसने वे अश्रु पोंछे थे। शब्द गड्ड–मड्ड हो गये जहाँ–जहाँ पानी ने स्याही को छुआ जैसे दुबली कलाई में उलझी हुई नसें। पुजारी ने उसे श्रद्धापूर्वक माथे से लगाया और मैंने पढ़ा :

100 किलो चीनी
100 पैकेट ताजमहल चाय
कुल = 2,000 रुपये

बहुत दिनों तक लोग पंक्ति में खड़े होकर प्रतिमा पर प्रसाद चढ़ाते रहे। प्रार्थनाएँ गिरती रहीं कि सड़क की पीठ कई सप्ताह से गीली थी। 'म' हमें ख़ुद से सटाये रही, दिन भर अगरबत्तियाँ जलाती रही और कहती रही कि कुछ हवा में है। पानी गली को पीटता रहा।

मच्छर रात के टुकड़े कर चबा गये। फिर धूप के।

बुजुर्गों ने बताया कि निर्वासन में तिब्बती सरकार के मुख्य सलाहकार ने भविष्यवाणी की थी कि हम बातचीत के बिल्कुल क़रीब हैं किन्तु वह हवा के टुकड़े करती हुई महिलाओं को रोते हुए सुन सकता था।

जब वह भूमि पर गिरा उसके पास मुस्कुराहट की एक झलक थी। 'म' ने कहा कोई भी स्थान सुरक्षित नहीं है और गेंदे के पुष्पों के पहली बार खिलते ही उसने देवताओं को अर्पित कर दिये।

बहुत कम बातें अर्थवान हैं। पूरब में दिन भर वर्षा होने की ख़बर आयी।

मृत्यु के बाद का जीवन। अतः बुजुर्ग लोग अपनी माला के मनकों को फेरते रहे।

खण्ड-तीन

निर्वासन में रचित तिब्बती कविताओं पर आलेख

निर्वासन में प्रतिरोध : तिब्बत की निर्वासित कविता पर एक अध्ययन

पुस्तक खण्ड

लेखक–डॉ. अप्पू जैकब जॉन, इंस्टीट्यूट ऑफ़ इंग्लिश, केरल, विश्वविद्यालय में सहायक प्रोफ़ेसर के पद पर कार्यरत हैं। उन्होंने अपनी शिक्षा सीएमएस कॉलेज, महात्मा गाँधी विश्वविद्यालय से प्राप्त की है। वे कई मानवाधिकार समूहों के सहयोगी हैं। साथ ही, मलयालम भाषा में अनुवादक भी हैं। उनका शोध कार्य 'निर्वासन में प्रतिरोध : ए स्टडी ऑफ़ तिबेतन पोएट्री इन इंग्लिश' तिब्बती कविता पर किये गये प्रथम विश्लेषणात्मक कार्यों में से एक है।

पुस्तक परिचय–'निर्वासन में प्रतिरोध'–अंग्रेज़ी में तिब्बती कविता पर एक अग्रणी काम है। तिब्बत सम्भवतः दुनिया का अन्तिम उपनिवेश है। ऐसे लोगों का एक समूह है जो अब भी एक प्राचीन धर्मशासित व्यवस्था में विश्वास करते हैं, लेकिन उनके पास न तो कोई देश है और न ही एक राष्ट्र के रूप में पहचान। पूरी दुनिया में शरणार्थियों के रूप में बिखरे हुए, वे एक ऐसी दुनिया बनाते हैं जो आधुनिक मनुष्य के उपयुक्त नहीं है। इधर तिब्बती शरणार्थियों ने अपने विरोध को आवाज़ देनी शुरू की है। यह काम उनके इसी विरोध का विश्लेषण है–कि कविता निर्वासन में प्रतिरोध कैसे हो सकती है; एक शान्तिपूर्ण प्रतिरोध। चरमपन्थियों और बहुधा खुद सरकारों के द्वारा प्रायोजित हिंसक हमलों के बीच दोफाड़ दुनिया में; यह अध्ययन कवियों की तीन पीढ़ियों

का दस्तावेज़ है कि कैसे ये मुट्ठीभर लोग अपने आवश्यक 'तिब्बतीपन' की रक्षा करने और अपनी खोयी हुई संस्कृति के संरक्षण में सक्षम हैं।

निर्वासन एक ऐसा कठिन यथार्थ है जो पचास से अधिक वर्षों से तिब्बती समुदाय के अस्तित्व का अभिन्न अंग बना हुआ है। यह वह पीड़ादायक वास्तविकता है, जिसे प्रत्येक तिब्बती को स्वीकार करना ही पड़ता है। निर्वासन ने तिब्बतियों की धारणाओं और वैचारिकी में क्रान्तिकारी बदलाव ला दिये हैं। उन्हें अपने उस देश की सीमाओं से बाहर निकलने के लिए विवश किया गया है जो एक समय तक बाहरी लोगों के लिए एक निषिद्ध क्षेत्र था। तिब्बतियों को अपनी जन्मभूमि से पलायन करके परदेसी भूमि में शरण लेनी पड़ी। वे अपने साथ अपनी वह संस्कृति लेकर आये जो उस समय तक शेष विश्व के लिए अज्ञात थी। इस प्रकार तिब्बती समुदाय का रहस्यमय स्वभाव निर्वासन में विलुप्त हो गया और वे अधिक उन्मुक्त हो गये। इस नवीन खुलेपन ने समुदाय को बाहरी दुनिया में बचे रहने के अवसर दिये हैं। आज तिब्बती प्रवासी दुनिया भर में अपनी पहचान बना चुके हैं। निर्वासन का यह अनुभव उनके कई कार्यों में मार्मिक रूप से वर्णित है।

निर्वासन में समुदाय और परम्परा के विभिन्न पहलुओं का पुनरुद्धार तिब्बती समुदाय की पहली और महत्त्वपूर्ण चिन्ता थी। अब अधिकांश परम्पराओं को पुनर्नियोजित कर दिया गया है ताकि समुदाय का आधुनिकीकरण सम्भव हो सके। अन्तरराष्ट्रीय पाठ्यक्रम के साथ नये स्कूलों के निर्माण, समुदाय का लोकतान्त्रीकरण जिसके परिणामस्वरूप 2001 और 2011 के संसदीय चुनाव हुए और दलाई लामा की शक्तियों में कमी जैसे प्रमुख सुधारों का आरम्भ उनकी प्रगति के मार्ग में एक पथप्रवर्तक चरण था।

डागमर बर्नस्ट्रॉफ़ और ह्यूबर्टस वॉन वेलक द्वारा लिखित 'द इंट्रोडक्शन ऑफ़ एक्ज़ाइल एज़ अ चैलेंज–द तिबेटन डायस्पोरा' नामक पुस्तक में तिब्बती अनुभवों का वर्णन कुछ इस प्रकार किया गया है–

निर्वासित तिब्बती समुदाय दुनिया में सबसे लचीले और सफल शरणार्थी समूहों में से एक है। वे तिब्बती लोग जो कम–से–कम दो सौ वर्षों से 'दुनिया की छत' पर अपने एकान्त में रहते थे, जिनका अन्य समाजों और संस्कृतियों से शायद ही कोई सम्पर्क हुआ करता था, उन्होंने निर्वासन में तीन उल्लेखनीय कार्य किये हैं। सबसे पहला यह कि आज प्रत्येक तिब्बती और उसका परिवार आर्थिक रूप से अपने पैरों पर खड़ा है और व्यक्तिगत रूप से आमनिर्भर है। दूसरे, एक ऐसी स्कूल प्रणाली का निर्माण किया गया है, जिसने बड़े पैमाने पर निरक्षर समाज को दो पीढ़ियों के भीतर पूरी तरह साक्षर कर दिया है (जहाँ तक जनसाधारण का प्रश्न है; उनके लिए मठवासी ही सर्वाधिक विद्वान हैं) यह उनके राजनीतिक संकल्प का इच्छापत्र है। और अन्त में, परम पावन चौदहवें दलाई लामा जो तिब्बतियों के लौकिक व आध्यात्मिक नेता हैं, ने स्वयं लोकतान्त्रीकरण की दिशा में क़दम बढ़ाते हुए अपनी शक्तियों को कम कर दिया, इतना कि 2001 में निर्वासन सरकार के प्रधानमन्त्री (चीफ़ कालों) को उन्होंने स्वयं नियुक्त नहीं किया है, बल्कि वे समस्त तिब्बती समुदाय द्वारा चुने गये हैं।

तिब्बती शरणार्थी समुदाय की सफलता मुख्य रूप से उनके कठिन परिश्रम करने की संस्कृति का परिणाम है। सभी निर्वासित तिब्बती समुदायों में उन्होंने कालचक्र जैसे अनुष्ठानों को फिर से शुरू करने और चिकित्सा और पारम्परिक नृत्यों के लिए केन्द्रों की स्थापना करके मठों का पुनर्निर्माण और अपनी संस्कृति की पुनर्स्थापना की है। उन्होंने स्कूल आरम्भ किये हैं और युवा पीढ़ी को शिक्षित करने और सक्षम बनाने के ईमानदार प्रयास किये हैं। निर्वासन की प्रक्रिया में तिब्बती समाज को उन देशों में भी प्रत्यारोपित किया गया था जो उस समय तक उनके लिए सर्वथा अज्ञात भूमि थे।

जिन देशों में उन्होंने शरण ली थी, वहाँ के शासकों ने उन्हें अपनी भूमि में निर्जन व दूरस्थ इलाकों में भेज दिया, ताकि उनके अपने लोगों के जीवन में कोई विघ्न न पड़े। भारत में पहली तिब्बती बस्तियाँ दिल्ली में बंजर मजनूँ के टीला में थीं। फिर उन्हें हिमाचल

प्रदेश में भूकम्प से प्रभावित मैकलॉयड गंज के अतिरिक्त कर्नाटक में बायलाकुप्पे और कोल्लेगल की बंजर भूमि पर भी स्थानान्तरित किया गया। आज भी जो नया शरणार्थी भारत आता है, दलाई लामा से मिलने जाता है, तिब्बती स्कूलों में शिक्षा प्राप्त करता है और बाद में दुनिया भर के विभिन्न स्थानों में प्रवास करता है। यह भी कहा जा सकता है कि निर्वासन ने इस समुदाय को सकारात्मक तरीक़े से भी प्रभावित किया है। इसने शरणार्थियों का कल्याण किया है क्योंकि यहाँ वे अपने आन्तरिक प्रशासन को अधिक व्यवस्थित कर सकते हैं, अपनी संस्कृति को बचाये रख सकते हैं और अपना नेता चुन सकते हैं। इस प्रकार इस एक निर्णय ने उनके जीवन को बहुत सकारात्मक तरीक़े से पुनर्निर्मित करने में मदद की है।

डागमर बर्नस्ट्रॉफ़ और ह्यूबर्टस वॉन वेल्क द्वारा लिखित 'द इंट्रोडक्शन ऑफ़ एक्ज़ाइल एज़ अ चैलेंज : द तिबेटन डायस्पोरा' नामक पुस्तक में आगे कहा गया है, "तिब्बतियों ने अब तक अपनी संगठनात्मक संरचना को बनाये रखा है, हालाँकि, एक महत्त्वपूर्ण अन्तर यह आया है कि प्रमुख मठों के प्रभावशाली मठाधीशों और बड़े ज़मींदारों ने अपनी भूमि के साथ–साथ अपनी शक्ति और प्रभाव भी खो दिया है। शरणार्थी बस्तियों में प्रत्येक वयस्क को चाहे वह किसान, घुमन्तू, व्यवसायी या भिक्षु हो, बिना किसी भेदभाव के आधा हेक्टेयर भूमि आवंटित की गयी थी। मठाधीशी प्रवृत्तियों वाले एक समाज के लिए यह एक व्यापक परिवर्तन था। इस निर्विघ्न व्यवस्था में युवा दलाई लामा बिना किसी आन्तरिक प्रतिरोध के आधुनिकीकरण और लोकतान्त्रीकरण लाने में सक्षम रहे। तिब्बतियों के लिए निर्वासन एक ही समय में एक अभिशाप और वरदान दोनों सिद्ध हुआ है। उनके लिए निर्वासन एक अभिशाप है क्योंकि यह उन्हें उनकी जन्मभूमि से बाहर उखाड़ फेंकता है। यह एक वरदान इसलिए है क्योंकि परदेस में तिब्बती संस्कृति और उसकी पहचान के संरक्षण का विशेष रूप से ध्यान रखा जा सका। संस्कृति का संरक्षण समुदाय की परम्पराओं को समझने के साथ–साथ अन्तरराष्ट्रीय क्षेत्र में उसकी विशिष्ट पहचान बनाने में उसकी सहायता करता है।"

शेरप ग्यात्सो ने अपने निबन्ध 'भिक्षुओं और मठों के विषय में' में टिप्पणी की है–'निर्वासन, राष्ट्रीयताहीनता और आधुनिकता के साथ एक असभ्य मुठभेड़ ने तिब्बती समाज के समक्ष चुनौतियों की एक नयी लहर प्रस्तुत कर दी है' *(निर्वासन एक चुनौती : तिब्बती डायस्पोरा 241)।* हालाँकि, निर्वासन में भी अहिंसा जैसे अन्य पारम्परिक बौद्ध मूल्यों को बहुत महत्त्व दिया जाता है। संस्कृति के संरक्षण को विशेष महत्त्व देने के कारण इस समुदाय को अपने विशिष्ट स्वभाव के साथ फलने–फूलने में मदद मिली है। यह वह महत्त्वपूर्ण बिन्दु है जिसके कारण आधुनिक विश्व का तिब्बत की ओर ध्यानाकर्षण हुआ है। निर्वासन के विषय में कुछ सकारात्मक अनुभवों के बावजूद एक साधारण तिब्बती के लिए निर्वासन का अनुभव पीड़ादायक ही है। चीनी आक्रमण के बाद सैकड़ों लोगों ने दलाई लामा का भारत में अनुसरण किया। दलाई लामा की आत्मकथा, 'निर्वासन में स्वतन्त्रता' भारत में और उसके बाद दुनिया भर में शरणार्थी शिविरों की शुरुआत के बारे में एक अच्छी तस्वीर प्रस्तुत करती है। जवाहरलाल नेहरू के दयालुतापूर्ण रवैये ने शरणार्थियों को हिमालय के भारतीय पृष्ठ पर स्थान उपलब्ध कराया। युवा दलाई लामा को सबसे पहले नयी दिल्ली में शरण दी गयी थी। नेहरू ने दलाई लामा से तिब्बत में त्वरित वापसी करवाने का वायदा भी किया था। दलाई लामा भारत के स्वतन्त्रता आन्दोलन की बहुत सराहना करते थे। उन्हें लोकतान्त्रिक भारत और भारत के प्रथम प्रधानमन्त्री जवाहरलाल नेहरू पर बहुत भरोसा था, जिन्होंने अहिंसा के बौद्ध सिद्धान्त के माध्यम से स्वतन्त्रता प्राप्त की थी। दलाई लामा का दृढ़ विश्वास था कि भारत और विश्व समुदाय के सहयोग से तिब्बत एक दशक के भीतर स्वतन्त्र हो जायेगा। पहली पीढ़ी के शरणार्थियों ने इस बात पर आँख मूँद कर विश्वास किया और वे किसी भी पल तिब्बत वापसी की सुखद सम्भावना की प्रतीक्षा में अपने दिन काटने लगे। दिन बीतने लगे और नेहरू को राजनीतिक और वैचारिक दबाव के कारण तिब्बतियों की मदद करने के अपने वायदे को निभाना असम्भव लगने लगा। युवा दलाई लामा और उनके

अनुयायियों के लिए स्वदेश लौटने का विचार छोड़ना असम्भव था। लामा को हिमाचल प्रदेश में एक पर्वतीय आश्रय मैकलॉयड गंज में स्थानान्तरित कर दिया गया, जो भूकम्प प्रभावित होने के लिए जाना जाता है। वर्तमान में इसे 'लिटिल ल्हासा' या धर्मशाला के नाम से भी जाना जाता है, जो तिब्बत की निर्वासन सरकार का वर्तमान मुख्यालय और भारत में केन्द्रीय तिब्बती प्रशासन है। भारत द्वारा उठाये गये आरम्भिक रवैये में बाद में आये राजनीतिक बदलावों ने निर्वासित तिब्बतियों की स्थितियों को समस्यात्मक ढंग से प्रभावित किया। दूसरी और तीसरी पीढ़ी के कवियों की कविता में तिब्बती शरणार्थियों का समस्याग्रस्त अस्तित्व बहुत स्पष्ट रूप से परिलक्षित होता है। ज्ञानेश्वर चतुर्वेदी का आलेख 'भारतीय दर्शन' तिब्बत–चीन स्थिति को सँभालने के भारतीय तरीक़े की एक अच्छी रिपोर्ट प्रस्तुत करता है। वे तिब्बत पर नेहरूवादी राजनीति को 'शब्दर्थिक इन्द्रजाल में छिपी सम्प्रभुता और आधिपत्य' कहते हैं। *(निर्वासन एक चुनौती : तिब्बती प्रवासी 75)*। नेहरूवादी नीति ने भारत में विवाद को जन्म दिया और तीन मुख्य समूहों ने इसकी कठोर आलोचना की। चतुर्वेदी ने इन आलोचकों को (1) समर्थकों और व्यावहारिक राजनीतिज्ञों (2) गाँधीवादियों और धर्मगुरुओं और (3) विपक्षी दलों के समर्थकों इत्यादि प्रकारों में वर्गीकृत किया है। *(निर्वासन एक चुनौती : तिब्बती डायस्पोरा 75)*

सेवाँग फुंट्सो के लेख 'निर्वासन में सरकार' में कहा गया है कि निर्वासन के मुद्दे पर दलाई लामा को अपने समुदाय से कुछ भिन्न प्रकार की प्रतिक्रियाएँ मिली थीं। दलाई लामा ने कहा कि "उस समय कुछ तिब्बतियों ने विचार रखे थे कि सभी तिब्बती शरणार्थियों को अस्थायी रूप से हिमालय के सीमावर्ती क्षेत्रों में बसा देना चाहिए ताकि हम पहले अवसर पर तिब्बत लौटने के लिए तैयार हों। लेकिन हमने सभी तिब्बतियों को समरूप समुदायों में रहने और युवाओं को अच्छी शिक्षा देने में सक्षम बनने के लिए स्थायी पुनर्वास को प्राथमिकता देने का निर्णय किया। ऐसी शिक्षा देने का निर्णय किया जो आधुनिक के साथ–साथ पारम्परिक भी हो। इस निर्णय के पीछे यह सोच थी कि

यदि इस संघर्ष में हमें एक पीढ़ी की अवधि लगती है तो नयी पीढ़ी इस संघर्ष में और बेहतर तरीक़े से पुरानी पीढ़ी की जगह ले सके और यह दायित्व सम्हाल सकने योग्य बन सके।"

यह दृष्टि तिब्बती समुदाय के लिए उपयोगी थी और इसने दुनिया भर में बसने वाले तिब्बतियों में निरन्तरता और एकता की भावना पैदा की। यही नीति इस समुदाय के आधुनिकीकरण का रहस्य है जिसने निर्वासन में भी उसे समृद्ध होने में मदद की। निर्वासन में शरणार्थियों का प्रवाह दोगुना होते ही तिब्बती नेताओं के लिए एक बड़ी समस्या पैदा हो गयी और तब निर्वासन में तिब्बती समुदायों के कल्याण के लिए काम करने को निर्वासन में सरकार बनायी गयी अपने आरम्भ में बहुत साधारण होते हुए भी जल्द ही निर्वासन की यह सरकार समस्त तिब्बतियों का केन्द्रीय प्रशासन बन गयी।

इनकी आरम्भिक समस्या तिब्बत से आये शरणार्थियों का विशाल जनसमूह था। संस्कृति की रक्षा को महत्त्व देने के साथ–साथ उनके पुनर्वास व आजीविका की व्यवस्था भी की जानी थी। और यह सब उन अनेक देशों से प्राप्त अन्तरराष्ट्रीय और राष्ट्रीय सहायता के साथ किया जाना था जहाँ–जहाँ वे बसे थे। अपने निबन्ध 'निर्वासन में सरकार' में सेवांग हमारे समक्ष तिब्बती प्रशासन की स्पष्ट तस्वीर खींचते हैं। निर्वासन की उन समस्याओं की भी जिनका सामना उन्हें शुरुआती दिनों में करना पड़ा था। उन्होंने सांस्कृतिक क्रान्ति और माओ ज़ेडोंग की मृत्यु के बाद शरणार्थियों के निरन्तर प्रवाह का उल्लेख किया है। वे कहते हैं–"1986–1996 के दौरान कुछ 18,700 शरणार्थी भारत और नेपाल पहुँचे। 1994 के बाद यह स्थिति और बदतर हो गयी जब चीनी सरकार ने तिब्बती राष्ट्रवाद से निपटने के लिए कठोर नीतियों को लागू करने की शुरुआत की। नये शरणार्थियों में 44 प्रतिशत से अधिक किशोर और युवा वयस्क थे (उम्र 14–25); 33 प्रतिशत वयस्क (उम्र 26–59); 17 प्रतिशत से अधिक छोटे बच्चे (उम्र 0–13); और 60 वर्ष से अधिक आयु के केवल 5 प्रतिशत लोग थे।" *(निर्वासन एक चुनौती : तिब्बती डायस्पोरा 142)*

प्रत्येक दशक बीतने के साथ निर्वासित समुदायों की विभिन्न आवश्यकताओं का विश्लेषण और आपूर्ति में अत्यधिक सावधानी बरते जाने की आवश्यकता थी। निर्वासन की समस्या को सँभालने के लिए दलाई लामा और निर्वासन सरकार ने प्रमुख रूप से तीन रणनीतियों को अपनाया है। वे हैं पुनर्वास, शिक्षा और संरक्षण। ये तीनों मुद्दे पचास से अधिक वर्षों से निर्वासित या केन्द्रीय तिब्बती प्रशासन की प्रमुख चिन्ता बने हुए हैं। कॉलोनियाँ, सहकारी समितियाँ, तिब्बती स्कूल, बच्चों के गाँव, हस्तशिल्प स्टाल, स्वागत केन्द्र, पुस्तकालय और अन्य संस्थान इन रणनीतियों की सफलता का सबूत हैं। घर लौटने की इच्छा ने तिब्बतियों का साथ कभी नहीं छोड़ा; बल्कि हर गुज़रते साल के साथ यह और मज़बूत होती गयी। इसलिए इस मुद्दे से निपटने के लिए इन्हें नयी रणनीति अपनानी पड़ी। 1987 में दलाई लामा ने अपनी पाँच सूत्री शान्ति योजना तैयार की। इस प्रस्ताव को पीपुल्स रिपब्लिक ऑफ़ चाइना ने अस्वीकार कर दिया, लेकिन दुनिया के देशों के सामने इनके अपने अस्तित्व के बारे में एक तिब्बती स्टैंड बन गया। अपनी पाँच सूत्री शान्ति योजना में दलाई लामा ने चीन सरकार से निम्नलिखित माँगें कीं। माइकल वॉन ब्रुक की 'तिब्बत द हिडन कंट्री' इस योजना की बिन्दुवार व्याख्या कुछ इस प्रकार करती है :

1. तिब्बत में एक शान्ति क्षेत्र का निर्माण।
2. हान की चीनी पुनर्वास योजनाओं पर प्रतिबन्ध।
3. सांस्कृतिक और धार्मिक आत्मनिर्भरता सहित बुनियादी मानवाधिकारों का पालन।
4. तिब्बत के प्राकृतिक संसाधनों का शोषण और वहाँ परमाणु हथियारों का भण्डारण बन्द करना ।
5. तिब्बत के भविष्य और चीन के साथ उसके सम्बन्धों के विषय में बातचीत आरम्भ करना। *(निर्वासन एक चुनौती : तिब्बती डायस्पोरा 40)*

यह वह अवसर था जिसमें तिब्बती राज्य और उसके लोगों को अपने निर्वासन के प्रश्न का व्यावहारिक उत्तर मिला।

उन्होंने निर्वासन की स्थिति को समझा, स्वीकार किया और इसका उपयोग अपने समाज की भलाई के लिए किया। यह बात हर पीढ़ी के, हर उम्र के तिब्बती के लिए उपयोगी थी।

अधिकांश तिब्बत सहायता समूह पुनर्वास, शिक्षा और संरक्षण के समान लक्ष्यों को साथ लेकर चलते हैं। वांगपो टेथॉन्ग का आलेख 'संस्कृतियों के मध्य–यूरोप में युवा तिब्बती' भी इन्हीं विचारों पर चर्चा करता है। वे कहते हैं कि तिब्बती राष्ट्रवाद चार प्रमुख सिद्धान्तों पर आधारित है। वे यह भी कहते हैं कि 1950 के चीनी आक्रमण से पहले ये चार सिद्धान्त अस्तित्व में नहीं थे। ये सिद्धान्त निम्नानुसार हैं–

1. चीन से सांस्कृतिक और राजनीतिक पृथक्करण जिसके केन्द्र में तिब्बती संस्कृति और तिब्बती बौद्ध धर्म के संरक्षण पर सम्पूर्ण ध्यान केन्द्रित करने का विचार।
2. स्वतन्त्र तिब्बत में समतावादी समाज बनाने के लक्ष्य के साथ तिब्बत के तीन भौगोलिक क्षेत्रों और विभिन्न धार्मिक समूहों के बीच एकता।
3. दलाई लामा तिब्बती स्वतन्त्रता संघर्ष के प्रतीक हैं।
4. 1956 और 1959 के बीच चीन के ख़िलाफ़ विद्रोह के दौरान हुए अनुभवों, प्रतिरोध संगठनों और उनके नेताओं का गौरव गान करना है। *(निर्वासन एक चुनौती : तिब्बती डायस्पोरा 412)*

आधुनिक समय में निर्वासित तिब्बतियों ने बहुत विकास किया है। अपने समुदाय के विकास के लिए युवा और पुराने सब लोग मिलकर काम करते हैं। निर्वासन सरकार इन कार्यों का समन्वय करती है।

वांगपो टेथॉन्ग : "आज की वयस्क पीढ़ी अपने बच्चों की सहायता के बिना भी अपना दैनिक जीवन सुचारु रूप से व्यतीत करने में समर्थ है। युवा ग़ैर–तिब्बती हलकों में भी आगे बढ़े हैं। निर्वासित तिब्बती समुदाय के साथ कई युवाओं ने अपने सम्बन्ध तोड़ लिए हैं और तिब्बत के साथ उनका एकमात्र सम्पर्क बस उनके माता–पिता के माध्यम से है। राजनीतिक क्षेत्र में भी कमोबेश यही स्थिति है।

तिब्बत को लेकर किसी वास्तविक संकट के अन्देशे की अपेक्षा एक सामान्यता की हवा है। *(निर्वासन एक चुनौती : तिब्बती डायस्पोरा 417)* निर्वासित तिब्बतियों के बारे में एक दिलचस्प जानकारी यह है कि दुनिया भर में तिब्बत सहायता समूह मौजूद हैं। एलिसन रेनॉल्ड्स, अन्तरराष्ट्रीय तिब्बत समर्थन नेटवर्क के सह–अध्यक्ष, 'तिब्बत के लिए दुनिया भर से समर्थन' नामक निबन्ध में वे तिब्बत सहायता समूहों के विषय में प्रचलित दो विरोधी विचारों को प्रस्तुत करते हैं। चीन का मानना है कि तिब्बत के पक्ष में राय रखना एक संगठित अन्तरराष्ट्रीय चीन विरोधी प्रोपगंडा है, वहीं तिब्बतियों का मानना है कि 'तिब्बत समर्थक होना चीन विरोधी होना नहीं है, बल्कि न्याय समर्थक होना है'। *(निर्वासन एक चुनौती : तिब्बती डायस्पोरा 419)*

रेनॉल्ड्स दुनिया भर में तीन सौ विषम तिब्बत सहायता समूहों का एक यादृच्छिक वर्गीकरण करते हैं। इनमें से कई समूह 1980 और 1990 के बीच शुरू हुए। ये समूह तिब्बत में उठे विद्रोह और उसके असफल होने की प्रतिक्रियास्वरूप विकसित हुए, संयोगवश उन्हीं दिनों तिब्बत की सीमाओं को विदेशी पर्यटकों के लिए खोला गया था। यूनाइटेड किंगडम की तिब्बत सोसायटी को सबसे पुराना तिब्बत सहायता समूह माना जाता है। इसका गठन 1959 में किया गया था। तिब्बत सहायता समूह भारत में सबसे अधिक हैं जहाँ तिब्बती शरणार्थियों की सबसे बड़ी संख्या मौजूद है। दुनिया भर में ये सहायता समूह राजनीतिक हैं और इसका सबसे अच्छा सबूत 2008 के ओलम्पिक के समय दुनिया भर में वृहद् स्तर पर आयोजित विरोध प्रदर्शन हैं। यह आन्दोलन इन सहायता समूहों की सक्रिय भागीदारी के कारण ही सफल हो सका, इस आन्दोलन की सबसे बड़ी सफलता यह थी कि इसने तिब्बत के सवाल को दुनिया के ध्यान के केन्द्र में ला खड़ा किया। इन समूहों का उपयोग तिब्बती मुद्दे के महत्त्व पर दुनिया को शिक्षित करने के लिए भी किया जाता है। पूरा तिब्बती शरणार्थी जीवन अपनी दिन–प्रतिदिन की गतिविधियों के माध्यम से चीन के औपनिवेशिक हमले का विरोध करने के लिए तत्पर है। हर दमन, हर युद्ध, हर उपनिवेशवाद,

किसी एक क्रान्ति, एक सशस्त्र प्रतिरोध या एक स्वतन्त्रता आन्दोलन के रूप में एक प्रतिरोधी बल को उकसाता है। यह अलग–अलग सन्दर्भों में भिन्न–भिन्न हो सकता है। द्वितीय विश्व युद्ध के दौरान फ्रांस, ग्रीस और पोलैंड में विकसित प्रतिरोध बल आक्रामकता का विरोध करने वाली शान्तिप्रिय शक्तियों के अच्छे उदाहरण हैं। विरोध करने वाला बल अक्सर उग्रवादी होता है–साहित्य के मामले में भी और सशस्त्र प्रतिरोध के मामले में भी। बारबरा हार्लो ने अपने आलेख 'प्रतिरोध का साहित्य' में निःशस्त्र प्रतिरोध को सांस्कृतिक प्रतिरोध कहा है।

वे प्रतिरोध शब्द का पहला उपयोग सन् 1966 में फ़िलिस्तीनी लेखक गासान कानाफानी के शोध के शीर्षक से प्रचलन में आया बताती हैं। वह शीर्षक है, 'अधिकृत फ़िलिस्तीन में प्रतिरोध का साहित्य : 1948–1966'। कानाफानी ने यह शीर्षक इज़रायल अधिकृत फ़िलिस्तीन में लिखी जा रही कविताओं को श्रेणीबद्ध करने के लिए गढ़ा था। प्रतिरोध के फ़िलिस्तीनी कवि महमूद दरविश ने एक बार टिप्पणी की थी कि इज़रायल अधिकृत फ़िलिस्तीन साहित्य ने विश्व में ऐसा श्रेष्ठ स्थान इसलिए पाया है क्योंकि कानाफनी ने हम सबकी सामूहिक भावना को 'प्रतिरोध का साहित्य' श्रेणी में संयोजित कर दिया है। (http://en.wikipedia.org/wiki/Kanafani)।

कानाफानी का काम फ़िलिस्तीनी प्रतिरोध साहित्य की पहचान करने से सम्बद्ध है जिसे वे इज़राइल की सांस्कृतिक घेराबन्दी के प्रतिक्रियास्वरूप विकसित हुआ मानते हैं। ऐसी विषम परिस्थिति देश में रहनेवाले व्यक्ति के लिए गुलामी और बाहर निकले व्यक्ति के लिए निर्वासन है। हार्लो का कहना है कि कानाफानी इन परिस्थितियों को समस्याग्रस्त करके प्रस्तुत करते हैं। कनाफानी कहते हैं कि शोध तभी सम्भव है जब शोधकर्ता स्वयं उस प्रतिरोध के आन्दोलन का एक हिस्सा हो, वह आन्दोलन जो उस अधिकृत भूमि पर उठा हो। इसलिए प्रतिरोध का सही अध्ययन के लिए अन्दर का अवलोकन आवश्यक है। चूँकि भीतर से किया गया यह सामूहिक संघर्ष किसी–न–किसी ऐतिहासिक परिप्रेक्ष्य पर आधारित होता है।

अतः इतिहासलेखन का उपयोग प्रतिरोध की वास्तविक भावना को ग्रहण करने के लिए करना चाहिए, क्योंकि दमनकारी ताक़तें हमारी जिन वस्तुओं को अमान्य घोषित करती हैं उनमें से एक इतिहास है।

हार्लो ने फ़िलिस्तीनी प्रतिरोध पर कानाफानी द्वारा किये गये एक दूसरे अध्ययन और गुनीसा–बिसाऊ और अफ्रीकी प्रतिरोध के नेता अमीलाकर कैब्राल द्वारा किये गये एक अन्य अध्ययन का भी उल्लेख किया है। ये दोनों लेखक दुनिया भर में बड़े सामूहिक संघर्षों के भीतर उठे प्रतिरोध आन्दोलन की ऐतिहासिक विशिष्टता का पता लगाते हैं। हार्लो का कहना है कि चूँकि ये सभी प्रतिरोध मूल रूप से अफ्रीका, मध्य और दक्षिण अमेरिका और मध्य और सुदूर पूर्व एशिया के साम्राज्यवादी वर्चस्व के ख़िलाफ़ थे, अतः इन्हें 'तीसरे विश्व का साहित्य' (प्रतिरोध का साहित्य 4) के नाम से भी जाना जा सकता है। किसी को सन्देह हो सकता है कि क्या इन सभी प्रयासों के बावजूद प्रतिरोध के साहित्य के लिए बाहरी दुनिया को प्रभावित करना सम्भव है? हार्लो का कहना है कि ह्यूगो ब्लैंको की पुस्तक 'मृत्यु की भूमि : पेरू में किसान संघर्ष', इस प्रश्न का समुचित उत्तर देती है। ब्लैंको, मध्य अमेरिकी इंडियंस के एक प्रमुख संयोजक थे उन्होंने अपनी यह किताब उस पच्चीस साल लम्बी सज़ा के दौरान लिखी जो उन्हें मूल अमरीकियों को संगठित करने के अपराधस्वरूप दी गयी थी। ब्लैंको टिप्पणी करते हैं कि अनपढ़ किसानों के आन्दोलनों में भी प्रेस और प्रचार काम करता है। उनका कहना है कि अनपढ़ किसान स्वयं आश्चर्यचकित थे कि क्या ये काग़ज़ात (प्रतिरोधों को व्यवस्थित करने वाले नोटिस) उनकी ओर से भी बोल सकते हैं क्योंकि पहले तो इन काग़ज़ात को (अदालत और सरकारों द्वारा) उन्हें प्रताड़ित करने के लिए इस्तेमाल किया जाता था। अशिक्षित लोगों ने वे काग़ज़ात अपने घरों की दीवारों पर चिपका दिये थे और वे लोग थोड़े भी शिक्षित थे, उन्हें पढ़ने और उनके माध्यम से फैलने वाले प्रतिरोध को समझ सके।

तिब्बती पक्ष के पास भी ऐसा ही साहित्य देखा जा सकता है। वे अपने विचार आभासी दुनिया में पोस्ट कर देते हैं और उन्हें दुनिया

भर में पढ़ा जाता है। तब भी जब चीन प्रिंट में उनके प्रकाशन पर प्रतिबन्ध लगा चुका है। उपनिवेशवादी हमेशा कॉलोनी की संस्कृति को अधिरोपित करने की कोशिश करते हैं। फ्रैंज फैनॉन 'द रेच्ड ऑफ़ द अर्थ' में प्रकाशित एक निबन्ध 'ऑन द नेशनल कल्चर' में लिखते हैं : उपनिवेशवाद केवल लोगों को अपनी पकड़ में रखने और उनकी सोच को हर विचार और जानकारी से विहीन कर देने में ही सन्तुष्ट नहीं होता। विकृत तर्क देते हुए यह उत्पीड़ितों के अतीत की ओर मुड़ जाता है, और उसे विकृत करते हुए, कुरूप दिखाते हुए, अन्ततः नष्ट कर देता है। पूर्व औपनिवेशिक इतिहास के अवमूल्यन का यह कार्य आज एक द्वन्द्वात्मक महत्त्व रखता है। यह वही बात है जो ग्राम्शी ने 'हेजेमनी' यानी प्राधान्य के विषय में कही है—यह एक उपनिवेशवासी को दबाने के लिए उपयोग की गयी उपनिवेशक की शक्ति है।

केन्याई विचारक और लेखक गुगी वा'थियोंगो का दावा है कि साहित्य के दो विरोधी सौन्दर्यशास्त्र हैं, पहला उत्पीड़न और शोषण का और एक और कुल मुक्ति के लिए किये गये विद्रोह का *(प्रतिरोध का साहित्य 8)*। उनका यह तर्क 'स्कूलों में साहित्य' शीर्षक से लिखे गये उनके आलेख में पाया जाता है, जिसने केन्या में साहित्य शिक्षा पर उग्र बहसों को आमन्त्रित करते हुए केन्या में साहित्य शिक्षा को पुनर्स्थापित करने का आह्वान किया था। हार्लो ने 'प्रतिरोध का साहित्य' पर अपने संवाद का समापन करते हुए कहा है कि प्रतिरोध आन्दोलनों और मुक्ति आन्दोलनों ने वर्चस्व और उत्पीड़न के ख़िलाफ़ एक सामूहिक और ठोस संघर्ष का प्रतिनिधित्व किया है। उनके अपने आन्तरिक विरोधाभास और विवाद भी हैं। सकारात्मक रूप से देखा जाये तो ये विवाद इन आलोचनाओं को बनाये रखने के लिए की जाने वाली आत्म–आलोचनात्मक बहसें हैं। हार्लो ने समकालीन प्रतिरोध आन्दोलनों से हेजेमोनिक उपनिवेशवादियों के ख़िलाफ़ लड़ने के लिए कहा है। यह साहित्य के माध्यम से ही सम्भव हो सकता है। हार्लो का तर्क है कि प्रतिरोध का साहित्य दुनिया को बदलने के लिए राजनीतिक रूप से शक्तिशाली है।

तिब्बतियों के मामले में भी यह अवधारणा पूरी तरह सच है क्योंकि उनकी कविता जीवन्त है और यह अपनी लहरों को उस बाहरी दुनिया में भेजती है जहाँ–जहाँ तिब्बती बसे हैं। एक स्वतन्त्र तिब्बती कवि निर्वासन के मुद्दे को सिर्फ़ एक राजनीतिक समस्या के रूप में ही नहीं देखता है। वह अपने गौरवशाली अतीत के साथ निर्वासन की वर्तमान स्थिति के यथार्थ को भी समझता है। पहली पीढ़ी के कवियों का निधन हो चुका है और दूसरी पीढ़ी के कुछ कवि ही जीवित हैं। इसलिए यह निर्वासित तिब्बती कवियों की तीसरी पीढ़ी के कवियों का काल है। निर्वासन का अनुभव तीसरी पीढ़ी के कवियों ने सर्वश्रेष्ठ रूप से अभिव्यक्त किया है जो निर्वासित तिब्बतियों की गौरवशाली भावना को प्रस्तुत करते हैं। निर्वासन के अनुभवों में तिब्बतीपन की समस्त विशेषताएँ समाहित हैं जो उनके लिए अभिशाप भी हैं और वरदान भी, बाद वाले की तुलना में पहला अधिक है। निर्वासित तिब्बतियों को सार्वजनिक क्षेत्र में उनकी आवाज़ से वंचित किया जाता है; प्रिंट मीडिया ने दृश्य और श्रवण मीडिया की तरह उन पर पर्दा डाल रखा है। एक तरफ़ चीन–नियन्त्रित तिब्बत में उन लोगों पर पीआरसी द्वारा कुछ भी प्रकाशित करने पर प्रतिबन्ध लगा दिया जाता है और दूसरी ओर दुनिया भर के अन्य देशों में मेज़बान देश चीन के साथ सम्बन्धों में खटास पैदा होने के भय से निर्वासित तिब्बतियों को अपना कुछ भी प्रकाशित करने की अनुमति नहीं देता है। अभिव्यक्ति के मूल अधिकार के ऐसे खण्डन का प्रतिरोध किया जाना चाहिए।

इसलिए तिब्बती लेखक प्रकाशन के वैकल्पिक साधनों यानी वेबसाइटों और ब्लॉग इत्यादि का उपयोग अधिक करते हैं। ईमेल और सन्देशों के माध्यम से तिब्बतियों का रचनात्मक कौशल एक अभिनव कला के रूप में विकसित हुआ है। चीन नियन्त्रित क्षेत्रों में तो इन आभासी प्रकाशनों को भी अवरुद्ध कर दिया गया है ताकि स्वतन्त्रता सेनानियों के व्यक्तित्व और उनके विचारों को तिब्बतियों के दिमाग़ में प्रवेश करने से रोका जा सके। तिब्बत के स्वतन्त्रता सेनानियों द्वारा साइबरस्पेस की इस जीत को अकादमिक दुनिया और बुद्धिजीवियों

द्वारा उपयुक्त महत्त्व नहीं दिया गया है जिसके वे हकदार हैं, वे इन अभिव्यक्तियों को केवल एक डायरी प्रविष्टि या व्यक्तिगत नोट मानते हैं। मीडिया उन्हें महत्त्वहीन मानता है लेकिन यह महत्त्वहीनता उन्हें निर्वासन के मुद्दों को वरीयता देते हुए बेहतर तरीक़े से विरोध करने में सक्षम बनाती है।

उनकी प्रतिरोध की कविता अपने आपको दो तरह से अभिव्यक्त करती है। इनके प्रतिरोध का एक तरीक़ा यह है कि सबसे काले बादलों के पीछे भी चाँदी का अस्तर तलाश लिया जाये। यह आशापूर्ण सकारात्मक भाव निर्वासन को सहनीय बना देता है। यह भाव पहली पीढ़ी के कवियों और एक हद तक दूसरी पीढ़ी के कवियों में भी देखा जा सकता है। प्रतिरोध की अभिव्यक्ति का दूसरा तरीक़ा है, दोनों ओर के निर्वासन को परस्पर सम्बद्ध कर देना—नये लोगों से मित्रता का उत्साह, अभिव्यक्ति के नये रास्ते और उचित पहचान के बिना राष्ट्रीयताविहीन होने की पीड़ा को दूसरी ओर सम्प्रेषित करने की सुविधा। दूसरी पीढ़ी के कुछ कवि और तीसरी पीढ़ी के लगभग सभी कवि अपने विचारों को इसी प्रकार अभिव्यक्त करते हैं। उनमें से कुछ इस राष्ट्रीयताहीनता से रुष्ट हैं, इतने, कि वे अपनी कविताओं को कोई शीर्षक नहीं देते या 'शरणार्थी' शीर्षक वाली कविताएँ ही लिखते हैं। हालाँकि, इन दोनों दृष्टिकोणों को इस उम्मीद के मसाले से तड़का दिया जाता है कि एक दिन वे बर्फ़ीले हिमालय पर अवस्थित अपनी स्वतन्त्र और सम्प्रभु भूमि पर लौट जायेंगे। इसलिए कविता निर्वासन में प्रतिरोध बन जाती है। पहली पीढ़ी के कवियों में हमें निर्वासन के अनुभवों पर कोई कविता नहीं मिलती। उनकी कविता वस्तुतः आधुनिक दुनिया को देख हक्के—बक्के हुए एक तिब्बती के अनुभवों को प्रकट करती है। वे अपनी कविताओं में अपनी प्राचीन भूमि को भी याद करते हैं। निर्वासन के प्रसंगों को प्रकाशित करने में दूसरी पीढ़ी बेहतर है क्योंकि वे निर्वासन को सीधे अपने जन्म या बाल्यावस्था से अनुभूत करनेवाले पहले तिब्बती थे। के. धोंडुप की एक कविता 'निर्वासन' तिब्बती निर्वासन के आरम्भिक अनुभवों का अच्छा उदाहरण है।

निर्वासन को एक अनायास परिस्थिति के रूप में प्रस्तुत किया जाता है जिसके परिणाम अच्छे निकले हैं–एक सकारात्मक ऊर्जा से भरपूर अभिव्यक्ति। कविता इस प्रकार है :

निर्वासन, सुबह की धूप में
अपने वैभव से लजाता गेंदे का फूल है
जो अपने रस को चूसने के लिए
फ़िरोज़ा मधुमक्खियों को
उनके छत्ते से लुभा बुलाता है।

(म्यूज़ेज़ इन एक्साइल 20)

यहाँ निर्वासन एक मधुर फूल है जो सुबह मधुमक्खियों को अपने शहद का स्वाद चखाने लुभाने को खिलता है। कवि निर्वासन को एक ऐसे नये अनुभव के रूप में देखता है जिसके माध्यम से कोई बाहरी दुनिया को निरख सकता है। उसी कविता से :

निर्वासन, आत्माओं के लिए
व्यापक क्षितिज की खोज करता हुआ एक राग है
एक सफ़ेद उँगली से लिपटी हुई सोने की अँगूठी है
निर्वासन ऊँचे पहाड़ों के पीछे एक रक्तस्रावित प्रिया की स्मृति है।

(म्यूज़ेज़ इन एक्साइल 20)

अब निर्वासन सिर्फ़ खिलता हुआ गेंदा ही नहीं। यह धीरे–धीरे उन्हें भुला चुके लोगों के लिए उनका विलाप और प्रियतमा की सफ़ेद उँगली पर लिपटी सोने की अँगूठी में परिवर्तित हो जाता है। यह ऊँचे पहाड़ों के रक्तरंजित यथार्थ की स्मृति है। यह कविता में लिखा गया सच था क्योंकि 2008 में नांगपा में भागते हुए तिब्बती शरणार्थियों पर चीनी सैनिकों द्वारा गोलीबारी करके उन्हें मार गिराने के साक्ष्य मिल चुके हैं। निर्वासन की वास्तविकता को एक गेंदा फूल, एक राग, एक सोने की अँगूठी और एक रक्तरंजित स्मृति के रूपक से प्रस्तुत किया गया है। आरम्भिक पंक्तियाँ इस गम्भीर विषय को एक रोमांटिक लहजे में सम्बोधित करती हैं, यह तो अन्तिम पंक्तियों में होता है कि कवि अपना मार्मिक स्वर पाते

हुए निर्वासित तिब्बतियों और बाहरी दुनिया को सम्बोधित करता है। यह तिब्बतियों की वर्तमान स्थिति और निर्वासन की वास्तविकता के विषय में एक आँखें खोलने वाली कविता है। उनकी कविता 'निर्वासन और शरण' भी निर्वासन के प्रत्यय को इसी प्रकार प्रस्तुत करती है। कविता निम्नानुसार है :

एकाकी हृदय, सितारों से विहीन तूफ़ानी रात में
नौकायन करता हुआ जहाज़ है
जो भीषण हवा में मार्गदर्शन के बिना
तैरता हुआ भटकता है और
अपने सिर को टकराते हुए
अपनी आत्मा को विलाप करते हज़ार टुकड़ों में तोड़ देता है।
कौन जाने परमात्मा को
जीवन के तूफ़ानी समुद्र में
भटकने वाले एकाकी जहाज़ से
कुछ सहानुभूति है भी या नहीं ?

(म्यूज़ेज़ इन एक्साइल 24)

उनका कहना है कि निर्वासित का हृदय एक जहाज़ है जो तारों से विहीन अँधेरी तूफ़ानी दुनिया में नौकायन कर रहा है। कविता यह कहते हुए समाप्त होती है कि जहाज़ निर्वासित का हृदय है और समुद्र की आवाज़ें :

'निर्वासन और शरण की
दुःखद ध्वनियों के साथ जीवित रहने वाली
सहस्रों स्मृतियाँ हैं' *(म्यूज़ेज़ इन एक्साइल 24)*

'एक्ज़िस्टेंस एनॉनिमस' यानी अनाम अस्तित्व उनकी एक और कविता है जहाँ वे फिर से निर्वासित मानस को अभिव्यक्त करते हैं। यहाँ वे एक निर्वासित की मृत्यु के बारे में लिखते हैं जिस पर किसी का ध्यान नहीं जाता, न कोई शोक करता है न ही पुनर्जन्म के लिए प्रार्थना करता है। तिब्बतियों में पुनर्जन्म की अवधारणा के विषय में ऐसा माना जाता है कि अच्छे काम करने वाले व्यक्ति को उसके

अगले जन्म में बेहतर जीवन दिया जायेगा। लेकिन मृत व्यक्ति एक निर्वासित है और उसका जीवन साधारण और अस्तित्वहीन है। कविता इस प्रकार है :

उनका जीवन एक शान्तिमय अस्तित्व था
पत्रिकाओं में कहानियाँ पढ़ते हुए
रेस्तराँ में खाते हुए
डामर की सड़क पर सोते हुए
जब तक वे एक निस्तब्ध रात्रि में
मृत्यु के समारोह में शामिल न हो गये
कोई एक भी व्यक्ति प्रार्थना चक्र घुमाते हुए
उनके पुनर्जन्म के लिए प्रार्थना नहीं कर रहा

(म्यूज़ेज़ इन एक्साइल 27)

धोंडुप भी ई. ई. कमिंग्स की तरह अपनी कविताओं को ग्राफिक शैली में प्रस्तुत करते हैं। वे प्रत्येक पंक्ति को हाशिये से एक निश्चित दूरी पर रखते हैं और एक ही लम्बे वाक्य से बने हुए छन्द के पहले अक्षर के अलावा अन्य सभी पंक्तियों में निचले केस के वर्णाक्षरों (अंग्रेज़ी) का उपयोग करते हैं। हो सकता है यह निर्वासन को इंगित और प्रस्तुत करने को रची गयी उनकी विशिष्ट शैली हो।

ग्यालपो सेरिंग भी दूसरी पीढ़ी के कवि हैं जो अपने समुदाय की निर्वासित स्थिति को अपनी कविताओं में अभिव्यक्त करते हैं। उनकी कविता 'टु यू फ्रॉम एक्साइल' उस दुनिया को लिखा गया पत्र है जो तिब्बत की निर्वासित स्थिति की वास्तविकता को स्वीकार नहीं करता है। इसे एक निर्वासित बच्चे द्वारा अपने माता–पिता को लिखे गये पत्र के रूप में भी पढ़ा जा सकता है। उसे सिर्फ़ इतना पता है कि उसका भी एक परिवार था लेकिन चार वर्ष की आयु से उसे उनकी कोई सूचना नहीं मिली है। वह लिखता है कि आश्रयदाता देश में पर्याप्त संसाधन नहीं मिलने पर भी उनसे जबरन कहलवा लिया जाता है कि उन्हें हर लाभ मिल रहा है। यह कविता ऐसे है :

क्या तुम आरामपूर्वक और प्रसन्न हो
नहीं, मैं नहीं हूँ
फिर भी, तुम्हें 'हाँ' ही कहना चाहिए
क्या वे आपको एक थिएटर या एक शो में ले जाते हैं?
और क्या आप उसी ईमानदारी से प्रार्थना कर सकते हैं
जैसे पहले किया करते थे?
तब भी उत्तर 'हाँ' होना चाहिए।

हालाँकि, मेरा सपना है कि आप अभी भी जीवित हैं
और ईमानदारी से यह विश्वास करता हूँ,
लेकिन कई बार मुझे सन्देह होने लगता है।
कि अगर आप मर चुके हैं,
तो भी मुझे लगता है कि
आपका जवाब 'हाँ' होना चाहिए।

(म्यूज़ेज़ इन एक्साइल 56–60)

बिल्कुल इसी विचार को अभिव्यक्त करती हुई इसी रचनाकार की एक और कविता है 'इन्द्रधनुष के अन्त में'। यूरोपीय लोक कथाओं में उल्लेख किया गया है कि इन्द्रधनुष के अन्त में सोना होता है। यहाँ कवि के लिए सोना उसकी स्वतन्त्रता है। लेकिन कोई एक इन्द्रधनुष के अन्त तक पहुँचने का सपना ऐसी आसानी से नहीं देख सकता है। इसलिए कवि कहता है कि स्वतन्त्रता की खोज भी एक कठिन यात्रा है। ग्याल्पो सेरिंग ने तीन कविताएँ खानाबदोश शीर्षक से लिखी हैं, ''खानाबदोश I,'' ''खानाबदोश II,'' और ''खानाबदोश III''

खानाबदोश एक भूमिहीन चरवाहा होता है, जैसे निर्वासित तिब्बतियों और चीनियों की तुलना खानाबदोशों के याक और आक्रमणकारी भेड़ियों से की जाती है।

ऐसी ही एक और कविता है 'योगी' जिसमें वे कहते हैं कि तिब्बती नागरिक एक योगी की तरह गुफा में बैठे हुए बेहतर भविष्य की प्रतीक्षा कर रहे हैं। वे आगे कहते हैं :

पिंजरे में जहाँ उसका हृदय धड़कता है
क्षीण आशा सोती है,
विनीत योगी स्वप्न देखता है।
गुफा में मौन अँधेरे के राज्य पर
शासन करता है।

(म्यूज़ेज़ इन एक्साइल 66)

दूसरी पीढ़ी के सोल्टिम शाकाबा निर्वासन के सबसे सक्रिय कवि हैं। उनकी नवीनतम कविताएँ इस तथ्य की साक्ष्य हैं। शाकाबा महीने में कम–से–कम एक कविता का उत्पादन ईमेल और ब्लॉग के माध्यम से प्रसारित करते हैं। उनकी कविता ''ए सुनो ! ए सुनो !'' निर्वासित तिब्बती कवियों के लिए दुनिया के सामने अपनी चिन्ताओं को व्यक्त करने का एक अच्छा उदाहरण है। वे गाते हैं, :

सुनो! सुनो! सुनो! निर्वासित तिब्बती जो स्वतन्त्र हो
मुझे अपने कान उधार दे दो
चलो जयकार करें एक मुक्त और स्वतन्त्र तिब्बत की
ताकि हम शान्ति से बिस्तर पर जा सकें।

(http://www.peoplefortibet.blogspot.com)

यहाँ कवि एक निरन्तर बजने वाली आवाज़ की तरह तिब्बती लोगों की चेतना जाग्रत करता है। वह उन्हें तिब्बती के मुद्दे पर ध्यान देने के लिए कह रहा है। वह तिब्बत के लिए पूर्ण स्वतन्त्रता की माँग करता है। सम्पूर्ण स्वातन्त्र्य को दलाई लामा की शान्तिपूर्ण सह–अस्तित्व नीति के प्रकाश में देखा जाना चाहिए। वह निर्वासित समुदाय द्वारा स्वतन्त्रता के मुद्दे पर ध्यान न देने से रुष्ट है। वह उनसे सवाल करता है कि क्या उन्होंने अपने सिद्धान्तों को खो दिया है, क्या उन्होंने परतन्त्रता से समझौता कर लिया है, क्या उन्होंने अपने शहीदों और पूर्वजों को त्याग दिया है? वह फिर से दुनिया के विभिन्न देशों में निर्वासित तिब्बतियों को याद दिलाता है कि उन्हें एकजुट होकर अपनी खोयी हुई आज़ादी के लिए संघर्ष करना चाहिए। वे कहते हैं कि एक दिन चीन के विकास का बुलबुला फूटेगा ज़रूर।

भले ही तब तक तिब्बतियों को परेशानी उठानी पड़े, लेकिन अन्त में वे विजयी होंगे। वे आगे कहते हैं :

इसलिए उठो! एक सुखद भविष्य के सपने से
अपना प्याला भर लो
जिसमें शुद्ध स्वतन्त्रता ग्रहण कर सको
क्या यह नहीं देख सकते कि
हम एक पुकार के लोग
एक ही राष्ट्र के
होने चाहिए।

(http://www.peoplefortibet.blogspot.com)

शाकाबा की हालिया कविताएँ 'टू शी जिनपिंग' और 'क्या, क्यों, कौन, कहाँ और कब टीएनएस (तिब्बती नेशनल सोल्जर) के द्वारा', चीनी नेता शी जिनपिंग की 2012 में होनेवाली अमेरिका यात्रा के विरोध में प्रकट की गयी क्रुद्ध प्रतिक्रिया हैं। क्रोध अपशब्दों के संग–साथ आता है। बिल्कुल तभी वे 'जल', और 'जीवन का मौसम' जैसी कविताओं में दार्शनिक हो जाते हैं। उनकी कविता 'डिफाइनिंग ए नेशन' इस प्रकार है :

एक राष्ट्र की महिमा उसके लोगों में पायी जा सकती है,
न कि उसके शासकों में
किसी राष्ट्र की बर्बादी उसके शासकों में पायी जा सकती है
उसके लोगों में नहीं
एक राष्ट्र की समृद्धि इसके मूल्यों में पायी जा सकती है
इसकी सम्पत्ति में नहीं।

यहाँ कवि एक सलाहकार की भूमिका में आ जाता है और व्याख्या करता है कि एक राष्ट्र दूसरों से अलग कैसे है। यहाँ वह राजनीतिक रुख नहीं अपनाता, बल्कि 'राष्ट्र' के अस्तित्व और उनके एक–दूसरे से भिन्न होने की राजनीतिक व्याख्या करता है। वह आगे कहता है :

किसी राष्ट्र का हृदय उसकी गलियों में पाया जा सकता है
उसकी शक्ति के गढ़ में नहीं

किसी राष्ट्र का आनन्द उसके हृदय में पाया जा सकता है
उसके समारोहों में नहीं
किसी राष्ट्र की मान्यताएँ
उसके लोगों की मूक प्रार्थनाओं में ही मिल सकती हैं
राजनेताओं के पुरज़ोर भाषणों में नहीं
किसी राष्ट्र की शक्ति
उसकी अस्थाओं में पायी जा सकती है
उसकी बन्दूक़ों में नहीं
किसी राष्ट्र का भविष्य
उसके संकल्प में पाया जा सकता है
उसकी शक्ति में नहीं।

(http://www.peoplefortibet.blogspot.com)

यहाँ वर्णित 'राष्ट्र' निर्वासन में तिब्बत राष्ट्र है। यह लोगों का अनाकार, अव्यवस्थित समूह मात्र है। वे तिब्बती राष्ट्र के सापेक्ष सर्वशक्तिमान चीन को रख कर एक असादृश चित्र उपस्थित कर रहे हैं। वे निर्वासन और तिब्बत में चीनी आधिपत्य के विरुद्ध निरन्तर अपनी लड़ाई के प्रति सचेतन है। उनकी कविता 'मेरा एक लक्ष्य है' मार्टिन लूथर किंग के प्रसिद्ध भाषण, 'मेरा एक स्वप्न है' की गूँज प्रतीत होता है। वे उस दिन की प्रतीक्षा कर रहे हैं जब उनके बच्चे 'स्वतन्त्र तिब्बत के पठार के ऊपर खड़े हो सकेंगे', कुछ ऐसे दिन की जब चीनी और तिब्बती दोस्ती की मेज़ पर एक साथ बैठेंगे। कवि दृढ़ता से कहता है कि उसका लक्ष्य एक ऐसा सपना है जिसे साकार करने के बजाय अनुभव किया जाना चाहिए। कवि कुछ इस प्रकार कहता है :

मेरा एक लक्ष्य है कि
किसी दिन हमारे बच्चे
एक स्वतन्त्र तिब्बत के पठार के ऊपर खड़े होंगे और
चीनियों के पीछे छोड़ते हुए बीहड़ों को धो देंगे
मेरे पास एक लक्ष्य है कि

एक दिन तिब्बत की आत्मा का उत्थान हो जायेगा
और चीनी सत्ता अवरुद्ध
एक दिन एक लक्ष्य रखें कि
चीन के बच्चे जिन्होंने तिब्बत के साथ बलात्कार किया
और तिब्बतियों के बच्चे जिन्होंने चीनी शासन की यातनाएँ सहीं
दोस्ती की मेज़ पर एक साथ बैठेंगे।

(http://www.peoplefortibet.blogspot.com)

वे दलाई लामा और लामा की महत्त्वपूर्ण भूमिका को स्वीकारते हैं। तिब्बती बहुसंख्यक उन्हें अपने आध्यात्मिक और लौकिक नेता के रूप में स्वीकार करते हैं। वे आगे कहते हैं :

जब तक हमारा राज्य नहीं आता है
मेरे पास अब एक ही लक्ष्य है कि
चीनी तिब्बत को छोड़ दें और
दलाई लामा को उनके अधिकारपूर्ण
सिंहासन पर वापस बैठाया जा सके
मेरे पास एक लक्ष्य है न कि एक सपना।

(http://www.peoplefortibet.blogspot.com)

उनका लक्ष्य 'दलाई लामा को उनके अधिकारपूर्ण सिंहासन पर पुनः स्थापित करना और चीनियों को तिब्बत छोड़ने पर विवश करना' है।

उनकी 'परम पावन दलाई लामा को श्रद्धांजलि' नामक कविता, निर्वासन का विरोध करने का एक अच्छा उदाहरण है। उनकी कविता दलाई लामा को दुनिया के महानतम आध्यात्मिक नेता के रूप में सम्मानित करती है, दलाई लामा को मात्र राजनीतिक व्यक्ति मानने के चीनी षड्यन्त्र का विरोध करती है। कविता इस प्रकार है :

परम पावन! एक नेता के रूप में आप मुझे प्रेरित करते हैं
एक साधारण भिक्षु के रूप में आप मुझे विनम्रता सिखाते हैं
सद्भाव चाहने वाले मनुष्य के रूप में आप मुझे शान्त करते हैं।
एक शिक्षक के रूप में
आप मुझमें आत्मविश्वास बहाल करते हैं

एक दयालु व्यक्ति के रूप में
आप मेरे दिमाग़ से चिन्ताओं को धोते हैं,
दलाई लामा के रूप में आप मुझे अपनी ओर खींचते हैं।

(http://www.peoplefortibet.blogspot.com)

उन्होंने तिब्बत सरकार के अधिकारियों के सम्मान में भी ऐसी कविताएँ लिखी हैं। उनकी कविता 'हमारे सरकारी अधिकारियों के लिए' नवनिर्वाचित कशंग (तिब्बती संसद) के लिए लिखा गया एक पद्य है।

यह ऐसे लिखा गया है :

हम आपको देख रहे होंगे
हर वह क़ानून जो आप पारित करते हैं,
हर वह धन
जो आप बड़े पैमाने पर एकत्र करते हैं,
हम देख रहे होंगे
हर शब्द जो आप कहते हैं
हर व्यक्ति जिसका आप भुगतान करते हैं
हम देख रहे होंगे
यही सच्चा लोकतन्त्र है जहाँ शासकों को
शासितों द्वारा देखा जाता हो।
यह ज़ारी है :
क्या आप हमें देख सकते हैं
हम आपका निर्वाचन क्षेत्र हैं
और हम आशा करते हैं कि आप एक योग्य प्रशासक होंगे
आप हमारी दृष्टि से देखने का प्रयास करें
समय ही आपको बतायेगा कि हम सही हैं या ग़लत।

(http://www.peoplefortibet.blogspot.com)

यहाँ कवि एक चुनौतीपूर्ण रुख अपनाता है, जिसमें वह कहता है कि समय हमें बतायेगा कि शासक कितने योग्य थे।

यह आगे इस प्रकार ज़ारी रहती है :

इसे केवल अपने तरीक़े से देखें
हो सकता है कि हम लम्बे समय तक आपका अनुसरण न कर सकें
हमारी सभी व्यथाओं को ठीक करने का प्रयास करें ताकि हम मज़बूत बन सकें,
हमारी हर थरथराहट को महसूस करने की कोशिश करें
तो आप हमारी कामनाओं को समझ सकेंगे
आप हमारा प्रतिनिधित्व करते हैं
हम सदा आप पर भरोसा रखेंगे
आपके पास हमारी इच्छाओं को पूरा करने का कौशल होगा
हम आपके साथ खड़े रहेंगे
जब तक आप हमारे दृष्टिकोण को समझते हैं
हम आपमें आस्था रखेंगे
जब तक आप भटक नहीं जाते
हम आपका सम्मान करेंगे।

कवि शासित व शासक के बीच एक लेन–देन का सम्बन्ध स्थापित करता है।

वह नेताओं को याद दिलाता है कि यदि वे लोगों को सम्मान देते हैं तो बदले में उन्हें भी सम्मान मिलेगा। वह आगे कहता है : जब तक आप हमारे श्रम, प्रार्थनाओं और इच्छाओं का सम्मान करते हैं, तब तक हम आपका सम्मान करेंगे।

(http://www.peoplefortibet.blogspot.com)

उनका कहना है कि जब तक सरकार लोगों की परवाह करती है और जब तक दलाई लामा का सम्मान किया जाता है तब तक तिब्बती समाज उनके साथ खड़ा रहेगा।

उनकी कविता 'टू द कालों ट्रिपा कैंडिडेट्स' भी ऐसी ही एक कविता है जो 2011 के प्रधानमन्त्री पद के दावेदार पर आधारित है। यह वरिष्ठ तिब्बती नागरिक की ओर से तिब्बत के भावी नेताओं के लिए एक सलाह भी है। वह तिब्बत में चीनी उत्पीड़न के बारे में भी

बात करता है। राजधानी ल्हासा की ड्रापची जेल अपनी यन्त्रणाओं के लिए कुख्यात है। यही वह जगह है जहाँ नकली चीनी सामान बँधुआ श्रमिकों द्वारा उत्पादित किये जाते हैं।

उनकी कविता 'तिब्बत में चीनी क़ैदी' चीनी जेलों में क़ैदियों की दुर्दशा का खुलासा करती है। किसी तिब्बती नागरिक को मात्र इस कारण अनन्त अवधि का कारावास हो सकता है कि चीनी अधिकारियों को वह गद्दार लग रहा था। वे आगे कहते हैं :

कारावास की लोहे की जंज़ीरों में जकड़े हुए
बर्बर यतनाओं से मिले एसिड के घाव
नंगे पाँवों बर्फ़ के मोटे कम्बल खोदते हुए
शीत से गली पाँवों की उँगलियाँ
जमी हुई बर्फ़ीली धरती पर कठिन श्रम करते हुए
उनके हृदय में ठोस दृढ़संकल्प और
मस्तिष्क में उठती प्रत्याशा है वे यातना के सामने नहीं झुके
बल्कि वे शान्तिपूर्ण आशा
और स्वतन्त्रता के अलौकिक गीत गाते रहे

(http://www.peoplefortibet.blogspot.com)

किसी कवि के लिए यह प्रतिरोध का सर्वश्रेष्ठ तरीक़ा है जब वह एक असम्पृक्त संसार के समक्ष अपने देशवासी तिब्बतियों की दुर्दशा को प्रस्तुत करे जो चीनी शासकों द्वारा की जा रही है। शाकाबा तिब्बत के विध्वंस का वर्णन करते हैं परन्तु यह दृढ़ निश्चय भी करते हैं कि तिब्बत फिर उठ खड़ा होगा। अपनी सभी परीक्षाओं और क्लेशों के बीच तिब्बत फिर आगे बढ़ेगा; यह वह सकारात्मक सोच है जो उनकी कविताओं में निरन्तर चलती है। उनकी कविता 'तिब्बत पुनः जियेगा' इस प्रकार है :

हमारी बर्फ़ीली चोटियाँ पिघल रही हैं
हमारे जंगल मुरझा रहे हैं
हमारी नदियाँ दूषित हो रही हैं
हमारे जानवर भूखे मर रहे हैं

हमारे मठ ध्वस्त हो रहे हैं
हमारे लोग कराह रहे हैं
हमारा देश मर रहा है और चीन जश्न मना रहा है
लेकिन इसमें कोई सन्देह नहीं है
कि हमारी चोटियाँ फिर से बर्फ़ से सफ़ेद हो जायेंगी
हमारे जंगल फिर से पनपेंगे
हमारी नदियाँ फिर से साफ़ हो जायेंगी
हमारे जानवर फिर से खायेंगे
हमारे मठ फिर से उठ खड़े होंगे
हमारे लोग पुनः उल्लसित होंगे
और तिब्बत पुनः जियेगा
यदि हम आशा नहीं खोते
और अपना स्वतन्त्रता संघर्ष ज़ारी रखते हैं

हालाँकि शाकाबा के बेहतरीन विचार उनकी हालिया कविता 'आई वांट' यानी मैं चाहता हूँ में स्पष्ट रूप से प्रकट हुए हैं। यहाँ वे उतने ही सरल हैं जितना सरल एक छोटा लड़का अपने मित्रों से अपनी इच्छाओं के बारे में बात करते हुए होता है :

मैं स्वतन्त्रतापूर्वक स्वादिष्ट भोजन खाना चाहता हूँ
सम्पा, मैं स्वतन्त्रतापूर्वक चमकती–झलकती
झील पर बहना चाहता हूँ
सो पेमा, मैं स्फूर्तिदायक नदी में
स्वतन्त्रतापूर्वक तैरना चाहता हूँ
संगपो, मैं अपनी पावन भूमि के पवित्र मन्दिरों में
स्वतन्त्रतापूर्वक पूजा करना चाहता हूँ
मैं अपने प्राचीन देश के फलों का स्वतन्त्रतापूर्वक
प्रचुर मात्रा में आनन्द उठाना चाहता हूँ
मैं उस भव्य याक को स्वतन्त्रतापूर्वक पालना
चाहता हूँ जो मेरी हर इच्छित वस्तु प्रदान करता है
हमारे उद्धारकर्ता और सच्चे नेता, दलाई लामा

को स्वतन्त्रतापूर्वक श्रद्धांजलि देने के लिए मैं
गैंग्स–छें–ज़ो–नगा की हिमाच्छादित पर्वतमाला पर
स्वतन्त्रतापूर्वक चढ़ना चाहता हूँ।

यह सकारात्मक विचार जो निर्वासित तिब्बती कवियों की कविताओं के भीतर अनवरत बहता है, यही निर्वासन के दुष्कर समय में उनका सम्बल बनता है। हालाँकि, इस सम्बन्ध में बाद के कवियों की स्थिति कुछ बदल गयी है। इनकी कविताओं में उपर्युक्त वर्णित सकारात्मक दृष्टिकोण से अधिक एक व्यग्र विकल यथार्थ को देखा जा सकता है, सेरिंग वांग्मो धोम्पा की कविताएँ एक और प्रकार का उदाहरण प्रस्तुत करती हैं। उनके यहाँ निर्वासन एक ऐसा अनुभव है जिसमें निर्वासित व्यक्ति अपनी मातृभूमि को एक अकल्पनीय दूरस्थ यथार्थ के रूप में देखता है।

वहाँ भले ही बहुत कुछ बदल गया हो लेकिन दूर से सब कुछ यथावत् है।

पुरखों की वह प्राचीन भूमि अब वैसी नहीं है
सब कुछ विचारधाराओं से ढँक दिया गया है
जिससे भूख जैसे वास्तविक मुद्दे छिप गये हैं।

धोम्पा के लिए नये शहर जाली लगी गुफाओं जैसे हैं और तिब्बती, औपनिवेशिक दास के रूप में, उपनिवेश के साम्राज्य के लिए सम्पत्ति का निर्माण कर रहे हैं जो मालिक की पंचवर्षीय योजनाओं की सफलता के लिए आवश्यक है। उनकी घर की छवि तरल और अस्थिर होते हुए भी बहुत शक्तिशाली है। भुचुंग डी. सोनम ने उनकी कविताओं का मूल्यांकन कुछ ऐसे किया है, 'निर्वासन में जन्मी इस पीढ़ी के लिए यह आवश्यक है कि उनकी (सेरिंग की) वैचारिकी को समझे, ग्रहण करे, भले ही वह कितनी भी अवास्तविक लगती हो। उनकी दोनों बातें आवश्यक है यह समझना भी कि वे कौन हैं और जन्म से शरणार्थी होने के कारण उपजी अस्तित्वगत अनिश्चितता को कम करना भी।' *(भारतीय साहित्य 67)*

अपनी कविता निर्वासन में धोम्पा कहती हैं :

जब वह वृद्धा अपनी नींद में मरी, उस वक़्त सामतेन एक छोड़े गये कालीन कारख़ाने में लटकते हुए करघे के नीचे, एक नेपाली रैंप पर नाच रहा था।
तिब्बती डॉक्टर ने मृत्यु का कोई ठोस कारण नहीं बताया।
चौथी बार पूछने पर कहा, अस्थायित्व।
बूढ़े तिब्बती काले और सिलेटी वस्त्रों में इकट्ठे होने लगे।
वे अपने साथ भटकती आत्मा की शान्ति के लिए अनेक उपाय लेकर आये थे।
उन्होंने कहा कि जीवन और मृत्यु के बीच बहुत भ्रम है।

(भारतीय साहित्य 67)

यह कविता तीसरी पीढ़ी के तिब्बती कवियों के भ्रमित जीवन को भी स्पष्ट रूप से व्यक्त करती है। भुचुंग डी. सोनम निर्वासन को मातृभूमि से निष्कासन के रूप में पारिभाषित करते हैं। वे अपनी कविता 'देशनिकाला' में लिखते हैं :

दूर घर से
मेरे मिनट घण्टों के समान हैं
मकड़ी जिस खिड़की से छत तक की यात्रा करती है
मधुमक्खी जिस खिड़की से कूड़ेदान तक उड़ती है
घूरता हूँ उसी खिड़की से बाहर
नहीं बोल सकता हममें से कोई दूसरे की भाषा

मैं चाहता हूँ
काश! मेरे चुप होने से पहले
बहरे हो जाओ तुम।

(भारतीय साहित्य 61)

तेनज़ीं सुण्डू ने अपनी कविता 'निर्वासन गृह' के माध्यम से निर्वासन के प्रति अपने विचारों को व्यक्त किया है। यह उनके उन घरों की स्मृति है जहाँ वे निर्वासन के पहले दिन से रह रहे हैं। लेकिन यह कहा नहीं जा सकता कि वे वहाँ कभी वापस लौट सकेंगे या नहीं।

छतें टपक रही हैं और बाड़े जंगल में विकसित हो गये हैं लेकिन वापसी का कहीं से कोई वायदा नहीं है। निर्वासित तिब्बती की पहचान हर साल गुज़रने के साथ और खोती जाती है। उनकी कविता 'निर्वासन–गृह' कहती है :

मनीप्लांट खिड़कियों से भीतर रेंग आये हैं
मानो हमारे घरों ने जड़ें पकड़ ली हैं
बाड़ फैल कर जंगल हो गयी है
अब मैं अपने बच्चों को कैसे बताऊँगा कि
हम कहाँ से आये हैं।

(कोरा 27)

तिब्बती कवियों की युवा पीढ़ी अपने निर्वासन को लेकर व्याकुल है। इसके दो बेहतरीन उदाहरण तेनज़ीं सुण्डू, जिन रिगडोल और तेनज़ीं डिकी की कविताएँ हैं। रिगडोल लिखते हैं :

आपका शरीर काम में सुलेख सा है–
चिकना, गोल, कुंद और असंगत
अब मौन ही आपका श्रृंगार कर सकता है।

(भारतीय साहित्य 68)

डिकी निर्वासन के अपने यथार्थ को निम्नानुसार अभिव्यक्त करती हैं :

हम यहाँ सुन्दर नहीं
हमारे मैदानी प्रवास ने
हमें रूपान्तरित कर दिया है
अब फुसफुसाहटों में प्रियता ज़ाहिर होनी शुरू हुई है
हमें इससे अधिक कुछ नहीं
मिलेगा *(भारतीय साहित्य 69)*

हालाँकि, निर्वासन वह शक्तिशाली विचार है जो निर्वासित कवियों से मधुर कविताएँ लिखवा लेता है। किन्तु निर्वासन की आपदाएँ और व्याकुलता निर्वासित लेखकों के लेखन को प्रभावित भी करती है। उनकी कविता उनके उसी असमंजस को अभिव्यक्त करती है।

तिब्बत से निर्वासन के अनुभव अनेक कविताओं में लिखे गये हैं, जिनका शीर्षक 'शीर्षक रहित' है। शीर्षक की कमी निर्वासन की प्रतिरोधक आवाज़ के लिए एक आधार प्रदान करती है। तेनज़ीं सुण्डू, तेनज़ीं सोनम, कथुप सेरिंग, गोडुप पलज़ोर और जी. सी. (गेंडुन छुम्बे) ने अपने निर्वासन के अनुभवों को विषयवस्तु बनाते हुए 'शीर्षकविहीन' कविताएँ लिखी हैं। शीर्षक का अभाव निर्वासन के अनुभवों का परिणाम है। निर्वासित होना दुनिया के अपरिचित हिस्सों में एक शीर्षकविहीन जीवनयापन करने जैसा है। तीसरी पीढ़ी के कवि जी. सी. की कविताओं में वैराग्य तत्त्व की प्रभावशाली उपस्थिति उल्लेखनीय है। वे कहते हैं :

'यह उलझन में पड़ी एक आत्मा है
जो सही रास्ता पाने के लिए रो रही है,
यह एक पूरी तरह भ्रमित मन के साथ रो रही है।
(म्यूज़ेज़ इन एक्साइल 4)

यह एक निपट जंगल है,
इस जंगल में एक अकेला व्यक्ति ह्रदय में व्यथा लिए खड़ा है
और इस पीड़ा को कम करने के लिए कोई लेप नहीं।
वे कहते हैं :
मैं स्वयं को इस जंगल में अकेला और ठण्डा महसूस कर रहा हूँ
चारों तरफ़ खोखली सुन्दरता बिखरी पड़ी है
पीड़ा मेरे ह्रदय को मसले दे रही है।
जीवन की सड़क लम्बी और खाली पड़ी है
और कोई औषधि नहीं जो मुझे इस क्षति और पीड़ा से राहत दे सके। *(म्यूज़ेज़ इन एक्साइल 90)*

कथुप सेरिंग की कविता भी उनके तिब्बती आत्म का बोध है।

कवि अपनी परम्परा के अनुसार कहता है कि वह बुराइयों से लड़ता है और अपने प्रियजनों की रक्षा करता है। गोलीबारी उसे डराती है, लेकिन वह अपने शरीर को उस पारम्परिक आकाश शवाधान के लिए नहीं छोड़ सकता जिसमें शव गिद्धों को खिला दिया जाता है।

वह उत्साहित है कि अब पुनः उसी भूमि में पुनर्जन्म ले सकता है और कहीं भविष्य में स्वतन्त्रता का आनन्द भी ले सकता है। कविता इस प्रकार है :

अपने हृदय के अन्तिम क्षणों में
मैं वह सब कर सकता हूँ जो करना चाहता था
एक करुणामय आनन्दित अग्नि को
मेरे शव के वक्ष पर जला दो
चेहरे को कमल हाथ से ढँक दो
मेरे देश में

वहाँ मैं एक बार मरा
फिर पुनर्जन्म लिया
क्योंकि मुक्ति में एक मानव आत्मा है
तुम मेरे मानव हृदय का औचित्य सिद्ध करना
भले ही वे मुझसे मेरी देह छीन लें
मेरी आत्मा हमेशा मुझमें [illegible]कती है।

(http://www.tibetwrites.com/_untitled_)

सुण्डू की कविता 'शीर्षकविहीन' भी स्वतन्त्रता की कामना की अभिव्यक्ति है। तेनज़ीं सोनम की एक कविता को भी 'शीर्षकविहीन' कहा जाता है जो कवि के आकुल मन की बात कहती है। कवि एक काव्य दुविधा के बारे में बोलता है जिनका कोई औचित्य नहीं है केवल कुछ विचित्र पैटर्न उभर कर आते हैं। यद्यपि कविता मूल रूप से एक कविता के लेखन के बारे में है, पर वह तिब्बती निर्वासन पर भी सटीक बैठती है। निर्वासन में कवियों द्वारा 'रिफ़्यूजी' शीर्षक वाली कविताएँ भी लिखी गयी हैं। कथुप सेरिंग, तेनज़ीं सुण्डू और भुचुंग डी. सोनम ने इस एक शीर्षक के तहत अपनी–अपनी कविताएँ प्रकाशित की हैं। सुण्डु की कविता :

तुम्हारी दोनों भवों के मध्य
ललाट पर

एक 'आर' नक्श है
मेरे शिक्षक ने बताया
मैंने खरोंचा और रगड़ा
तो मुझे अपने ललाट पर
दर्द का एक
सुर्ख़ कतरा मिला

मेरी तीन ज़ुबानें हैं
एक जो गा सकती है
वह मेरी मातृभाषा है

हिन्दी और अंग्रेज़ी के मध्य
मेरे ललाट पर नक्श 'आर' को
तिब्बती ज़ुबान रंगज़ेन (आज़ादी)
पढ़ती है

(कोरा 16)

शरणार्थी होना निर्वासित तिब्बतियों के जीवन की दुःखदायी सच्चाई है। सुण्डू की कविताएँ लगातार इस एक ही सवाल से निपटती हैं। 'स्पेस–बार : एक प्रस्ताव' में वे दुनिया से विनम्र शरणार्थियों को भी थोड़ी जगह देने का अनुरोध करते हैं। वे दरवाज़े खोलने, उन्हें अन्दर जाने और थोड़ी जगह देने के लिए कहते हैं–एक ऐसा स्थान जिसे पाने के लिए तिब्बती शरणार्थी बहुत व्यग्र हैं। 'मुम्बई में तिब्बती' उनकी निर्वासन से सम्बन्धित कविताओं में से एक है। वे एक निर्वासित तिब्बती के बारे में बात करते हैं जो आजीविका के लिए एक चीनी रेस्तराँ में काम कर रहा है और सर्दियों में स्वेटर बेचता है।

लोग उसे भूलवश बीजिंग से भागा चीनी या एक सेवानिवृत्त नेपाली सैनिक समझ लेते हैं। लोग उस पर हँसते हैं। वह बम्बइया हिन्दी का उपयोग करता है, जिसमें एक मामूली तिब्बती उच्चारण है। उसका मज़ाक़ बनाने वालों में वे पारसी भी हैं, जो ख़ुद इस भूमि

में विदेशी हैं। वह हिन्दी दैनिक पढ़ता है, हिन्दी गाने सुनता है और मुम्बई की लोकल ट्रेनों में घूमता है। उनकी कविता 'मेरा तिब्बतीपन' बाहरी दुनिया के लिए उनका गुस्सा है। यह कविता ऐसे है :

मैं, हर नाके और कार्यालय में
एक 'भारतीय तिब्बती' हूँ
हर साल नवीयन कराता
अपना पंजीयन प्रमाणपत्र, एक सलाम के साथ,
भारत में जन्मा एक विदेशी

मैं, तिब्बती चिंकी चेहरे–मोहरे के बावजूद
कहीं अधिक भारतीय
नेपाली? थाई? जापानी?
चीनी? नागा? मणिपुरी?
बस 'तिब्बती?' यह सवाल कभी नहीं पूछना।

मैं एक तिब्बती
जो तिब्बत से नहीं आया
कभी नहीं गया वहाँ
फिर भी वहीं मर सकने का
स्वप्न देखता हूँ।

(सीमा पार करते हुए 16)

दूसरी ओर सुण्डू की एक दूसरी कविता 'क्षितिज', तिब्बतियों की स्वदेश वापसी की निरन्तर इच्छा को व्यक्त करती है। *घर से आप यहाँ क्षितिज तक पहुँच गये हैं। यहाँ से दूसरे क्षितिज तक जाते हैं। वहाँ से अगले क्षितिज तक। क्षितिज के लिए हर चरण एक क्षितिज है। चरणों को गिनें और संख्या याद रखें। (कोरा 11)*

निर्वासन एक अप्रीतिकर वास्तविकता है जिसका इन सभी को सामना करना पड़ता है। लेकिन निर्वासन में रहते हुए वे शीघ्र घर वापसी की सकारात्मक उम्मीद रखते हैं। यह दर्शन उनकी कविता

को औरों से अलग बनाता है। भुचुंग डी. सोनम की अन्य कविताएँ जैसे 'अ फॉर्म ऑफ़ नॉनसेंस डायलॉग', विभिन्न प्रपत्रों को भरने के रूपक की सहायता से निर्वासन की व्याख्या करती है, पहचान सम्बन्धी सब सूचनाएँ एकत्र करके भी निर्वासन उन्हें कोई पहचान नहीं दिला सका। कवि तिब्बती निर्वासन से पूछता है कि क्या उसने सभी प्रपत्र भर दिये हैं? कविता कुछ इस प्रकार है :

क्या आपने सभी फॉर्म्स भरे हैं?
हाँ, भरे हैं
जन्म फॉर्म क्रेच फॉर्म स्कूल फॉर्म परीक्षा फॉर्म
अन्य फॉर्म्स का क्या होगा? (...)
आप वास्तव में बहुत रूढ़िगत हैं
जीवन की घटनाओं को उन प्रपत्रों में देखते हैं
और मैं उन सभी प्रपत्रों का ख़ालीपन देखता हूँ।
जीवित रहें और जप करें
किसी भी फॉर्म को न भरें
ॐ शब्द हर फॉर्म (अवस्था) के खालीपन का परम सत्य है।

(http://www.tibetwrites.com/_a form_)

'एक वृद्ध तिब्बती का गीत' एक निर्वासित वृद्ध की प्रार्थना है, जो अपनी मातृभूमि में ही मरना चाहता है। उनकी अन्य कविताएँ, 'गेंडुन छुम्बे नांगसे शर जेल में प्रतीक्षा कर रहे हैं', 'द्रापची एकान्त कारावास में 1000वाँ दिन' और 'एक जेल डायरी से', उन यातनाओं और हत्याओं के बारे में गाते हैं, जिनका निर्वासन के बाहर और भीतर के तिब्बतियों को प्रायः सामना करना पड़ता है। तिब्बत निवासियों में निर्वासन का आतंक इतना बढ़ गया है कि तिब्बती लोगों ने इससे बचाव का एक नया तरीक़ा अपना लिया है। उन्होंने आत्म–बलिदान आरम्भ कर दिया है जो 2010 में शुरू हुआ और अब तक जारी है। मार्च 2012 तक निर्वासन से बचने के लिए कुल चालीस तिब्बती ख़ुद को आग लगा चुके थे। पाल्डेन ग्याल जैसे कवियों ने अपने आलेखों में इसे सर्वोच्च बलिदान कहा है।

चित्र में 27 वर्षीय जेम्फेल येशी, एक तिब्बती जिसने मार्च 2012 में चीनी नीतियों के विरोध में ख़ुद को जला दिया था।

पाल्डेन ग्याल ने इस विषय पर एक कविता 'दमन' लिखी है। कविता इस प्रकार है :

आत्म–विसर्जन यह सुनिश्चित करता है
जो आग की लपटों की भेंट चढ़ता है
वह पवित्रतम है
स्वतन्त्रता की वेदी पर
अत्याचार के अँधेरे के ख़िलाफ़
जलते छोटे से दीपक की तरह।

स्वतन्त्रता के लिए वह सरासर हताशा में रहता है
अग्नि से बपतिस्मा करो
यह बोलती है
यह न केवल स्वतन्त्रता के लिए जलती हुई
बलिदान की पवित्र आग है,
बल्कि दमन की वास्तविक अश्लीलता को खोलती है
क्योंकि शासन तो सिर्फ़ रक्त और क्रूरता की भाषाओं में
धाराप्रवाह है।

(http://paldengyal.net.net/2011/11/06/repression/)

अन्त में एक संक्षिप्त विश्लेषण तिब्बती निर्वासित कवियों द्वारा निर्वासन का प्रत्यय कई कोणों में प्रस्तुत किया गया है। निर्वासन से सम्बन्धित सभी तिब्बती अभिव्यक्तियों में तीन प्रमुख धाराएँ देखी जा सकती हैं–अस्तित्व के अधिकार की इच्छा, वापस लौटने की इच्छा और एक अनाथ की एकाकी पुकार।

तीसरी पीढ़ी के कवियों में तेनज़ीं सुण्डू की कविताएँ प्रतिरोध का सबसे प्रखर उदाहरण हैं। सुण्डू की कविता 'सीमा पार करना' निर्वासन के अनुभव की कविता का अच्छा उदाहरण है, यह विशेष रूप से आशा की वह आवाज़ है जिसे पूरा सुना जा सकता है। यह एक माँ और उसके परिवार की कहानी है जो अपनी भारत यात्रा के दौरान बिछड़ गये थे। शरणार्थियों को लम्बे समय तक बर्फ़ से ढँके पहाड़ों पर रेंगते हुए इन्तज़ार करना पड़ा और इस बीच उन्हें लगातार बमबारी और सेना से ख़तरा बना रहा। पूरा परिवार जीवन और मृत्यु

के बीच झूलता रहा। चलने वालों में से कई उनके सामने ही मारे गये क्योंकि सैनिक रास्ता पार कर वहाँ आ पहुँचे थे। बर्फ़ से ढँके रास्तों पर ख़ून के धब्बे देखे जा सकते थे। उनकी एकमात्र उम्मीद दलाई लामा से की गयी उनकी प्रार्थनाएँ थीं। भारत की ओर की जा रही यात्रा में माँ को अपनी मरणासन्न बेटी को छोड़कर भागना पड़ता है। निर्वासन में एक लम्बा समय व्यतीत करने के बाद भी, उसका मन अपनी खोयी हुई बेटी की याद में अटका हुआ है। कविता इस प्रकार समाप्त होती है :

निर्वासन के लम्बे समय बाद,
मैं अब भी उसे उसके शीत से गले हुए हाथों को
अपनी ओर हिलाते हुए देख सकती हूँ
वह इनमें सबसे बड़ी
फिर भी अपनी किशोरावस्था में थी
घर छोड़ना कठिन रहा होगा उसके लिए।
हर रात मैं उसके लिए दीपक जलाती हूँ
उसके भाई प्रार्थना में शामिल होते हैं।

(सीमा को पार करते हुए 13–15)

यह निर्वासन में रह रहे कई परिवारों का यथार्थ है। 2008 तक अपनी मातृभूमि से भाग रहे तिब्बतियों की बड़े पैमाने पर की जा रही हत्याओं का बाहरी दुनिया को पता नहीं था। 2008 में भारत और चीन के बीच स्थित नागपा दर्रे में पर्यटकों के एक समूह ने पहली बार इस नरसंहार को दर्ज किया। यह पहली घटना थी जिसके द्वारा बाहरी दुनिया ने तिब्बतियों पर ढहाई जा रही चीन की क्रूरताओं के विषय में जाना। तिब्बत सहायता समूहों में से कई की वेबसाइटों में इसे उजागर किया गया। तिब्बत में रहनेवाले तिब्बतियों को स्वतन्त्रता आन्दोलन में सहयोग के लिए सार्वजनिक रूप से मार दिया जाता है। बहुसंख्य तिब्बती लम्बा समय एकान्त कारावास में बिताते हैं। कई तिब्बती लेखकों की कविताओं में इस स्थिति का वर्णन किया गया है। 'मेरा तिब्बतीपन' सुण्डू की एक अन्य कविता, एक तिब्बती शरणार्थी द्वारा

की गयी स्वयं की खोज है। संयुक्त राष्ट्र सहित सामाजिक सभ्य दुनिया द्वारा तिब्बत के प्रति दिखायी गयी उदासीनता पर कवि नाराज़ है। 'मेरा तिब्बतीपन' में वह ग़ुस्सा निम्नानुसार फूटता है :

दुनिया की करुणा के पात्र
प्रशान्त भिक्षु, उत्साही अधीर परम्परावादीय
तमाम समाविष्ट करती हुई
संस्कृतियों के आधिपत्य में गुमे हुए,
एक लाख और कई हज़ार लोग

(सीमा पार करते हुए 16)

तेनज़ीं सुण्डू का 'क्षितिज' भी इसी सरहद की विषयवस्तु को बरतता है लेकिन वापसी के वायदे के साथ। यह निर्वासन से आग्रह करता है कि वह जिस मातृभूमि को देख रहा है, वह क्षितिज पर एक अस्पष्ट छवि ही नहीं है, वही जगह है जहाँ उन्हें वापस लौटना है। अपनी वापसी के लिए निर्वासित तिब्बतियों को अपनी राह को चिह्नित करने वाले चिह्न एकत्र करने होंगे। उनका कहना है कि भले ही वापसी का सपना क्षितिज तक पहुँचने जैसी असम्भव बात लगे, फिर भी इसे हासिल किया जा सकता है। कविता इस प्रकार चलती है :

ये सफ़ेद पत्थर बीन लो
और अजीब अपरिचित पत्तियाँ भी
मोड़ों और चट्टानों पर
निशान लगा लो
हो सकता है
इसी रास्ते, तुम्हें घर लौटना पड़े।

सुण्डू की कविताएँ दुनिया द्वारा तिब्बतियों को उपेक्षित किये जाने और दुरदुराये जाने पर रोष व्यक्त करती हैं। वे तिब्बती राज्य के अनाथ हो जाने के मुद्दे पर आवाज़ उठा रहे हैं। ऐसा अधिकांश निर्वासित तिब्बती कवियों के बारे में कहा जा सकता है। तिब्बतियों के निर्वासन के अनुभवों से गुज़रने के बाद उस महत्त्वपूर्ण निष्कर्ष पर पहुँचा जा सकता है जो दलाई लामा के उस काव्यात्मक सन्देश में

निहित है जो उन्होंने श्री रॉन व्हाइटहेड को दिया था, 'कभी हार मत मानो'। यह इस प्रकार है :

कभी हार मत मानो
अपने हृदय का विकास करो
तुम्हारे देश में बहुत अधिक ऊर्जा
बुद्धि को विकसित करने में ख़र्च होती है
मस्तिष्क की जगह
हृदय का विकास करना
करुणामय बनो
मात्र अपने मित्रों के साथ नहीं
सबके साथ
करुणामय बनो
शान्ति के लिए काम करो
अपने मन और दुनिया की
शान्ति के लिए काम करो
और मैं फिर कहता हूँ
कभी हार मत मानो
कोई फ़र्क़ नहीं पड़ता कि आपके आसपास क्या चल रहा है

(http://www.tibetwrites.com/_nevergiveup_)

निर्वासन के पहले दिन से ही दलाई लामा का यह सन्देश रहा है। कभी संघर्ष करना मत छोड़ो, संघर्ष करने के लिए अपने दिल में ऊर्जा इकट्ठी करो, दुनिया भर के लिए करुणा विकसित करो और तुम्हारे साथ चाहे जो भी हो संघर्ष कभी न छोड़ो।

निर्वासन एक समृद्ध करनेवाला अनुभव है। यह एक ऐसा प्रिज़्म है जो जीवन के अनुभवों को अपवर्तित करता है ताकि निर्वासित कवियों की कविताओं के माध्यम से एक पूरे इन्द्रधनुष का निर्माण किया जा सके। निर्वासन सदा एक कष्टदायक अनुभव है जो तिब्बती कई वर्षों से सहते आ रहे हैं। लेकिन इन सबके साथ ही उनके पास यह एक रचनात्मक शक्ति है जो इन सभी वर्षों में तिब्बती समुदाय को एक

साथ रखती रही है। इसने चीनी दमन के ख़िलाफ़ दुनिया भर में विरोध प्रदर्शनों में बढ़ोतरी की है। इसने सभी पीढ़ियों के तिब्बतियों में लड़ने की इच्छाशक्ति पैदा की। जैसा कि दलाई लामा का काव्य सन्देश है, वे इस संघर्ष को कभी नहीं छोड़ेंगे, जबकि उनके आसपास बहुत कुछ बदलने वाला है।

उत्तर-औपनिवेशिक प्रतिमान से परे
(अंग्रेज़ी में कविता करते तिब्बतवासी)

एनरीक गाल्वान अल्वारेज़

यह आलेख तिब्बत के निर्वासित लेखकों द्वारा सन् 1959 के बाद अंग्रेज़ी में लिखे गये मिश्रित (संकर) साहित्य की प्रणालीगत मीमांसा के उद्देश्य से लिखा गया है। इस अपेक्षाकृत नवीन साहित्य, ख़ासतौर पर इसके पद्य का सबसे रोचक पक्ष मीमांसा के पूर्वविरचित नियामक वर्गीकरण का प्रतिरोध है। एक तो चोग्यम द्रंग्पा (1939–1987), जाम्यांग नॉर्बू (1949), सेरिंग वांग्मो धोम्पा (1969) तथा तेनज़ीं सुण्डू (1970) जैसे अंग्रेज़ी में लिखने वाले प्रमुख तिब्बती लेखक भी तकनीकी कारणों से समकालीन अंग्रेज़ी साहित्य की कसौटी पर खरे नहीं उतरते, यहाँ तक कि उसकी परम उत्तर–औपनिवेशिक श्रेणी में भी समाविष्ट नहीं होते उस पर ये तिब्बती भाषा में साहित्य रचना भी नहीं करते ताकि तिब्बती साहित्यिक अध्ययन में ही इनका शुमार कर लिया जाये। अतः मोटे तौर पर, मेरा यह परचा इस तिब्बती अंग्रेज़ी स्वर को विविध व्याख्यायित तकनीकी रूपरेखाओं के अन्तर्गत अध्ययन करने की सम्भाव्यता को खोज कर उसे स्थापित या विस्थापित करने का एक प्रयास है। भले ही वे स्वयं इन उत्तर–औपनिवेशिक तकनीकी मापदण्डों से सहमत, असहमत या उन्हें ख़ारिज कर देने को तत्पर ही क्यों न हों।

इस आलेख का उद्देश्य तिब्बती निर्वासितों द्वारा अंग्रेज़ी में रचित संकर पद्य का प्रणालीगत अध्ययन करना है। ये कविताएँ, जिनका

उद्गम बीसवीं शताब्दी के आरम्भ में चिह्नित किया जा सकता है और जो पिछले दशक के दौरान बड़ी तेज़ी से विकसित हुई हैं, इनका सबसे रोचक पक्ष यह है कि इन्होंने किसी भी पूर्वस्थापित समीक्षा प्रणाली के खाँचे में अँटने से इनकार कर दिया है। इस प्रकार की प्रणालीगत चुनौतियाँ जो अंग्रेज़ी तिब्बती कविता हमारे सामने खड़ी कर रही है उन्हें किसी हद तक साहित्यिक आलोचकों का समर्थन भी प्राप्त है।

'समकालीन तिब्बती कविता' यानी तिब्बती मूल के कवियों द्वारा हाल में लिखी गयी कविताओं तक पहुँचने से पहले हमें मैकोनी द्वारा उल्लिखित चीनी गणराज्य में लिखी जा रही तिब्बती कविता के लिए 'समकालीन' लेबल के स्थान पर 'उत्तर स्वातन्त्र्य' लेबल का प्रयोग करने के आधारभूत कारणों पर ध्यान देना चाहिए–

"मैंने 'उत्तर स्वातन्त्र्य' निरुक्त का प्रयोग 'समकालीन' (चीनी : दांग्दाई) शब्द के साधारणीकृत प्रयोग से बचने के लिए किया है, क्योंकि समकालीन वह शब्द है जो चीनी गणराज्य में राजनीतिक और सांस्कृतिक सन्दर्भों में भी न केवल कालिक अर्थ में बल्कि निर्देशात्मक संकेत के लिए भी प्रयोग में लाया जाता है। मसलन समाजवादी विकासवादी सिद्धान्तों के अनुसार दांग्दाई का अर्थ केवल समकालिक (वर्तमान काल) ही नहीं है बल्कि नवसमाजवाद युग का आरम्भ भी है, अर्थात क्रान्ति के पथ पर अगला क़दम। इसी प्रकार 'दांग्दाई वेंक्स्यू' से अभिप्राय केवल समकालीन साहित्य न होकर 1950 के बाद का 'नूतन' और 'आधुनिक' समाजवादी साहित्य भी है।" (2002 : 108)

इस प्रकार यह शब्द 'समकालीन' मूल तिब्बती तथा निर्वासित लेखकों के सम्बन्ध में भिन्न–भिन्न अभिप्रायों में प्रयुक्त होता रहा है। मुझे इस शब्द के अभिप्राय के विषय में अधिक चिन्तित होने की आवश्यकता तो नहीं लेकिन चूँकि मेरा यह आलेख तिब्बत के निर्वासित लेखकों को ही प्रस्तुत कर रहा है तो इस प्रकार की चर्चा ऐसी प्रणालीगत पद्धतियों के अध्ययन में महत्त्वपूर्ण है जिन्हें आज, उनके गठन के समय की गयी उनकी परिकल्पना से सर्वथा भिन्न प्रयोजन में प्रयोग किया जा रहा हो। चीनी गणतन्त्र में रह रहे तिब्बती लेखकों का अध्ययन

करने के टूल्स की बुनियाद सन्दर्भों और संकेतार्थों के ऐसे विधान पर आधारित है जो निर्वासन में रह रहे रचनाकारों पर लागू नहीं होता, विशेषतौर पर उन पर जिन्होंने विमुक्तिकरण के दौरान तिब्बत छोड़ा (जैसे द्रंग्पा) या जिनका जन्म ही निर्वासन में हुआ (सुण्डू, धोम्पा)।

निर्वासन में लिखी हुई, ख़ासतौर पर अंग्रेज़ी में लिखी गयी कविता का तुलनात्मक अध्ययन करते समय अंग्रेज़ी भाषी संसार के सन्दर्भों को भी याद रखना आवश्यक है। यिदाम सेरिंग नामक एक तिब्बती कवि न केवल चीन में रहकर बल्कि चीनी भाषा में भी लिखते हैं तथा हमारे चुनिन्दा कवियों से अलग वे चीनी भाषा का आशोधन भी कर लेते हैं। उन पर शोध कर रही मैकोनी, कहती हैं, "और ऐसा करके वे श्रावित्र चीनी भाषा के तिब्बतीकरण के लिए आवश्यक विषयवस्तु और भाषा दोनों में योगदान देते हैं।" *(मैकोनी 190)* यही बात द्रंग्पा, त्सुन्दे और धोम्पा के विषय में कही जा सकती है जो न केवल वाक्य रचना की दृष्टि से अंग्रेज़ी का तिब्बतीकरण कर रहे हैं बल्कि वे अंग्रेज़ी में तिब्बत की चिन्ताओं से सम्बन्धित मुद्दे भी उठा रहे हैं। तिब्बती अंग्रेज़ी साहित्य का यह पक्ष न केवल तिब्बती चीनी भाषा के लेखकों की अवस्था को प्रतिबिम्बित करता है बल्कि तिब्बती अंग्रेज़ी को उत्तर–औपनिवेशिक अध्ययन प्रतिमानों की परिधि में स्थापित करता है।

इसी क्रम में क्या हम 'मंडाला ऑफ़ शेरेलक होम्स' जैसे उपन्यास को उत्तर–औपनिवेशिक लेखन प्रवृत्तियों को दर्शाने वाली प्रमुख पुस्तक मान सकते हैं? या हम नॉर्बू द्वारा किये गये होम्स के तिब्बतीकरण को मात्र एक पुरालेख के पढ़े जाने और इसके आख्यानों का पुनर्लेखन किये जाने जैसे दृष्टान्त की तरह ही ग्रहण करते हैं? वेंतुरिनो दलील देते हैं कि उत्तर–औपनिवेशिक मतानुसार किया जाने वाला पुरालेखों का यह पाठ न केवल उत्तराधुनिक काल द्वारा दिये गये पुनर्लेखन के विचार का बल्कि इस विश्वास का भी खण्डन करता है कि हर प्रकार की लिखित सामग्री ऐतिहासिक स्मृति और समकालिक राजनीति को बल प्रदान करती है। *(2008 : 316)* मसलन नॉर्बू, होम्स के आख्यानों का इस्तेमाल चीनी औपनिवेशिकता को उजागर करने के लिए कर रहे हैं।

वे किसी भी औपनिवेशिक संग्रह में दिलचस्पी इसलिए लेते हैं ताकि उसके माध्यम से किसी दूसरे औपनिवेशिक संग्रह का प्रतिवाद कर सकें। साहित्यिक प्रतिरोध का यह आड़ा–तिरछा तरीक़ा दूसरे उत्तर–औपनिवेशिक प्रकल्पों में भी प्रतिध्वनित होता है। मज़ेदार बात यह है कि एक ब्रिटिश औपनिवेशिक आख्यान किसी अन्य औपनिवेशिक आख्यान के प्रतिरोध का माध्यम बन जाता है और इस प्रक्रिया में उसकी मौलिक औपनिवेशिक पहचान तक छिन्न–भिन्न हो जाती हैं। "इससे यह अनुमान लगाया जा सकता है कि तिब्बत का इतिहास जानने के लिए शाही शासन के अभिलेखागारों में पश्चिमी नज़रिये से लिखे गये तिब्बती अभिलेखों और आख्यानों के साथ–साथ किम और होम्स की कथाओं जैसी लिखित सामग्री भी उपयोगी है" *(317)*

इस प्रकार, तिब्बती अभिलेखागार में परिलक्षित यह संवादात्मक सामग्री हमें तिब्बती साहित्य को ऐसे उत्तर–औपनिवेशिक साहित्य की तरह जानने का अवसर देती है जो अन्य वैश्विक आख्यानों और इतिहासों के साथ सम्भाषण (या तर्क–वितर्क) में संलग्न है। यद्यपि तिब्बत कभी ब्रितानी उपनिवेश नहीं रहा तथापि सम्भवतः 20वीं सदी के आरम्भ में तिब्बत और ब्रिटिश साम्राज्य के मध्य अर्ध–औपनिवेशिक सम्बन्ध विकसित हुए होंगे। भले ही तिब्बत का इतिहास भारत एवं पूर्व ब्रिटिश अफ्रीका के इतिहास से बहुत भिन्न रहा हो फिर भी "तिब्बत के इतिहास का उत्तर–औपनिवेशिक सिद्धान्तों के आधार पर अध्ययन करने के लिए हमें पूर्व और पश्चिम की अव्यवस्था एवं सामाजिक उपनिवेशन की चर्चा भी करनी होगी।" *(वेंतुरिनो–304)* तिब्बती साहित्य को उसके उत्तर–औपनिवेशिक स्वरूप में जानने के लिए हमें उपनिवेशन के ग़ैर–पश्चिमी स्वरूपों पर भी अपना ध्यान केन्द्रित करना होगा। मैकोनी यही करती हैं जब वे तिब्बत–चीन मामले में 'उत्तर–औपनिवेशिक' जैसे असममित समकक्ष की बजाय 'उत्तर–स्वातन्त्र्य' निरुक्त का प्रयोग करती हैं। जहाँ चीनी गणतन्त्र में लिखा गया अधिकांश तिब्बती साहित्य चीनी उपनिवेशवाद का प्रत्युत्तर प्रतीत होता है वहीं निर्वासन में लिखा गया तिब्बती साहित्य

चीनी उपनिवेशवाद और आंग्ल भाषी (आंग्ल–अमरीकी) साम्राज्यवाद दोनों के प्रति प्रतिक्रियात्मक है।

हालाँकि दोनों सम्बन्धों के समीकरण की परस्पर तुलना नहीं की जा सकती क्योंकि एक तरफ़ चीन है जो एक प्रतिकारणीय दमनकारी शक्ति है (जो तिब्बत के लिए किंचित लाभकारी रहा है) और दूसरी ओर वह आंग्लभाषी विश्व है, जिसे तिब्बत के सन्दर्भ में एक राजनीतिक व आर्थिक सहयोग के स्रोत के तौर पर देखा जाता है। यह तुलना एक प्रकार का सरलीकरण है। तिब्बती लेखक चीनी और अंग्रेज़ी दोनों ही भाषाओं में अपने बारे में और अपने लिए लिख ज़रूर रहे हैं फिर भी जो गतिकी प्रकट रूप से इन दोनों अनुकूलनों को अनुप्राणित कर रही है आन्तरिक तौर पर परस्पर बहुत भिन्न है। और इन सब कारकों ने तिब्बती साहित्य के पारम्परिक उत्तर–औपनिवेशिक अध्ययन को बहुत प्रभावित किया है। उत्तर–औपनिवेशिक प्रवृत्तियों को 'मंडाला ऑफ़ शेरेलक होम्स' जैसी गद्य रचनाएँ ही अधिक मुखर तरीक़े से प्रतिबिम्बित करती हैं क्योंकि जैसा द्रंग्पा का अंग्रेज़ियत से एक जाती और अनूठा सम्बन्ध है और धोम्पा की 'तिब्बती और अमरीकन साहित्य के मध्य जो एक समास चिह्न (हाइफन) यानी सन्धिक्रम (बीफ्लावर) जैसी भूमिका है' वह उत्तर (–) औपनिवेशिक संकीर्णता में कहीं नहीं अँटेंगे।

यह ध्यान रखने की भी आवश्यकता है कि उत्तर–औपनिवेशिक सिद्धान्तों का विकास बहुधा ब्रितानी और फ्रांसीसी औपनिवेशिक प्रकल्पों के मद्देनज़र हुआ है और उनका वाग्विस्तार एक सीमा और सीमित गहनता तक ही हुआ है, उदाहरण के तौर पर इसमें पुर्तगाली औपनिवेशिक प्रकल्प का दृष्टिकोण सम्मिलित नहीं है। इस प्रकार की त्रुटियों से यह सन्देह उत्पन्न होता है कि क्या यह एक उत्तर–औपनिवेशिक प्रतिमान सभी प्रकार के औपनिवेशिक प्राबल्य क्षेत्रों पर लागू होता है और क्या इस एक तरह के प्रतिमान को पूरे विश्व में समान रूप से लागू करना भी एक तरह का नव–उपनिवेशवाद नहीं है? एक विकल्प यह है कि साहित्यिक मीमांसा के उत्तर–औपनिवेशिक प्रतिमान के इस संकीर्ण खाँचे को ही नष्ट कर दिया जाये जिससे कि यह अन्य

प्रकार के उपनिवेशवाद और उनसे उत्पन्न साहित्य को भी स्वीकार और समाहित कर सके। हमें उन दूसरी प्रणालियों की ओर भी रुख करना चाहिए जो सम्भवतः तिब्बती अंग्रेज़ी कविता की प्रकृति के अधिक अनुकूल हों। यद्यपि मंडाला जैसी रचनाओं ने उत्तर–औपनिवेशिक आख्यानों को बहुत प्रभावित किया है तथापि उन्नीसवीं और बीसवीं शताब्दी के दौरान बहुत कम औपनिवेशिक समागमों ने ब्रितानी और तिब्बती कविता को अपने में सम्मिलित किया है। एक प्रमुख कारण यह है कि अंग्रेज़ी को तिब्बत में दूसरी भाषा की मान्यता मिली हुई है और इसे किसी औपनिवेशिक वर्चस्व की उभयवादी विरासत की तरह नहीं ग्रहण किया जाता है। अतः, हमें तिब्बती अंग्रेज़ी कविता के अध्ययन के लिए मात्र पारम्परिक उत्तर–औपनिवेशिक प्रतिमानों को लागू न करते हुए दूसरी व्याख्या पद्धतियों को भी खोजना चाहिए।

पेमा भूम का आलेख 'हार्टबीट ऑफ़ द न्यू जनरेशन' समकालीन तिब्बती काव्यात्मकता में एक निर्विवाद दिग्दर्शन है। हालाँकि यह आलेख चीनी गणतन्त्र में रहकर तिब्बती कविता लिख रहे रचनाकारों के सरोकारों पर आधारित है तथापि (नकार और विरोध के माध्यम से ही सही) यह निर्वासन में रह कर लिखी हुई कविता के अध्ययन के लिए भी एक ठोस आधार प्रस्तुत करता है। भूम के द्वारा लिखे इस आलेख को 1991 में पहली बार पढ़ते ही इटली के निर्वासित तिब्बती समुदाय में सनसनी फैल गयी। इसमें उन्होंने निर्वासित सरकार के प्रधानमन्त्री सामधोंग रिन्पोचे की रूढ़िवादी पूर्वाग्रहयुक्त मानसिकता का खुलासा किया है। उनके अनुसार रिन्पोचे (1983 में) विश्व साहित्य में तिब्बत की कविता के पिछड़ने पर तो अप्रसन्नता दर्शाते हैं लेकिन तिब्बती साहित्य की हालिया उपलब्धियों पर ध्यान नहीं देते। *(2008 : 113)* मसलन उसी वर्ष 1983 में धोंदुप ग्याल की कालजयी रचना 'वाटरफॉल ऑफ़ यूथ' प्रकशित हुई थी लेकिन सामधोंग उससे असम्पृक्त रहे। सामधोंग का सांस्कृतिक तौर पर यह रूढ़िवादी नज़रिया तब से अब तक ज़रा भी नहीं बदला है, यह हम तिब्बत सुन्दरी स्पर्धा के प्रति उनके रवैये से समझ सकते हैं। *(नाम्ग्याल 2006 : 74)* एक रोचक

और ध्यान देने योग्य बात यह है कि निर्वासन में रची गयी कविता पर तिब्बत से आने वाली कुलीन मठाधीशों की प्रतिक्रिया ही भावी निर्वासित कविता की पृष्ठभूमि का काम करती है। चलिए मैं भूम की बहस का तिब्बती अंग्रेज़ी कवियों के सन्दर्भ में विश्लेषण करता हूँ।

भूम नयी पीढ़ी के कवियों का यह विशिष्ट लक्षण देख रहे हैं कि वे मार्क्सवाद और बौद्ध धर्म से निराश हो चुके हैं। *(115)*, एक ऐसा युग्म जिसे वह अक्सर 'धर्म और राजनीति' कहकर सम्बोधित करते हैं। राजनीति का धर्म के साथ गठजोड़ तिब्बत की पारम्परिक शासन व्यवस्था को अनुनादित करता है, जो विचार का राजनीतिक क्रियाकलाप के साथ गठबन्धन करने जैसा है। हालाँकि जिस राजनीति से भूम के कवि अघाये हुए हैं वह तिब्बत की अपनी पारम्परिक राजनीति नहीं वरन चीन का मार्क्सवाद है। दूसरी ओर कुछ तिब्बती कवियों (उदाहरणतः यिदाम सेरिंग) ने 'तिब्बत के शान्तिपूर्ण स्वातन्त्र्य' के उपलक्ष्य में क्रान्तिकारी कविता लिखी। सांस्कृतिक क्रान्ति के बाद परिदृश्य में आयी पीढ़ी इस प्रकार के कृत्यों से ऊब चुकी है। यद्यपि भूम राजनीति शब्द का इस्तेमाल मात्र चीनी मार्क्सवाद के लिए समानार्थी शब्द के तौर पर करते हैं, हमें इसमें राजनीति की इतर परिभाषाओं को शामिल कर लेने की गुंजाइश भी रखनी चाहिए, ख़ासतौर पर जब हम भूम के दृष्टिकोण को निर्वासित लेखकों के सन्दर्भ में भी लागू करना चाह रहे हों। क्योंकि बहुत सम्भव है कि निर्वासित कवियों का अपने समुदाय की नियामक राजनीति से भी मोहभंग हो गया हो, भले ही वह चीनी प्रभुत्वयुक्त या मार्क्सवादी वर्चस्ववादी राजनीति न हो।

उनकी हताशा का दूसरा बड़ा कारण बौद्ध धर्म है। जबकि निर्वासन में यह पूजनीय हो और द्रंग्पा, ज्यून्द्यू और धोम्पा जैसे कवि भी इस धार्मिक व्यवस्था में निष्ठा रखते हों तो हमें सोचना पड़ेगा कि क्या बौद्ध धर्म से अनासक्ति वास्तव में तिब्बती अंग्रेज़ी कविता का एक लक्षण है भी या नहीं? इस परिस्थिति में हमें यह प्रश्न भी पूछना चाहिए

कि यहाँ बौद्ध धर्म से भूम का क्या तात्पर्य है, या दूसरे शब्दों में वह कौन–सा बौद्ध धर्म है जिससे युवा पीढ़ी को शिकायत है? स्पष्ट है कि भूम के लिए बौद्ध धर्म मात्र मठ सम्बन्धी बौद्ध धर्म ही है :

"जब भी पारम्परिक तिब्बती कवि दुनिया को और अपने स्वयं के जीवन को देखते थे, वे अपने मानव नेत्रों से नहीं बल्कि एक केसरिया आँख से देखते थे (केसरिया रंग मठवाद का रंग माना जाता है), यहाँ तक कि वे अपने मस्तिष्क को इसी रंग में रंगा देखते थे। क्योंकि उनकी आँख सदा केसरिया रंग देखती थी तो उनके रचना की विषयवस्तु भी केसरिया ही होती थी।" (120)

सम्भवतः इस धर्म के प्रति अपनी अनिच्छा के चलते या उत्तर स्वातन्त्र्यवादी विचारधारा के प्रभाव में भूम ने तिब्बती बौद्ध धर्म की अपनी व्याख्या को महज़ इसके मठवादी और राजनीतिक नियामक स्वरूप तक ही सीमित कर दिया। उन्होंने तिब्बती बौद्ध धर्म का गैर मठवादी पक्ष यानी 'योगिन' को अप्रस्तुत और उनकी कविता को विरूपित छोड़ दिया। यदि हम बौद्ध धर्म को पूरी तरह राजनीतिक रूप से रूढ़िवादी और मठवादोन्मुखी रूप में ही देखें तो हाँ, तिब्बत के युवा कवियों (तिब्बतवासी या निर्वासित दोनों) का बौद्ध धर्म से मोहभंग हो चुका है।

परन्तु यदि हम ग़ैर–मठवादी बौद्ध विचारधारा–जिनका मठवादी संस्थावाद से संवादात्मक प्रतिरोध है, पर दृष्टिपात करें–तो हम नये कवियों से उसकी अद्भुत समरूपता देखेंगे। पहली समानता हम भूम द्वारा प्रयुक्त 'निर्वस्त्र करने' वाले रूपक में देखते हैं जहाँ वे कहते हैं कि "उनके पूर्वज तिब्बती लोगों के मस्तिष्क के वास्तविक रंग को केसरिया रंग से ढँक देने में सफल हुए। अब उनके इन प्रयासों में कुछ समय के लिए बाधा पहुँची है, नव साहित्य आ चुका है, आवरण उतर चुका है" (122) 'निर्वस्त्र करने' यानी आगे जाने, बढ़ने आदि के लिए प्रयुक्त यही रूपक ग़ैर–मठवादी बौद्ध धर्म में भी प्रचलित है। इसके ही अनुरूप बुद्ध ने भी एक सादा जीवन जीने के लिए राजसी जीवन और वस्त्रों का त्याग कर दिया था। बाद में उनके अवलम्बियों

ने भी उन अतिसंस्थावादी बौद्ध विहारों की क़ैद से स्वतन्त्र होने का निर्णय लिया जो बुद्ध के उपदेशों का अनुसरण करने के लिए एक अलग प्रकार की जीवन–शैली की व्यवस्था करते हैं। इसी क्रम में बुद्ध के परिव्रज्र (आगे बढ़ने) को मठवादी संस्थाओं के विरोध के मॉडल के तौर पर अपनाया गया। इसलिए विहारों की सत्ता और उनकी परम्पराओं (उदाहरण के तौर पर ब्रह्मचर्य, कठोर व जटिल सामाजिक पदक्रम आदि) को अस्वीकृत करने का अर्थ बौद्ध धर्म को अस्वीकृत करना कदापि नहीं है।

मठवादी विचारधाराओं से कहीं आगे के इस आन्दोलन की जड़ें भारत में (दूसरी शताब्दी ईसा पूर्व में) महायान पन्थ के अभ्युदय में देखी जा सकती हैं। भारत में तान्त्रिक बौद्ध धर्म का उदय (छठी शताब्दी में) भी बौद्ध विहारों का त्याग करने तथा अपरम्परागत जीवन–शैली के मार्फ़त इस धर्म की शिक्षाओं को और अधिक समझने के प्रयास से सम्बद्ध था। दरअसल ये बौद्ध मठ और उनका केसरिया दृष्टिकोण उनके अवलम्बियों के जीवन को सरल करने के स्थान पर उसकी बाधा बन गये थे; वे बुद्ध के विभ्रमकारी राजप्रासाद बन गये। यह निरावरण और मठवादी रूढ़ियों को तोड़ना आदि कार्य बौद्ध धर्म के अपरम्परावादी योगिन पन्थ की दृष्टि से भी सार्थक हैं। बाद में इस प्रकार की गतिविधियाँ और उनके आख्यान भारत से तिब्बत में भी प्रतिरोपित हुए, जहाँ अनेक योगिक निर्वस्त्रीकरण सम्पन्न हुए, लेकिन सत्ता केन्द्र से निकट सम्बन्ध के कारण तिब्बत का मठवादी पहलू अधिक प्रभावशाली एवं सामाजिक रूप से अधिक शक्तिशाली बना रहा। एक कवि और बौद्ध भिक्षु द्वारा अपने वस्त्र त्यागने का हालिया उदाहरण चोग्यम द्रंग्पा के रूप में है, जिनकी कविता तो ज़बर्दस्त रूप से निर्वस्त्र तथा केसरियामुक्त थी, लेकिन वह स्वयं बौद्ध धर्म को त्यागने की बजाय संयुक्त राष्ट्र अमेरिका में इसके प्रसार में लगे थे (देखिये द्रंग्पा)।

अन्त में, तिब्बती अंग्रेज़ी कविता के द्वारा उत्पन्न प्रणालीगत चुनौतियों के मद्देनज़र सबसे पहले हमें तिब्बती, अंग्रेज़ी और बौद्ध साहित्य

को पृथक् वर्गों में रखना बन्द करना होगा। आंग्ल–तिब्बती साहित्य और विशेषकर इसका पद्य एक ऐसा सम्पर्क बिन्दु है जहाँ ये तीनों प्रजातियाँ आपसी सम्मिश्रण से वर्ण संकर हो जाती हैं, अतः आवश्यक है कि हम इसके अध्ययन के लिए ऐसी नयी प्रणालियाँ ईज़ाद करें जिनकी बुनियाद इनके ही जटिल सन्दर्भों में खड़ी हो। इस उद्देश्य की पूर्ति हम उत्तर–औपनिवेशिक प्रणाली जैसी यान्त्रिक पद्धति के द्वारा करने की बजाय तिब्बती साहित्यकारों द्वारा ही अन्य भाषाओं में किये गये लेखन के दर्पण प्रतिबिम्ब प्रतिमान की तरह कर सकते हैं। उनके भिन्न सामाजिक सन्दर्भों तथा तिब्बती संस्कृति के प्रति अलग नज़रिये के बावजूद, तिब्बती साहित्य का ग़ैर–तिब्बती भाषा के माध्यम से हुआ यह पुनर्जन्म जिस एक समान विशिष्टता से युक्त है, वह है इसका केन्द्रीय ट्रेडमार्क यानी विस्थापन। यह वही विशिष्ट चिह्न है जो एक तिब्बती लेखक की विशिष्ट पहचान को पुनःप्रतिपादित और पुनर्गठित करता है।

तिब्बती कविता : अतीत से भविष्य की ओर

जैकलिन जेन्स

•

लेखक-परिचय : इस आलेख की लेखिका जैकलीन जेन्स न्यू इंग्लैंड कॉलेज में काव्यशास्त्र के एमएफए प्रोग्राम की संस्थापक व सह निदेशक हैं। वह न्यूयॉर्क में दिवंगत कवि, एलन गिन्सबर्ग के कर्मचारियों में शामिल होने से पहले, कई वर्षों के लिए नरोपा संस्थान (अब विश्वविद्यालय) में काम करती थीं। महत्त्वपूर्ण बौद्ध साहित्य के प्रकाशन में उनका नियमित योगदान है और उन्होंने बीट्स और बौद्ध धर्म पर व्यापक रूप से व्याख्यान दिये हैं।

तो चलो
परम सत्य की ओर साथ–साथ यात्रा करें
शबकर

भाग–I : स्वर्णिम अतीत

1959 में तिब्बती समुदाय के पलायन की शुरुआत के साथ, तिब्बती साहित्य का एक विशाल संग्रह पहली बार पश्चिमी विद्वानों के लिए उपलब्ध हुआ। पिछले 40 वर्षों के दौरान सक्रिय अनुवाद परियोजनाओं ने नवपाषाण भौतिक संस्कृति के विपरीत हिमालयन क्षेत्र के सौहार्दपूर्ण वातावरण में सदियों से संरक्षित लगभग चौंकाने वाली इस परिष्कृत, प्रबुद्ध मानस संस्कृति को प्रकट किया। तिब्बत के दूरस्थ उत्तरी पठार (चांग तांग रिज़र्व) में हाल ही में प्राप्त हुए पुरातात्विक,

लिथिक अवशेषों (25,000–23,000 साल पहले के) की कार्बन डेटिंग यह सिद्ध करती है कि यह चरम विपरीत वातावरण में भी सबसे प्राचीन व निरन्तर मानव निवास स्थल रहता आया है। इन और कुछ अन्य अध्ययनों के निहितार्थ अब यह संकेत दे रहे हैं कि तिब्बती सभ्यता, सामान्यतः प्रचलित सूचनाओं व अवधारणाओं से भिन्न एक लगभग अज्ञात, रहस्यमय भूमि की संस्कृति के रूप में आधुनिक विश्व के लिए प्रासंगिक ज्ञान का ख़ज़ाना है।

यद्यपि कविता को अध्ययन के पाँच 'मामूली' विषयों में से एक माना गया है और तिब्बती संस्कृति के वर्तमान संरक्षण अभियान में सबसे कम प्राथमिकता दी गयी है, तथापि कई प्रमुख काव्य रचनाओं का पश्चिमी भाषाओं में अनुवाद किया गया है।

इनमें 11वीं शताब्दी के कवि मिलारेपा (चांग से) की संग्रहित रचनाएँ शामिल हैं, 18वीं–19वीं शताब्दी के प्रारम्भ में शबकर (रिकर्ड से), और 17वीं–18वीं शताब्दी (चांग और अन्य से) से छठवें दलाई लामा की प्रेम कविताएँ। कर्मा काग्यू वंश के निपुण कवियों को 15वीं शताब्दी के देशीय कवियों की पद्यावली 'रेन ऑफ़ द विज़डम' नामक संग्रह में परिकलित किया गया है।

कई प्रमुख काव्य रचनाएँ पश्चिमी भाषाओं में अनुवाद की प्रतीक्षा कर रही हैं, जिनमें काव्य रचना के शिल्प पर प्रभावशाली ग्रन्थ भी शामिल हैं। इनमें से कुछ हैं, 7वीं शताब्दी में दान दिन द्वारा रचित 'काव्याधर्शा' (कविता का दर्पण) और इसकी टीकाएँ जिनका पहली बार संस्कृत से तिब्बती में 13वीं शताब्दी में अनुवाद किया गया था, तत्पश्चात, आरम्भिक आख्यानों में संगृहीत वे कविताएँ, जिन्हें द्रङ्ग (अंकुर) के रूप में जाना जाता है, जिनमें बौद्ध धर्म से पूर्व मुख्यरूप से पुराकाल में रचे गये तिब्बती राज्यों के शाही वंशों की स्तुति में लिखे गये छन्द हैं, इसके कुछ अन्तराल से आये महाकाव्य परम्परा के महान संग्रह 'केसर ऑफ़ लिंग' (28 खण्ड) का अनुवाद कार्य जारी है; इनके अतिरिक्त विभिन्न क्षेत्रीय बोलियों और रीति–रिवाजों के सम्मिश्रण से रचे गये लोकगीत और देशज कविताएँ; ज़्हास और

लु, फिर मठीय विद्यालयों में विकसित न्यान्दाक (न्यान गाग) नामक आलंकारिक छन्द; और अन्त में, 11वीं शताब्दी में मिलारेपा से शुरू होने वाली तिब्बती साहित्यिक परिपाटी के शिखर पर अवस्थित नामग्युर या 'अनुभव के गीत'। अभी इस सूची में तंग्युर व कंग्युर नामक बौद्ध पूजा पद्धति सम्बन्धी ग्रन्थों को, जिनकी रचना गद्य (सेक लग) व पद्य (सेक चड) के पर्यायक्रमिक (बारी–बारी से आनेवाले) खण्डों में की गयी है, सम्मिलित नहीं किया गया है, न ही अन्य साहित्यिक विधाओं जैसे कि जीवनी (नाम थार) ग्रन्थों, जो अक्सर गद्य और पद्य दोनों में गाये जाते हैं, उपन्यासों, लोक कथाओं, रूपकों–कहावतों और पहेलियों आदि के संग्रहों का उल्लेख है।

भाग–II : आध्यात्मिक अनुभवों के गीत

तिब्बती 'नामग्युर' साहित्य के अन्तर्गत लिखी गयी रचनाओं में उद्धृत आध्यात्मिक अनुभव, ग्रहण करने और विचार करने के द्वैतवादी तौर–तरीक़ों से अद्वैतवादी चेतनता में स्वयं के रूपान्तरण को अभिव्यक्त करते हैं। ये कहते हैं, तिब्बती कला का प्रतिनिधित्व करने वाले 'देवताओं' के शानदार देवस्थान कुछ और नहीं बल्कि व्यक्ति के भीतर पायी जाने वाली ऊर्जा के मानसिक और शारीरिक खाके हैं, जो किसी बाहरी सत्ता (देवताओं) पर प्रक्षेपित नहीं है।

ध्यान के देवता, जिन्हें यिद्म कहा जाता है, तान्त्रिक बौद्ध धर्म के अन्तर्गत उनकी उपासना की जाती है। इसमें एक विशेष यिद्म से जुड़े मन्त्र या गायन मन्त्र के जाप के साथ दैहिक संसाधनों यानी इन्द्रियों का उपयोग मनुष्य के सम्पूर्ण रूपान्तरण के साधन के रूप में किया जाता है, जिसके परिणामस्वरूप एक विलक्षण स्व का पुनर्निर्माण होता है। व्यक्ति के अहंकार की सन्तुष्टि के लिए जो स्व–निर्मित सीमित पहचान है उसे पार करना आवश्यक है, तान्त्रिक सन्दर्भ में आत्म का अर्थ 'व्यक्तित्व' नहीं वरन् जाग्रत ऊर्जा की निरन्तरता है। तन्त्र शब्द का अर्थ ही है, 'निरन्तरता'। यह व्यक्ति की एक जाग्रत मन के रूप में पहचान है। यही जाग्रत मन, आध्यात्मिक अनुभव के गीतों का वक्ता है।

तिब्बती विश्वदृष्टि में, एक जाग्रत मन का अधिग्रहण नहीं किया जाता है, बल्कि स्वयं की अवस्था के रूप में अपने ही भीतर से खोजा जाता है।

अपनी सहज मौखिक संरचना और अत्यधिक विकसित आध्यात्मिक अनुभवात्मक सामग्री के कारण पश्चिमी देशों के लोगों को ये आध्यात्मिक अनुभव के योगिक गीत या नामग्युर, जो पश्चिमी गीत संवेदनाओं के अधिक निकट हैं, तिब्बती कविता की कई दूसरी विधाओं की अपेक्षा उन्हें अधिक आकर्षित करते हैं। परन्तु इस बात की समीक्षा ऐसे नहीं की जा सकती कि दूसरी श्रेष्ठ तिब्बती रचनाएँ व्यक्तिगत आन्तरिक अभिव्यक्ति के लिए रचित इन गीतिकाव्यों से कम सामर्थ्यवान हैं। वे तो, अपनी शैलीगत श्रेष्ठता व व्यापक साहित्यिक शब्दावली के माध्यम से, जो काव्य साहित्य में 13वीं शताब्दी से ही प्रचलित है, आध्यात्मिक अनुभव अभिव्यक्त करते हुए इन योग गीतों से साहित्यिक रूप में कहीं अधिक श्रेष्ठ सिद्ध हो सकते हैं।

क्या 'नामग्युर' को कुछ पश्चिमी विद्वानों के मतानुसार (कैबेज़न और जैकसन 31) विशुद्ध भक्ति काव्य श्रेणी में सीमित किया जा सकता है, यह वैचारिक विमर्श का विषय है, चूँकि पवित्र साहित्य की एक विशाल दुनिया है, जिसे धार्मिक सिद्धान्तों से पृथक् आध्यात्मिक या दूरदर्शी साहित्य के रूप में रेखांकित किया जा सकता है–जैसे कि रूमी, कबीर, तन शान, ब्लेक आदि। नामगे का व्युत्पत्ति स्रोत बुद्ध के कथनों के वर्तमान में उपलब्ध त्रिपिटक नामक आरम्भिक प्रलेखों के संग्रह को माना जा सकता है, जिन्हें उनकी मृत्यु के तीन सौ साल बाद पालि लिपि में लिखा गया। दो सहस्राब्दियों सी दीर्घ अवधि और स्थान के अन्तराल से अप्रभावित बौद्ध उपासक अपने आन्तरिक अनुभवों को काव्य रूप में साकार करने को ही अपनी व्यक्तिगत आकांक्षा और उपलब्धि मानते आये हैं। थेरघटा और थेरीगाथा में संकलित उन पूर्वजों, भिक्षुओं और साध्वियों के गीत, जो बुद्ध (6वीं शताब्दी ईसा पूर्व) के प्रत्यक्ष शिष्य थे, अपने काव्य रूप में आज भी उतने ही नूतन और अम्लान हैं, जैसे हज़ारों साल पहले थे। अनुवाद में भी उनके अद्‌भुत शैलीगत गुण जैसे स्वर, शब्द–चयन, मनोदशा और आलंकारिक

भाषा आदि अक्षुण्ण और मुखर हैं। किन्तु इससे भी अधिक महत्त्वपूर्ण इनमें से प्रत्येक व्यक्ति की जिज्ञासा व आन्तरिक खोज की वह कथा है जिसके आधार में बुद्ध का यह आश्वासन स्थित है कि ध्यान के माध्यम से इस जीवन में दुःखों से मुक्ति सम्भव है। चाहे ये किसी राजकुमारी द्वारा लिखी गयी कथाएँ हों या गणिका द्वारा, सम्माननीय गृहिणियों द्वारा या तिरस्कृत पत्नियों द्वारा, व्यापारियों, पाण्डित्यपूर्ण विद्वानों द्वारा लिखी गयी हों या बहिष्कृत लोगों की अभिव्यक्ति हो, ये कविताएँ समान रूप से स्थायी छाप छोड़ती हैं।

एक साध्वी के संग्रह से उद्धृत निम्नलिखित रचना उस आध्यात्मिक और सामाजिक मुक्ति को चित्रित करती है जो बौद्ध धर्म ने पुरुषों और महिलाओं को प्रदान की।

विमला

युवा
अपनी ही मोहक त्वचा
के आकर्षण में प्रमत्त
मेरी देहयष्टि
मेरा भव्य सौन्दर्य
लोकप्रिय भी
मैंने अन्य स्त्रियों का तिरस्कार किया

घातक वेशभूषा में सज्जित
वेश्यालय के द्वार पर
मैंने आखेटक की भाँति
मूर्खों के लिए जाल
बिछाया
और उनके लिए निरावृत होती
मैं उनकी स्वप्नसुन्दरी होती

उन्हें छेड़ते हुए मैं हँसती थी
आज
सिर घुटाये
लबादा पहने
एक भिक्षुणी
मैं, हाँ मैं
इस वृक्ष के पैरों में बैठी
विचार–शून्य
सभी बन्धन
निर्बन्ध
मैंने मनुष्य और देवताओं को
अपने जीवन से काट बाहर किया है।

मैंने हर आग बुझा दी है। (मरकौट 136)

सम्भव है कि बाद के उपासकों को प्रेरित करने के लिए इन गीतों का उपयोग एक प्रशिक्षण विधि के रूप में किया गया हो। हालाँकि भारतीय कविता या बौद्ध धर्म और तिब्बती संस्कृति पर उनके प्रभाव की व्याख्या करना इस आलेख को लिखने के उद्देश्यों में अन्तर्विष्ट नहीं, तथापि इन रचनाओं से हमें यह समझने में मदद मिलती है कि नामग्युर की तिब्बती परम्परा बुद्ध की प्रारम्भिक शिक्षाओं से जुड़ी है।

भाग–III : तिब्बत के आध्यात्मिक अनुभवों के गीत और उनके लेखक

मिलारेपा (1040–1123)

मिलारेपा की प्रतिभा वज्र गीतों (दोर जी लू) या 'दोहा', जिसे उन्होंने अपने शिक्षक/गुरु, मारपा से सीखा था जो उसे भारत से लाये थे, में निहित तान्त्रिक दर्शन की जटिल आलंकारिकता को दक्षिण पश्चिमी तिब्बत के देशज सरल लोकगीतों के साथ संश्लेषित करने की उनकी

क्षमता में चमकती है। वे 11वीं शताब्दी के तिब्बत में प्रचलित विभिन्न महाकाव्य कथाओं (द्रंग) से पूर्णतः परिचित थे। भारतीय सिद्ध, तिलोपा, जो कि मारपा के अपने शिक्षक, नरोपा के शिक्षक थे, द्वारा आनन्द, शून्यता के विषय पर दोहा का यह उदाहरण सम्भवतः मिलारेपा ने स्वयं सुना था :

जैसे नमक पानी में घुल गया हो
मन है
प्रियतमा के आलिंगन में;

वे एक सा स्वाद लेते हैं
उस पल में,
और वे हमेशा के लिए एक ही हो जाते हैं

(जैक्सन 128)

यह मूल रूप से अपभ्रंश में लिखा हुआ एक तुकान्त दोहा है। तिब्बती भाषा में रूपान्तरित होकर इस दोहे का मौलिक रूप परिवर्तित हो गया, यहाँ यह मिलारेपा और इस शैली के अन्य आचार्यों द्वारा आविष्कृत सात शब्दांशों से मिलकर बनी चौपाई के रूप में प्रकट होता है, लेकिन इस रूप में भी इस शैली ने अपना स्वाभाविक माधुर्य व संगीतमय स्वरूप सुरक्षित रखा।

ये दोहे जिनका संचयन भारतीय बौद्ध साहित्य की महासिद्ध परम्परा से करने के बाद उनका तिब्बती भाषा में अनुवाद किया गया है, इन्हें जीवन की उन चरम विरोधाभासी स्थितियों के प्रगटीकरण के लिए चिह्नित किया जाता है जिनमें इनका प्रयोग सत्य के उस अजन्मे स्वरूप, अद्वैत चेतना को जानने हेतु वैचारिक विखण्डन की एक प्रविधि के तौर पर किया गया है। *(डोमैन 9)* इन कविताओं में अपंग चलते हैं, अन्धे देखते हैं, हाथी मधुमक्खियों द्वारा उठाये गये राजसिंहासन पर विराजते हैं। दूसरे शब्दों में कहा जाये तो हर दिखाई देती हुई घटना वह नहीं है जैसी हम सोचते हैं।

उलटबाँसी भाषा, जिससे कबीर व अन्य मध्ययुगीन कवियों *(शॉ 116)* के पाठक पूर्वपरिचित हैं, का एक उदाहरण लक्ष्मिंकरा द्वारा रचित इस कविता में देखा जा सकता है, लक्ष्मिंकरा भारत की महिला बौद्ध तान्त्रिकों में से एक थीं, तिब्बत में उनकी साहित्यिक परम्परा मिलारेपा के समय तक ज़ारी रही।

मानसिक अवधारणाओं का विखण्डन
मक्खन के एक खण्ड पर अपना सिर रखो
और काट लो।
कुल्हाड़ी के ब्लेड को तोड़ दो!
लकड़हारा हँसता है,
मेंढक हाथी को निगल जाता है।

यह अद्‌भुत है, मेखला,
इस पर सन्देह मत करो!
यदि यह तुम्हें भ्रमित करता है, अवधूतिपा,
तो पूर्वधारणाओं को त्याग दो!

मेरे शिक्षक ने मुझे नहीं बताया,
तो मुझे समझ नहीं आया–
कि आकाश में भी फूल खिलते हैं!

यह अद्‌भुत है, मेखला,
सन्देह न करो!
यदि यह तुम्हें भ्रमित करता है, अवधूतिपा,
तो पूर्वधारणाओं को त्याग दो!

एक बाँझ महिला जन्म देती है!
एक कुर्सी नाचती है!

क्योंकि कपास महँगा है
निर्वस्त्र रोते हैं!

ग़ज़ब! एक हाथी दो मधुमक्खियों द्वारा
थामे गये सिंहासन पर बैठता है!
अविश्वसनीय! अन्धे नेतृत्व करते,
मूक बोलते हैं!

ग़ज़ब! एक चूहा एक बिल्ली का पीछा करता है!
एक हाथी एक शराबी गधे से डर कर भागता है!

यह अद्‌भुत है, मेखला,
सन्देह मत करो!
यदि तुम स्तब्ध हो अवधूतिपा
अपनी शंकाओं को दूर करो!

अद्‌भुत! एक भूखा बन्दर चट्टानों को खा जाता है।
अद्‌भुत हैं मन के अनुभव–
इन्हें कौन व्यक्त कर सका है?

(शॉ 117)

मिलारेपा इस प्रकार की रचनाओं से परिचित थे जिन्हें वज्र पर्व (गणचक्र) नामक एक तान्त्रिक अनुष्ठान जिसमें तान्त्रिक शराब और मांस का सेवन करता था के विशिष्ट वातावरण के भीतर गाया और सुनाया जाता था। यह अनुष्ठान आज भी पूर्ण और नये चन्द्रमा के चक्रों के अनुसार और चन्द्र चक्र में गुरु और डाकिनी नाम से निर्दिष्ट दिनों में ही सम्पन्न किया जाता है। कीथ डोमैन के अनुसार प्राचीन समय में, यह तान्त्रिक भोज श्मशानगृहों, शवालयों में आयोजित किये जाने के कारण सभी प्रकार के प्रतीकात्मक अर्थों से परिपूर्ण होता था। सबसे पहले, यह अहंकार की मृत्यु–शय्या का

रूपक था... हर तान्त्रिक योगी श्मशान घाट को अनमोल मानव शरीर और अस्तित्व की क्षणभंगुरता, मृत्यु की शाश्वतता, कर्मफल की महत्ता और अहम् की शून्यता पर ध्यान केन्द्रित करने के लिए एक आदर्श स्थान मानता है *(डॉ. मैन 15)*।

मिलारेपा की जीवनी (नामथर–शाब्दिक अर्थ में मुक्ति जीवनी) किसी भी व्यक्ति के लिए सुलभ आध्यात्मिक उन्नति का प्रतिमान है। तिब्बतियों के लिए, यह एक ही जीवनकाल में मोक्ष प्राप्ति की सम्भावना को प्रस्तुत करती है, जब कि यह मिलारेपा जैसे 'महापापी' के लिए सम्भव था, जिसने अपने पिता की मृत्यु के बाद जायदाद से बेदखल किये जाने के प्रतिशोधस्वरूप अपने चाचा के परिवार की हत्या कर दी थी। उनके कई गीत इस कहानी को विस्तार से बताते हैं, किन्तु वे न तो उनके कृत्य की अनैतिकता पर प्रकाश डालते हैं और न ही इसे सही ठहराते हैं।

इस प्रकार, उनके गीत किसी मनगढ़न्त आदर्श पात्र के अवास्तविक या काल्पनिक ब्यौरे नहीं देते बल्कि एक अभिशप्त जीवन से मुक्ति के लिए आध्यात्मिक खोज करते हुए एक प्रामाणिक आत्म का चित्रण करते हैं। यह विशुद्ध आत्म उस कथापरम्परा की वीर विधा की मूल प्रवृत्ति के प्रतिकूल है जहाँ पात्रों को बहुधा दिव्य विशेषताओं और अलौकिक शक्तियुक्त चित्रित किया जाता है। तिब्बती महाकाव्य 'लिंग का केसर' से उद्धृत यह अंश इस प्रवृत्ति का उदाहरण है :

तो, तिब्बत के बारह क़िलों और
चार सीमाओं पर स्थित राक्षसी क्षेत्रों को
जीतने के लिए
देवताओं ने शुद्ध लिंग प्रदेश से एक पुरुष को चुना है
जो सर्वश्रेष्ठ शूरवीरों से लड़ने में सक्षम होगा,
वह चुनी हुई सेनाओं का सम्बल और ताक़त होगा
और उसके तीनों राज्यपाल उगते सूरज की तरह चमकेंगे,
वह उन हिंसक प्राणियों को वश में कर लेगा जो विघ्न उत्पन्न करते हैं

वह देवताओं, नरभक्षी राक्षसों और बुरी आत्माओं को
वश में कर लेगा,
वह एक अलौकिक प्राणी सा होगा
अलौकिक ह्ला देवताओं द्वारा उनकी सहायता की जायेगी,
वह येन टूटलरी देवी द्वारा पूजा जायेगा,
वह त्सुग्ना द लू से समृद्धि प्राप्त करेगा
और चमत्कारी शक्तियों से सम्पन्न शरीर प्राप्त करेगा :
उसका अस्तित्व शुद्ध लिंग प्रदेश के
आभूषण की तरह है!

(नॉर्बू 9)

मिलारेपा की अधिकांश कविताएँ तिब्बत के विलक्षण भूदृश्य को प्रस्तुत करती हैं। अपनी आध्यात्मिक प्रक्रिया के गहरे अर्थों को प्रस्तुत करने के लिए उन्होंने समृद्ध आलंकारिक भाषा का उपयोग किया है।

किन्तु मिलारेपा की कविताओं में प्रकृति का निरूपण ज़ेन हाइकू कविताओं में किये गये निर्वहन से अत्यन्त भिन्न है, जहाँ प्रकृति को एक पर्यवेक्षक/आत्म की बजाय शून्यता/ रिक्ति द्वारा परिचालित एक चमकदार उपस्थिति के रूप में देखा जाता है। ज़ेन हाइकू पहले ही चर्चा में रहे हैं इसलिए पश्चिमी लोग उनसे भली–भाँति परिचित हैं जापानी मृत्यु काव्य पर अपने उल्लेखनीय कार्य द्वारा इस अन्तर को और स्पष्ट करते हुए योल हॉफ़मैन कहते हैं, "हाइकू कवि के हाथ के उस दर्पण को तोड़ देता है जिसमें वह अपने आपको प्रतिबिम्बित कर सकता है। उसके हाथ में वही दर्पण शेष रहता है जिसमें मात्र प्रकृति प्रतिबिम्बित होती है।" *(हॉफ़मैन 20)* अपने इस विचार को पुष्ट करने के लिए वे दो कविताएँ भी उद्धृत करते हैं। पहली एक दरबारी कवि की–नो–सुरायुकी (870–945) द्वारा रचित टंका कविता है :

हवाएँ छायादार कुंजों के मध्य से
बहती हुई

मेरी पोशाक को
अपनी पुष्पसुगन्धि के
भार से
झुकाये दे रही हैं

(हॉफ़मैन 20)

इसके कुछ शताब्दी पश्चात, हाइकू कवि, फूजीवारा–नो–योशित्सुने (1169–1206) भी अपनी हाइकू कविता में यही चित्र प्रस्तुत करते हैं : "मेरी पोशाक / पुष्पसुगन्धि से / भारयुक्त हो जाती है।" *(हॉफ़मैन 21)*। इसमें से कुछ अन्तर चीनी व जापानी जैसी मुहावरेदार भाषाओं के मूल संरचनात्मक गुणों के कारण भी हो सकता है, जो एज़रा पाउंड के वर्गीकरण के अनुसार मेलोपोइया (स्वर व संगीत प्रधान) और लोगोपोइया (लाक्षणिक) के अपेक्षाकृत फ़ैनोपोइया (छवि प्रधान) कविता के लक्षणों से अधिक साम्य रखता है। ज़ेन रचनाओं में रूपकों की सापेक्ष कमी बताती है कि हाइकू का 'छवि' केन्द्र किसी अनुभव के बारे में बताते हुए बिना किसी विचार के भी, प्रतिबिम्बित करते हुए उस आनन्द या सुखानुभव को सुगम तरीक़े से सम्प्रेषित करने का काम करता है, जो शब्दों से परे है। भाषाई रूप से सूत्र वर्णनातीत को व्यक्त करने में प्रज्ञप्ति के सापेक्ष भाषा की सीमा की ओर संकेत करते हैं, वैश्विक रूप से, चन्द्रमा की बजाय चन्द्रमा को इंगित करती हुई अँगुली। दूसरी ओर, मिलारेपा प्रकृति को अपनी आन्तरिक अवस्थाओं के विस्तारित रूपक के रूप में दर्शाते हैं। अपनी कई रचनाओं में उन्होंने प्राकृतिक वातावरण को यौगिक साधना में लीन अपनी देह के रूपक के तौर पर प्रस्तुत किया है।

तिब्बती काव्य परम्परा में, प्रकृति का चित्रण करने वाले रूपक बहुधा किसी के आध्यात्मिक गन्तव्य पर पहुँचने की वास्तविक प्रक्रिया को गीत से जोड़ते हैं–ध्येय तक पहुँचने का मार्ग–पद्धतियाँ। ऐसा ही एक उदाहरण 'मिला'ज़ सॉन्ग इन द रेन' है, जो अपेक्षाकृत एक दयालुदाता के प्रति व्यक्त की गयी सरल प्रतिक्रिया है, जिसने बारिश के मौसम में मिलारेपा को ओढ़ने का वस्त्र देने का प्रस्ताव रखा था। इस कविता में यह देखा जा सकता है कि कैसे अपने विविध, विस्तृत

रूपकों को वह एक तार्किक क्रम में सँजोता है और अपनी सांसारिक अक्षमताओं को ख़राब मौसम के बिम्बों के माध्यम से चिह्नित करता हुआ अपने आध्यात्मिक मार्ग को सुगम व सम्पुटित करने का कार्य करता है। यह उसके द्वारा गाये गये गीत का एक अंश है :

मैं अपने शीश पर सुशोभित रत्न के चरणों में झुकता हूँ
समस्त कामनाओं और आवश्यकताओं के पवित्र पूरक

सन्तति व समृद्धि से अनुमन्त्रित गरिमामय स्त्री
उपहारों के असीमित भण्डार की सार–सम्हाल करती हुई
पात्रता की ऊनी पोशाक में सज्जित
मेरी बात सुनो, हे विश्वसनीय स्त्री,

यदि तुम नहीं जानती हो मेरा नाम
मैं गंगथेंग मैदानों का मिलारेपा हूँ
एक भिक्षुक जो स्वेच्छा से भटकता फिरता है
शीत पवन और वर्षा में अपने ही कष्टों द्वारा संचालित
तुमने करुणा के सच्चे अर्थ में सहायता का प्रस्ताव रखा
ऐसी अच्छी नीयत किसी महान आश्चर्य से कम नहीं

मैंने माया के छह देशों के भूभाग की यात्रा की है
जहाँ दुर्भाग्य की वर्षा सतत बरसती है
और विमोह का अँधेरा कोहरा मुझे चारों ओर से घेरे रहता है

मेरे पास सही दृष्टि का चौड़ा टोप नहीं है
अडोल आस्था का बरसाती कोट नहीं है
और शरण ले सकने के लिए सूखी ऊष्मावान गुफा नहीं है

मैं कामनाओं और तृष्णाओं की नदी द्वारा बहा लिया गया
बुरे कर्मों की प्रबल वर्षा द्वारा सुजाया गया

मैं दुर्भाग्य के समुद्र के क्षैतिज से जन्मा
तीन निचले लोकों की लहरों द्वारा थपेड़ा गया
व्यर्थ कर्मों की चट्टानों पर पटका गया हूँ।

इन पंक्तियों के माध्यम से कोई, उनके द्वारा गाये गये उस विशिष्ट गीत, उसकी ताल, आलंकारिक व लाक्षणिक भाषा के माध्यम से प्रच्छन्न अर्थों का सम्प्रेषण तथा विभिन्न भूदृश्यों और मौसमों की छवियों की समता से आन्तरिक आध्यात्मिक विकास का चित्रण किये जाने के दृश्य की मात्र कल्पना ही कर सकता है। हालाँकि अनुवाद में रचना की लयबद्ध संगीतात्मकता का सम्पूर्ण अनुभव पाना असम्भव है, तथापि विस्तारित रूपक के उपयोग में उसका अर्थ पूरी तरह संरक्षित है।

यह रचना मिलारेपा की ऐसी रचनाओं का ठेठ प्रारूप है जिनकी रचना उसने एक भ्रमणशील भिक्षु के रूप में सम्पूर्ण तिब्बत में विचरते हुए लोगों को प्रतिक्रिया देने के लिए की थी। इन कविताओं में वह बहुधा अपनी काव्य रणनीति के अनुसार आलंकारिक भाषा के माध्यम से क्रमिक रूप से पूरे बौद्ध पाठ का वर्णन करते हैं जो तत्कालीन रूप से उस व्यक्ति के अनुकूल होती है जिससे अभी भेंट हुई है। ऊपर उद्धृत रचना के अन्तिम तीन खण्डों में व्यापक रूपकों के माध्यम से संसार के प्रति गुणार्थक सन्दर्भों को प्रस्तुत करते हैं जैसे (माया के छह देश), ग़लत दृष्टि (सांसारिक विषयों की शरण लेना), कर्मफल (कामना व तृष्णा)।

यह गीत 'मिला'ज़ सॉन्ग इन द रेन' अपने शिक्षक, मारपा को श्रद्धांजलि देने हेतु, श्रद्धांजलि–पद के साथ शुरू होता है। यहाँ, मारपा ही 'शीश पर सुशोभित रत्न है', यह इस बात का उदाहरण है कि मिलारेपा, गुरु–योग परम्परानुसार अपने गुरु मारपा का आशीर्वाद पाने के लिए उनके मानस–दर्शन अपने शीश पर करते।

उनकी किन्हीं भी दो कविताओं के आरम्भिक पद समान नहीं हैं। निम्नलिखित कविताओं के शीर्षक और आरम्भिक पद इस बात का

उदाहरण हैं कि मिलारेपा अपनी कविताओं में विविध रूपों से मारपा को श्रद्धांजलि अर्पित करते हैं :

इच्छापूर्ति मणि जिनका स्मरण मात्र ही पर्याप्त है (मिलारेपा टेल्स हिज़ स्टोरी)
सार्वलौकिक शासक का महिमामय अवतार (सॉन्ग ऑफ़ द पाथ गाइड)
तीन विषों (त्रिदोषों–काम क्रोध मोह) के दुष्प्रभाव का श्रेष्ठ उपचार
लोडार्क का विलक्षण पुरुष
हे मेरे अन्तर्यामी लामा! तुम्हारी स्तुति करता हूँ–(मिला'ज़ मीटिंग विद धम्पा सांग्ये) मुझे आशीर्वाद दो।
समस्त प्राणियों के अनमोल अतुलनीय रक्षक (एफ़आरपीएम सिक्स वज्र सॉन्ग्स)
हमारे मुकुट में निवास करो
एकाग्रचित्त होकर हमारा मार्गदर्शन करो
सिद्धि के वरदानों को हम पर वर्षा की तरह बरसने दो
हे महान अनुवादक मारपा (मिला'ज़ जर्नी इंस्पायर्ड बाय ए ड्रीम)
पवित्र, अनमोल, गुण–सम्पन्न लामा,
मैं निरन्तर प्रार्थना करता हूँ–
अपनी अडिग कृपा से मेरी रक्षा करो

हे मेरे धर्मात्मा लामा वज्रधर (इबिद)
हे पूजनीय अनुवादक, जिसने
अज्ञात महामुद्रा (हठयोग) का तत्त्व ज्ञान दिया
तुम्हारी स्तुति करता हूँ, मुझपर कृपा करो

यह तथ्य कि मिलारेपा ने नामग्युर रचना प्रक्रिया में फ़ॉर्मूलाबद्ध पदबन्धों और अन्य स्मरक उपकरणों का प्रयोग नहीं किया है, नामग्युर को मौखिक कविता के अन्य रूपों जैसे महाकाव्य आख्यानों

से अलग करता है। यह एक महत्त्वपूर्ण बिन्दु है क्योंकि मिलारेपा ने इस कार्य के लिए एक सम्पूर्ण मौलिक शब्दावली–भण्डार की खोज की, उनके पश्चवर्ती नामग्युर रचनाकारों ने मात्र उनका अनुसरण ही किया है।

वह दानी स्त्री जिसका वर्णन मिलारेपा अपनी कविता में करते हैं उसके चरित्र निर्माण में भी मिलारेपा परम्परागत फ़ॉरमूलबद्ध गुणों का प्रयोग नहीं करते हैं। वे उसे दूसरों के प्रति उदार बताते हुए इसे आश्चर्यजनक कहते हैं। उन्होंने इस अनाम महिला का सजीव चित्रण किया है। उदाहरणस्वरूप वह ऊनी वस्त्र धारण किये हुए है, जिससे ज्ञात होता है कि वह समृद्ध है। उस महिला की आरम्भिक दानशीलता जिसमें वह मिलारेपा को वर्षा से बचा लेने का उपक्रम करती है के इर्दगिर्द ही सम्पूर्ण कविता रचने की युक्ति की गयी है। पूरी रचना की रणनीति उसे बारिश से बचाने के लिए उदारता के प्रारम्भिक संकेत के आसपास बनायी गयी है। चौथे पद में, मिलारेपा ने अपने आध्यात्मिक जीवन पर लिखा है जहाँ वह कहता है कि उसने 'मैदानी इलाकों' (छह स्थानों) की यात्रा की जहाँ अज्ञानता (संसार) रूपी अँधेरे कोहरे से घिरने पर उस पर एक 'दुःख की बारिश' गिरती है। यहाँ मिलारेपा मन की प्रकृति पर गूढ़ सन्देश देने के बजाय, अपने भ्रमित अस्तित्व के दुःखों पर महिला की आरम्भिक सहानुभूति को और आगे बढ़ाने की रणनीति का उपयोग करते हैं। अन्तिम पद में मिलारेपा कहते हैं कि उन्हें सुरक्षा के प्रस्ताव की दरकार नहीं है' :

धवल हिम पर्वतों के उत्तुंग शिखर पर
नये वर्ष की शीतलहर से चालित
तुषार वर्षा और हिमपात के मध्य भी
यह सूती कपड़ा अग्नि के समान जल उठता है

इस पद की अन्तिम पंक्ति में मिलारेपा चण्डाली की ओर संकेत कर रहे हैं उस योग अग्नि (तिब्बती में तुम्मो) या आन्तरिक ताप का नाम है। मिलारेपा इस क्रिया के लिए सुविख्यात थे।

इसलिए उनका धर्मनाम मिलारेपा यानी सूती वस्त्र में लिपटा हुआ था। जो उनके द्वारा अपने आपको गरम रखने के लिए कपड़ों की आवश्यकता से मुक्ति की सिद्धि को सन्दर्भित करता है। यह क्रिया नरोपा योगिक परम्परा की विशिष्ट छह योग साधनाओं में से एक है जिसे मिलारेपा के काल से अब तक निरन्तर सिखाया जाता है। इस सिद्धक्रिया तुम्मो के अभ्यास का अध्ययन हाल ही में हार्वर्ड यूनिवर्सिटी ने हर्बर्ट बेन्सन के निर्देशन में किया है और हार्वर्ड गज़ट के एक आलेख में चर्चा की है।

1985 में, ध्यान दल ने एक वीडियो बनाया जिसमें भिक्षु अपने शरीर के ताप से ठण्डी, गीली चादरों को सुखा रहे थे। उन्होंने हिमालय में 15,000 फ़ीट ऊँची एक चट्टानी कगार पर सर्दियों की रात बिताने वाले भिक्षुओं का भी दस्तावेज़ीकरण किया। यह खुले में सोने का विडियो फ़रवरी माह यानी शीत ऋतु की पूर्णिमा की रात का है जब तापमान शून्य डिग्री फारेनहाइट तक गिर गया था। केवल ऊनी या सूती शॉल पहने हुए वे भिक्षु तुरन्त चट्टान के किनारे पर सो गये, न तो वे एक दूसरे से सटकर सोये और न ही उस वीडियो में कँपकँपी का कोई सबूत दिखा।

'विमला' नामक गीत के विपरीत, जहाँ वासना का ताप बुझने के बाद ज्ञान की प्राप्ति होती है, मिलारेपा ज्ञान के ही ताप में प्रज्वलित हैं। यह उल्लेखनीय बात है कि मिलारेपा जिस अलौकिक क्रिया की व्याख्या ऐसी आलंकारिक भाषा में करते हैं उसकी ही चर्चा आज एक अमरीकी विश्वविद्यालयी समाचारपत्र में ऐसे विशुद्ध वैज्ञानिक निरुक्त में की गयी है।

मौलिक तिब्बती रचनाओं में मिलारेपा द्वारा भाषा के दक्ष निर्वहन को देखने के लिए हमें उनकी कविता 'मिलारेपा इन रगमा' को पढ़ना चाहिए जिसमें हम उनके द्वारा तिब्बती भाषा में लिखी मौलिक कविताओं में प्रयुक्त विविध काव्य शिल्प, युक्तियों और लय इत्यादि का रसास्वादन कर सकते हैं जिनका अनुवाद करने के दौरान ह्रास हो जाता है।

मिलारेपा प्राकृतिक दुनिया की विस्तृत तस्वीर को अधिक उद्देश्यपूर्ण तरीक़े से अप्रस्तुत विधान (अलंकारों) से मुक्त करके प्रस्तुत करते हैं। यहाँ प्राकृतिक संसार को अपनी आध्यात्मिक अवस्था के रूपक के तौर पर प्रस्तुत करने की बजाय मिलारेपा प्रकृति को विशुद्ध आध्यात्मिक प्रदेश के रूप में वर्णित करते हैं।

सन्दर्भ ग्रन्थ एवं वैबसाइट

Muses in Exile – Bhuchung D Sonam
A Home in Tibet – TseringWangmoDhompa
Kora- Tenzin Tsundue
Resistance in Exile – Dr.Appu Jacob John
https://www.tibetwrites.in/
https://www.poetryfoundation.org/
https://highpeakspureearth.com/
https://www.nytimes.com/
http://www.peoplefortibet.blogspot.com
https://thelogicalindian.com
https://aedean.org/
http://tsetso.blogspot.com/